KB262253

3대 계간지가 세운
문학의 기틀

3대 계간지가 세운

문학의 기틀

김 윤 식

역락

앞의 말

문학사에서는 드물기는 해도 위대한 시대라 불릴만한 시절이 있다. 예컨대 이광수의 『무정』(1917)이 나온 시대가 그러한 사례에 속할 것이다. 국민국가와 자본제 생산양식을 대전제로 한, 근대에 연결된 이 시대의 위대성은 아무리 강조되어도 지나침이 없다. 『무정』이 이 대전제에 속하면서도 일제 식민지로 편입된 한국이기에 국민국가에 대신한 것이 이른바 국민이었고 또 이를 좀 더 감정을 윤색하여 '민족'이라 불렀다. 민족문학 곧 근대문학이란 등식은 여기에서 나온 것이다. 민족주의의 시대, 바로 그것이 위대한 시대의 살아 있는 증표였다. 이 증표는 살아 있기에 그 자체로 강력한 힘을 발휘했던 것이다.

그러나 이 감정적 증표 속에는 일종의 허구가 이루어져 있음이 드러났다. 세계사의 흐름이 그것이다. 세계사라 해도 그것이 서구 중심주의에 다름 아니지만, 거기에는 또 다른 위대한 시대의 흐름이 감지되었던 것이다. 이른바 무산계급사상이 그것이다. 이 프롤레타리아트 사상적 흐름은 당시로서는 세계사를 양분하기에 모자람이 없었다. 이광수보다 좀 더 눈치 빠른 염상섭은 『삼대』(1931)를 썼다. 민족주의와 계급주의의 절충 모색이 그것이다. 이른바 심파타이즈(sympathize) 사상, 달리 말해 KAPF와 민족주의의 절충이 이에 해당된다.

이러한 흐름을 뚫은 한 천재의 출현을 이 나라 문학사는 보지 않으면 안 되었다. 「오감도」(1934)와 「날개」(1936)의 이상이 그다.

　당초 이상은 한국어가 아닌 기호로 문학을 시도했다. 유클리드 기하학과 비유클리드 기하학 사이를 오르내리다가 드디어 그는 위대한 시대에 부딪혔다. 이 땅에서의 문학하기의 거의 불가능에 대한 인식이 그것.

> 　이 향토(鄕土)는 이 鄕土이기 때문인 이유만으로 草根木皮로 목숨을 잇는 너무도 끔찍끔찍한 이 많은 성가신 식구를 가졌다. 또 그 응접실(應接室)에 걸어놓고 싶은 한 장 그림을 사되 한 꿰 맛있는 꼴뚜기를 흠뻑 에누리 끝에야 사듯이 그렇게 점잖을 수 있는 몇 되지도 않는 일가(一家)도 가졌다. 이어 중간에서 그 중에도 제일 허름한 공첨(空籤)을 하나 뽑아들고 어름어름 하는 축이 이 鄕土에 태어난 작가(作家)다.
>
> ↘ 이상, 「작가의 호소」, 1936

　이러한 천재의 출현이란 극히 예외적인 사건이 아닐 수 없었다. 왜냐면 민족주의와 계급주의라는 도도한 세계사적 흐름에서 보면 물방울과 같은 것이었으니까. 이를 잘 보여주는 것의 하나에 다음과 같은 노래가 있다.

> 어둠은 괴로워라 밤이 길더니
> 삼천리 이 강산에 먼동이 텄네
>
> 동무야 자리차고 일어나거라
> 산 넘어 바다 넘어 태평양 넘어
> 아아 자유의, 자유의 종이 울린다
>
> 한숨아 너가라 현해탄 건너

설움과 눈물아 너와도 하직
동무야 두 손 들어 만세 부르자
아득한 시베리아 넓은 벌판에
아아, 해방의, 해방의 깃발 날린다

↘박태원 작사, 김성태 작곡, 「독립행진곡」, 1945

미국의 자유의 종, 시베리아의 붉은 깃발, 이 두 가지 상징물이 한반도를 지배했다. 이 상징은 상징물이자 현실이 아닐 수 없었다. 이광수 이후 고유의 우리식 민족주의도 카프 이후의 우리식 계급주의도 숨을 죽일 수밖에 없었다.

드디어 그 현실이 6·25로 터져 나왔다. 많은 인명 손실과 재산 탕진이 이루어졌음은 세계가 다 아는 사실. 이로써 한반도는 세계사 속에 연결되었고, 결국 고립상태에 떨어질 수밖에 없었다.

그로부터 16년 뒤에 계간지 『창작과 비평』(1966, 겨울호)이 탄생했다. 또 4년 뒤에는 계간지 『문학과 지성』(1970, 가을호)이 태어났다. 다시 그로부터 썩 뒤인 10년 후에 또 하나의 계간지 『세계의 문학』(1976, 가을호)이 나왔다.

이 세 개의 계간지의 출현은 『무정』 이래의 위대한 시대를 이루어 내었다. 1970년대 이래 이 나라 문학사의 기틀은 이로써 이루어졌다.

차 례

『분례기』와 선우휘
—백낙청과 선우휘의 대결 양상

1. 계간 『창작과 비평』의 고고한 목소리

객

『창작과 비평』이라는, 132페이지의 얇은 계간지가 나온 것은 1966년 겨울. 이 계간지가 지닌 폭파력을 진작 알아차린 사람은 아마도 많지 않았을 듯싶습니다. 문학 발표지라고는 『현대문학』이나 『자유문학』, 또 『문학과 예술』 등 월간 형태와는 편집체제부터 달랐으니까. 신국판에 다, 매우 낯선 논설로 채워졌으니까. 아마도 이런 계간지란, 미국인 문학의 상식인 『파티잔 리뷰』, 『예일 리뷰』, 『스와니 리뷰』를 대해온 사람이라면 실로 낯익은 것이 아니었을까. 미국이라 하나, 6·25를 겪은 우리의 처지에서 볼 때, 또 양극체제 속의 미국인지라 세계 최고의 국가였을 테지요. 어쩌면 미국이란, 영어란, 또 그들의 문물이란, 서민적 느낌으로 하면 이 지상의 것이 아니라 천상의 것이 아니었을까.

주

어둡고 괴로워라 밤이 길더니

삼천리 이 강산에 먼동이 텄네
동무야 자리 차고 일어나거라
산 넘어 바다 넘어 태평양 넘어
아아 자유의 자유의 종이 울린다

한숨아 너 가거라 현해탄 건너
섧움아 눈물아 너와도 하직
동무야 두 손 들어 만세 부르자
아득한 시베리아 넓은 벌판에
아아 해방의, 해방의 깃발 날린다

↳박태원 작사, 김성태 작곡, 〈독립행진곡〉

자유의 종, 해방의 깃발이 한반도에서 마주친 장면이 6·25라면, 그리고 그 6·25가 휴전 상태에서 가까스로 균형을 이루었다면, 천국으로 보였던 미국도 그 한계가 드러나지 않았을까. 그렇지만 반공(反共)을 국시(國是, 통치체제의 근본)로 하는 대한민국의 처지에서 보면 미국만이 간접적 체험의 대상이었을 터. 미국 유학이 그것이지요. 미국에서 대학 교육을 받는다는 것, 그것은 특수한 기능인이거나 재능의 소유자여야 가능했을 터.

객

잠깐. 그 특수한 재능의 영역이 비로소 인문학에 닿게 되었다는 것. 『창작과 비평』의 주간이 그러한 사례. 본국의 대학이 아닌 미국의 명문 대학에 들어갔다는 것, 그리고 특수 영역인 인문학에 닿았다는 것. 그 징표가 계간지였다는 것. 그렇다면 대체 그들이 말하는 '인문학'이란 무엇이며 또 어떠했던가. 그 현저한 사례가 이른바 뉴크리티시즘(new criticism)이라 말해지는, 가장 섬세한 시적 조직을 인식하는 능력이었는데, 이는 인문학의 상층에 피어난 꽃이겠지요. 『창작과 비평』의 주간은 이런 인문학의 규모나 역량을 알아차렸지만 정작 6·25 이후의 한국 현실에다 적용시키고자 했을 때 그를 가로막은 거대한 늪에 마주치지 않으면 안 되었지요. 그 늪이 하도 짙고 어두워 인문학의 정수를 운운할 처지가 못 되었기에 훨씬 뒤로 물러서지 않으면 안 되었을 터. 인문학의 입구에서 주간이 망설이는 모습을 잠시 엿볼까요.

> 그러나 이 鄕土는 이 鄕土이기 때문인 이유만으로 草根木皮로 목숨을 잇는 너무도 끔찍끔찍한 이 많은 성가신 食口를 가졌다. 또 그 應接室에 걸어놓고 싶은 한 장의 그림을 사되 한 꿩 맛있는 꼴뚝이를 흠뻑 외누리 끝에야 사듯이 그렇게 점잖을 수 있는 몇 되지도 않은 一家도 가졌다. 이어 中間에서 그中에도 第一 허름한 空籤을 하나 뽑아 들고 어름어름하는 축이 이 鄕土에 태어난 作家다.
>
> ↘ 古代文學會 編, 『李箱全集』 제3권, p.162(『창작과 비평』, 창간호, p.24)

「오감도」(1934), 「날개」(1936)의 작가 이상의 말대로 이 향토에서 문학을 선택한 것은 당초에 잘못이라는 것. 공첨을 쥔 형국이라는 것. 계간지 『창작과 비평』을 이 땅에다 들고 들어오는 것은 당초에 공첨을 들고 들어오는 형국이라는 것이지만, 매우 딱하게도 또는 다행하게도 선배 이상이 그런 모험을 감행했다는 것. 맞습니까.

주

반만 맞고 반은 틀리지 않았을까요. 선배 이상이 「오감도」를 썼을 때 일어로 썼고, 이는 기호였던 것(졸저, 『기하학을 위해 죽은 이상의 글쓰기론』, 역락, 2010). 한국어와는 무관한 것이기에 그는 추상적 관념적 차원에 섰고 따라서 그의 손에 쥐어진 공첨은 공첨에서 보편성에로 향할 수 있었다. 이는 구원의 일종이 아닐 수 없다. 그러나 그 구원의 끝에는 죽음이 가로놓여 있었다. 제국의 수도 도쿄에서 기하학이 왔다고 믿었지만 정작 도쿄에 가보니까 '가짜다!'라고 확인했고 거기에 죽음이 기다리고 있었다. 이 점에서 주간은 반만 맞다. 나머지 반은 무엇인가. 죽지 않는 길이 그것. 죽지 않고도 이 향토에서 문학을 선택할 수도 있을까. '있다!'고 주간은 결심하지 않았을까. 그 근거는 이렇지요. '근대'를 배워 제국을 만든 일본이 아니라, 진짜 '근대'를 창출해낸 하버드에서 직접 배웠으니까.

객

요컨대 이 계간지의 주간은 세계 최고의 국가 미국이 신분을 보장하고 있었다?

주

그 때문에 그는 남다른 자부심과 더불어 또한 남다른 사명감에 짓눌릴 수밖에요. 지식인의 죄의식, 사명감이 그것.

객

거기까지는 알겠는데, 그러니까 범박하게 말해 지식인의 사명감이겠는데요. 그러기에 민중과는 닿기 어려운 일정한 거리가 있었지요.

주

좋은 지적. 지식인으로서 할 수 있는 것은 다음 두 가지. 하나는 지식인의 사명감을 잠시도 놓치지 않는 방도이고, 다른 하나는, 이 점이 중요한데, 그 최고의 지식을 몇 단계를 거쳐 조금씩 무지한 민중 또는 비자각적인 일상성 속의 민중에로 이끌어 내려 불을 지피는 것. 요컨대 계몽주의인 셈. 그런데 이것을 하나의 '기적'이라 감히 부를 수 있는 것은 후자에 대한 지속성이지요. '창작과 비평'이라는 표제를 달았을 때 '비평' 쪽은 자신이 있었다, 그러나 '창작' 쪽은 과연 어떠했던가. 매우 딱하게도 이광수 정도의 지식에서 크게 나아간 것은 아니었지요. 여기서 '기적이다!'로 말할 수 있는 것은 주간이 지속적으로 지닌 '민중' 쪽이지요.

객

그 '민중'이 창작 쪽이라는 것. 이 경우 창작에 관련된 민중이란 각 계각층의 민중을 포함한다는 것.

주

바로 그것. '민중'이란, 4·19 세대가 신주 모시듯 내세우는 그들 세대의 대표작의 하나인 「광장」(최인훈, 1960)조차도 그것이 진짜 지식인의 소설일까, 밀실도 광장도 없어지는 것에 서야 했을 터. 고로 최고의 지식인일 수 없다고 의심할 수 있는 주간이었으니까.(「시민문학론」, 『창작과 비평』, 1969년 여름호, pp.500-501) 말하자면 '민중이 주체다'라는 단계에 주간이 꼼짝 못하고 붙들린 형국.

객

선생은 시방 주간이 어떤 코너에 몰려 초조해 있다고 지적하고 있습니다 그려.

주

바로 그렇소. '비평' 쪽이라면 자신만만한데 민중(서민) 쪽은 비교컨대 깜깜하다. 그 민중이 창작의 주체가 아니겠는가. 그 민중을 찾는 길은 과연 있는 것일까. '있었다!' 이것이 주간을 한동안은 살렸던 것. 장편 『분례기(糞禮記)』(1967)가 그것. 『분례기』가 어째서 그토록 절실한 주간의 자존심의 근거였을까.

2. 창작 쪽과 비평 쪽의 불균형

오른손엔 막강한 '비평'을 아킬레스의 방패처럼 쥔 계간지 백주간의 왼손엔 무엇이 쥐였기에 『창작과 비평』이라 부르고자 했던가. 균형감각을 전제로 했을 터인데, 그 내막을 보면 그게 아니었지요. 자기 쪽의 창작이 전무했거나 거의 남의 것으로 되어 있었으니까. 창작이란 물론 소설을 가리킴이었고, 이를 내세운 것은 별수 없이 이호철의 「어느 이발소에서」와 김승옥의 「다산성」이었지요. 두루 아는바, 이호철은 전중(戰中) 세대에 속하지요. 이른바 LST(landing ship tank) 의식에 저며든 세대이기도 했지요. 이 점에서 「광장」의 작가와 같은 세대라고나 할까요. 이호철의 소설이 어째서 새로 창간된 『창작과 비평』의 창작 쪽을 채워야 했을까. 김승옥의 「다산성」에 오면 사정은 한층 딱하게 보입니다. 이른바 김현과 더불어 4·19 세대의 선두주자이자 제일 날랜 신진작가였으니까. 그러고 보면 전후 세대의 이호철, 4·19 세대의 김승옥을 내세운 셈이지만 어느 것도 이 계간지의 지향점과는 어울리지 않을 뿐 아니라 억지로 채워 넣은 형국. 주간의 왼손엔 비평에 상응하는 것이란 아예 없는 것이었지요. 이 얼마나 참담한가. 이 약점을 날카롭게 지켜보며 기회를 엿보아 쳐들어온 부류가 있었으니, 바로 4·19 세대의 대표 주자인 김현이었지요.

잘 정리했네요. 김현의 「한국문학의 양식화에 대한 고찰」(『창작과 비평』, 1967년 여름호, 제2권 2호)이 그런 점을 대표한 상징적 사건성이라 하겠지요. 주목되는 것은, 아직도 이른바 문단 세력을 양분하는 한쪽 기둥인『문학과 지성』(1970년 가을호)이 창간되기 이전이라는 사실. 그것도 3년이나 이전이라는 사실. 그것도『창작과 비평』의 주간이 이를 수용했다는 사실. 최초의, 그것도 유일한 계간지에 4·19 세대의 김현이, 조금 야하게 표현하면 쳐들어갔다는 사실.

객

대체 이 장면을 어떻게 이해해야 그럴 법할까요. 우리의 대화는 시방 문학사의 라이벌의식을 문제 삼고 있지 않습니까.『창작과 비평』의 아킬레스건이란 무엇이냐. 이를 마지못해 수용하는 주간의 내면 풍경까지 사정거리 속에 두어야 '라이벌의식'이라 하겠는데요. 김현의「한국문학의 양식화에 대한 고찰」에는 부제가 달려 있네요. '종교와의 관련 아래'라고. 이 경우 종교란 무엇이었을까.

주

첫줄이 이렇게 되어 있습니다. "문학을 전체적인 면에서 파악하는 일은 우리 같은 문학적 전통이 없는, 혹은 없다고 알려져온 환경에서는 퍽 시급한 일임에 틀림없지만 그 문제를 풀기 전에 당연히 거쳐야 할 전제조건으로 제시되는 것의 난삽함 때문에 많은 곤란을 감수하고 있다"(p.246)라고. 도남, 무애, 기타 쟁쟁한 국문학 연구가 이미 이루어진 마당인데도 이를 우습게 여긴 듯한 표정이 여기 숨 쉬고 있지 않습니까. 어째서 김현은 이미 경성제대에서 아카데미시즘의 훈련을 받고 공부한 조선 문학 전공자들을 우습게 여긴 듯한 표정을 지었을까. 이른바, 아마도 '전체성'에 걸린 문제의식에서 온 것이지요.

전체성이란『문학과 지성』지의 창간사에서 표 나게 내세운 바로 그것. 샤머니즘 극복과 참여파 극복, 이를 아우르는 것을 가리킴이었을 터인데, 국문학자들의 기왕의 연구는 개별적 깊이는 몰라도 이를 전체성 속에서 체계화할 수 없었다는 것이겠지요. 문학사에 준하는 것으론 도남의『조선시가사강』(1937) 정도밖에 없었지요. 프랑스문학 전공의 김현에게는 이 점이 뚜렷하게 보였겠지요. 그렇다면? 아무도 시도하지 않은 이 문제를 들고 나온 것은 김현의 민감성이겠지만, 하필 이를『창작과 비평』에다 발표한 이유란 무엇이었을까.

두 가지 이유를 들 수 없을까요. 계간지『창작과 비평』이 유일한 발표지라는 것이 그 하나. 다른 하나는, 이 점이 중요한데, 주간이 표면상 이를 넙죽 받아들였다는 점. 공감한 증거겠는데, 이 계간지의 아킬레스건이 바로 여기에 있었던 증거가 아닐 것인가. 매뉴얼 격인 국문학사 한 권도 없다는 사실에 공감했겠지만 이 자리를 김현에게 허용한 것. 왜냐면 주간의 처지에서는 이 점이 아킬레스건이니까.

김현에게도 이것이 아킬레스건이 아니었을까요.

좋은 질문. 김현에게도 백낙청에게도 아킬레스건이었으나, 비교컨대 김현 쪽이 좀 더 자유로웠다는 정도의 차이겠지요. 요컨대 서구식 문학을 이 땅에다 심고자 하는 두 야심 앞에 국문학사가 황무지로 보였거나, 촌충 모양 토막토막으로 보였을 수밖에. 김현 쪽이 이 점에서 민감했다고나 할까요. 이 점에서 주간보다 한 수 위였던 것.

출발점은 둘이 같으나 주간은 다른 종합(전체성)을 모색하고 있지 않았을까. 초근목피, 공첩을 뽑은 자의 자의식, 사명감이 그것. 지식인과 민중을 아우르는 전체성 모색이 앞섰으니까. 김현의 전체성이 결국 문학 내적인 것이라면 주간의 그것은 문학과 문학 밖을 아우르는 전체성이지요. 문학 쪽에서 볼 때 주간은 바깥으로 한발을 내밀고 있었으니까. 시민성, 세계성, 역사성 등등.

동감. 주간은 이 문학 쪽에서 보면 아킬레스건을 내보였던 것. 김현은 이 점을 노리고 쳐들어갔던 것. 왜냐면 이 계간지는 문학지였으니까. 그렇지만 이런 명분과는 달리 김현의 국문학에 대한 인식 부족으로 말미암아 '종교'를 가운데 심줄로 삼아 저 향가에서 고려가요, 시조, 가사 그리고 현대시와 소설에까지 체계화 삼고자 했을 뿐. '종교'라는 심줄을 양식화(樣式化)라 불렀을 뿐이지요. 그러자니 얼마나 피상적인가. 코끼리 다리 만지기 식이라고나 할까요.

그런 시도만 해도 대단한 것이 아니었을까요. 이어서 김현은 「한국문학의 가능성」(『창작과 비평』, 1970년 봄호)을 발표하지 않았던가요. 여기서는 '양식화'가 '이념형'으로 바뀌었고, 무엇보다 현대시와 소설, 곧 '근대문학'에로 내려온 것이니까 좀 더 분명해졌다고나 할까.

자기만은 영원히 '파면당하지 않을' 이념형을 추출해내었다고 믿고 그

것을 극도로 경직화시켜 그 외의 모든 것을 사갈시하는 태도는 순수문학
과 참여문학의 대립에서 여실히 드러난다.

(p.51)

벌써 여기까지 내려왔을 때 향가, 시조 등은 흔적도 없이 사라질 수
밖에요. 이 경직성에서 벗어난 이념형을 탐구하기(종합성)가 바로 그해
가을에 창간된 『문학과 지성』이었지요. 이제부터는 경직화로 보이는 『창
작과 비평』에 빌붙어 눈치 볼 필요가 전혀 없었지요. 마음 놓고 『창작
과 비평』이 지닌 아킬레스건을 향해 의식적 라이벌의 긴장력을 확보할
수 있었습니다. "보라, 너희들은 비평만 있지 창작이 없지 않은가"가
그것. '비평'만 맡아라, '창작'은 우리가 맡는다 식.

주

그럴 수밖에 없는 심리적 동기란, '비평'이 시민성, 세계성이었던 것.
이는 세계 최고의 명문인 하버드 교실에서 익힌 것이니까. 가까스로 시
골 대학에서 프랑스문학을 공부한 쪽은 우러러 쳐다볼 대상이었지요.
그렇다면 좋다, 주간은 "'비평' 쪽은 내가 맡으마"라고 여겼을 터. 여기
라이벌의식이 작동하지 않았을까 그 형세를 살펴볼까요. 그 포석은 이
러했지요. 무엇보다 주목되는 것은 『현대한국문학의 이론』(1972, 민음사)
이 아닐 것인가. 『문학과 지성』을 가진 김현이 이른바 4K(김치수, 김주
영, 김병익, 김현)를 총동원하여 낸 이 책의 사정거리는 당시로서는 잠재
적 폭파력을 가졌던 것. 라이벌의식을 문제 삼을 때 첨예한 것은 한국
문학 쪽은 우리가 맡는다는 선언이었지요. 염상섭, 이상, 채만식, 손창
섭, 이호철, 고은, 최인훈, 이청준, 박태순, 신동엽, 정현종 등을 골고루
논한 이 책은 누가 보아도 소설(창작) 쪽이라는 사실이오. 그 중심에 최

인훈이 서 있음도 쉽사리 파악되지요. 김현의 이른바 '책 읽는 괴로움'의 근거였으니까. 『창작과 비평』이 세계성, 시민문학, 인류의 양지(良志) 쪽에 섰다면, 그리고 그것이 하버드에 뿌리를 둔 것인 만큼, 이에 맞설 수 있는 한강과 관악산 골짜기에서 생각해낼 수 있는 무기란 이것일 수밖에. 이 얼마나 자연스럽고 정직한 것이겠는가. 그리고 또 가슴 벅찬 것이겠는가. 라이벌의식의 불타오름, 이 에너지가 『문학과 지성』 속에 작동하고 있었겠지요. 그 지속성, 그 집중력이란 세계성, 시민성과 어느 수준에서 균형감각을 갖추었다고나 할까요. 유연성 있는 계몽주의라는 점에서 보면 두 바퀴가 아니었을까.

객

좀 과한 점도 있었던 것 같은데요.

백낙청에 의하면, 한용운의 '님'은 바로 그가 추구하는 시인정신이자 새로운 이성력(理性力)이며 「님의 침묵」은 그러므로 그 당시 상황과의 조우에서 시인이 표현한 높은 시민문학이 아닐 수 없다는 것이다. 여기에 이르면 기왕의 민족문학론을 보는 느낌이다. 실상 그는 문학사에서 최초로 의식의 개척, 심리학을 개발한 이상(李箱)까지도 자기류의 시민문학론에 편입하고, 이런 식으로 60년대 김승옥까지도 포함해버리는 야심을 드러내고 있다. 아마 그는 역사비판론으로서의 시민문학론을 의도적으로 의식하였는지도 모른다. 그것은 그가 '시민문학론'의 서두에서 시민과 소시민의 개념을 제기해놓고 이 둘을 반대개념으로 이해하려 들지 않았다는 점으로도 설명된다.

↘ 김주연, 「역사비판론과 시민문학론」, 『현대한국문학의 이론』, p.171

적어도 김승옥 정도까지, 또 조금 넓혀 최인훈까지 시민문학 속에 편입해도 되는 것일까. 이는 자기모순이 아닐 것인가. 여기서 선을 긋자.

왈, 소설(창작) 쪽은 손대지 말고 '우리'에게 맡겨라. 색깔을, 영역을, 소임을 분명히 하자라고.

아주 정면으로 선언한 형국이지요. 이른바 4K가 합심하에 유아독존 격인 백낙청을 협공하고 있습니다 그려. 32편의 평론을 실은 이 책의 서문에서 이렇게 선언했군요.

> 1960년대 초기의 열기와 감동, 우리들의 문학적 충동은 이 시대의 들끓는 분위기와 깊은 관계를 가진다. 대학에서는 독문학·불문학·정치학 등 국문학이 아닌 학과에서 수업한 우리들이었으나 이 메마른 땅의 현실과 언어는 우리들의 문학 활동을 그렇게 낯설게 하는 것은 아니었다. 그보다는 오히려 우리는 우리의 사고를 황폐케 하는 것들, 우리들의 행동을 무력게 하는 것들, 우리들의 언어를 공허케 하는 것들에 깊은 관심을 갖게 되었다. 4·19의 거센 흥분이 지나고 난 뒤, 우리는 이렇게 역사의 의미와 만났다. 자유의 의미와도 만났다.
>
> ↘「서문」

먼저 엄살(자기모순)이 있소. 그렇게 굉장한 역사·자유를 위해서라면 어째서 하필 국문학 쪽을 깡그리 제거했을까. 엄살이 아닐 것인가. 또 하나의 엄살은, 백낙청에 비해서 특히 그렇다는 것. 체계적인 현대 한 국문학사를 진짜로 원했다면 국문학도든 무엇이든 상관이 어찌 있으랴. 영락없는 자기모순이지요. 백낙청은 '공첨'을 들고 있었다고 선언했지요. 이 땅에는 아예 문학 따위가 없다는 인식. 이에 비해 4·19 세대의 엄살을 보시라. '공첨'이 아니라 오히려 걸고넘어질 그 무엇도 없는, 그야말로 황무지였던 것. 가까스로 이미 있어온 김승옥에 기댄 것도 최소한의 몸부림이 아니었을까. 요컨대 거의 빠져나갈 수 없는 수세에 몰린 셈.

실례지만 조금 야하게 말해 궁지에 몰린 짐승은 공격으로 나올 법한 데요. 선생이 당시 이를 줄곧 잘 지켜보았을 터.

반은 맞는 말. 그 부분만을 말해볼까요. 백낙청이 반격에 나선 것이 바로 『분례기』. 이 작품이 정상적인 것은 아니지만, 궁지에 몰린 판에서는 최선의 방법.

3. 자, 보아라, 장편 『분례기』를

선생께선 꽤 신중하네요. "이 작품이 정상적인 것은 아니지만"이라고 했으니까. 정상적이란 『아들과 연인』의 D. H. 로렌스나 『보바리부인』 또는 「나는 고양이로다」 정도의 작품을 가리킴인 것. 또 말해 『무정』, 『삼대』, 「날개」, 『카인의 후예』 등을 가리킴인 것. 『분례기』가 그런 축에 들진 못했지만, 그래도 내세울 것은 이것뿐이며 이로써 김승옥, 최인훈, 이호철 등 지식인의 자의식 따위의 작품을 돌파해나갈 수 있었을 테니까. 어미가 똥두간에서 낳은 똥례는 석서방댁 오남매(명수, 명정, 명철, 옥례, 똥례) 중 한 명이고 그만큼 밑바닥 인생이니까.

비유컨대 포도주 맛의 판별은 여러 가지 포도주를 마셔온 혓바닥이 아니고는 불가능한 법. 그게 정상적이지요. 경험주의 말이외다. 그러나 갑자기 새로운 술, 빼갈이나 소주가 나왔다면 경험주의란 속수무책일 수밖에. 절대적 평가 기준이 요망되는 것. 추상, 논리, 관념이 그것. 『분례기』란 그런 위치에 서 있었다, 적어도 서 있어야 한다고 믿지 않았을까.

주

『분례기』가 최인훈의 단편 「춘향뎐」을 뒤로하고 '신인 장편'이라 하
여 『창작과 비평』(1967년 여름호~겨울호)에 발표됐거니와 편집자(백낙청)
는 '전작 장편'이라 부르면서 이렇게 규정했더군요.

> 투고된 원고 중에서 이 작품을 발굴한 것은 큰 수확으로 여겨, 장편
> 게재에 따른 많은 난관을 무릅쓰고 전편을 소개하기로 하고 여기 삼부작
> 의 제1부 520장을 모두 싣는다.

↘ (p.155)

두 가지 점이 지적될 수 있습니다. 투고작이라는 점이 그 하나. 곧 김
승옥, 이호철, 최인훈 등의 기성작가와는 뚜렷이 선을 그었다는 점. 마
지못해 기성작가로 창작란을 겨우겨우 구걸하며 채워왔지만, 그러기에
『문학과 지성』의 4K로부터 빈축을 샀지만, 이제야말로 그런 반격을 가
할 수 있는 계기가 왔다는 것. 다른 하나는, 장편으로 승부를 했다는
점. 그도 그럴 것이, 기성작가들은 「광장」(600매 중편)을 빼면 모두 단편
으로 치닫고 있었는데 이와는 확실히 선을 그었다는 것. 이는 계간지를
가진 편집자 백낙청만이 할 수 있었지요. 4K가 아니고 오직 유아독존,
혼자서 꾸려왔으니까. 자존심 회복의 기회와 근거가 마침내 마련될 조
짐이 『분례기』에 있었다. 대체 『분례기』는 어떤 작품일까.

주

그렇게 묻기보단 대체 『분례기』엔 무엇이 들어 있었던가, 곧 그것이
어째서 기존의 작품에는 없는 독특한 면모를 가진 작품이었던가, 라고

물어야 하겠지요. 제1장부터 천천히 살펴볼까요. 제1부 총 6장의 제1장의 첫줄은 이렇게 시작됩니다.

전불(典佛)에서 수철리(水鐵里)로 넘어가는 계곡을 따라 냇물이 은빛을 발하며 흘러내린다. 어떻게 보면 살얼음이 앉은 것도 같고 어떻게 보면 아침 햇살을 받아 그렇게 빛나는 것도 같다. 계곡은 완만한 경사를 이루며 냇물은 조용히 흘러내린다. 골짜기에 죽죽 늘어선 쥐똥나무, 황철나무, 자귀나무, 덧나무 등은 움이 트려고 가지마다 파란 순이 돋고, 똥례는 용팔을 따라가려고 바작바작 애를 썼으나 몸은 자꾸만 뒤로 처지고 하얀 고갯길이 까마득해지는 것이다. 착각을 하고 있는 것일까. 어쩐지 올겨울을 넘긴 것 같은, 어떤 골짜기에 지금도 눈이 쌓여 있어 그 눈 녹은 물이 이쪽으로 흘러내리는가. 그러나 올겨울 들어 눈은 한 번도 오지 않았다. 팥죽을 후후 불어가며 얼은 동치미 국물을 홀쩍홀쩍 떠먹으면 한 살을 더 먹게 된다는 오늘은 동짓날. 그러나 화창한 봄날이다.
똥례는 진달래를 보고 걸음을 멈춘다. 냇물 건너 양지 바른 자그마한 바위 옆에 진달래가 곱게 피어 있지 아니한가. 한 가지에 달려 있는 몇 개의 노란 송이들은 부는 바람도 손대지 않은 곱디고운 분홍 꽃잎을 살짝 드러내고 막 피려 하고 있다. 놀랄 것은 없다. 전불에 들어섰을 때 한데 붙어 있는 서너 송이의 진달래를 보았고 이번이 두 번째다.
↘『창작과 비평』, 1967년 여름호, p.155.(이하 인용은 발표지에 의거함)

보다시피 지명과 시대, 곧 무대가 불분명하긴 하지만 불전에서 수철리로 넘어가는 계곡이라 했소. 또 "오늘은 동짓날"이라 했으나, 이 계곡엔 진달래가 피어 있군요. 주인공 똥례가 용팔을 따라서 계곡을 오르고 있다. 수철리, 동짓날, 똥례, 용팔 등으로 말하건대 배경, 중심인물이 어느 수준에서 제시되어 있소. 이것들만 보면 다소 불분명하나, 보통의 기성작품과 아주 다르지 않지요. 그렇지만 무엇보다도 다른 점은 따로 있었소.

선생의 머릿속엔 「광장」이 기성작품의 표준으로 들어 있어 보이는데
요. 맞습니까? 지식인의 자의식을 다룬 소설이야말로 기성작품의 주무
대였고, 또 그것은 더욱 나아가야 될 성질의 것이라는 것. 그것은 지식
인 저들끼리의 놀음, 이른바 고공비행이라는 것. 민중(서민)은 깡그리 소
외되었던 것. 백낙청의 처지에서 보면 「광장」의 한계점도 훤하게 보이
지 않았을까. 선생은 다음 대목도 알고 있었으니까.

> 최인훈 문학의 적극적인 성과는 자신의 소시민적 한계를 비판하고 넘
> 어서려는 노력에서 오는 것이요, 그럼에도 불구하고 그의 작품이 순전히
> 개인적인 자아에의 집념이나 그에 따른 무절제한 관념 유희에 흔히 빠지
> 는 것은 작가로서의 결함이면 결함이었지 미덕일 수는 없는 것이다.
>
> ↘ 백낙청, 「시민문학론」, 『창작과 비평』, 1969년 여름호, p.500

주인공 이명준이 '밀실'도 '광장'도 찾지 못하고 바다에 자살하게 되
는 것은 조국의 불우한 현실 때문만도 아니고 이명준이 너무 수준 높은
지식인이어서만도 아니다. 그럼 뭐냐, '밀실'과 '광장'을 아울러야 진정
한 지식인급에 드는 것이 아닐까. 이렇게 비판할 때, 백낙청의 의식을
지배하는 것은 '시민문학', 곧 민족·민중·서민 등이 아니었던가. 요
컨대 기성작가의 대표 격인 이호철의 「소시민」이나 「광장」엔 민중이
없다는 것. 기껏해야 소시민성.

그 민중이 『분례기』에 비로소 모습을 드러냈다. 자 보아라, 라고. 물
론 초조한 나머지 『분례기』를 내세웠으나, 지식인과 민중의 통일이 가

능한가. 최고의 지식인으로 자부하는 백낙청으로서는 결국 이 때문에
엄청난 '자기모순'에 시달려야 했고, 그의 그 다움은 이 자기모순을 끝
내 견디었다는 점이겠지요. 이 점에서 보면 소시민성을 넘어서고자 하
는 시민문학론은 고공비행의 일종이라 하겠지요. 이 고공비행에다 돌멩
이로 추를 달아 지상으로 끌어내린 것이 『분례기』다. 그것도 그러니까.

그것도 지상의 지식인 냄새가 전무한 곳, '하위 밑바닥'으로 끌어내
렸다! 『칠조어론』의 박상륭이 행한 지적 혹은 종교적 관념의 고공비행
과는 질적으로 구분되는 것. 요컨대 '최하위 밑바닥'으로 끌어내린 것
은, 일찍이 이 나라 소설사에서는 전례 없는 일이 아니었던가. 대체 그
최하위란 육두문자도 아랑곳없는, 그보다 더한 것. 여기에는 각주가 조
금 요망됩니다. 주간을 시종일관 '자기모순'으로 몰아간 것. 가령 박경
리의 『시장과 전장』(1964)을 둘러싸고 벌어진 논쟁이 그런 사례의 하나.
주인공 하기훈이 사랑하는 여인 가화 때문에 이데올로기를 버린다는
백낙청의 오독에 대한 작가의 반론에 속수무책이었던 것이지요. 백낙청
은 이를 소시민의 한계라 했는데 실상 작가는 그 소시민의식을 극복한
것으로 썼기 때문.(박경리, 「띄엄띄엄 읽고 갈겨쓴 비평일까」, 『신동아』, 1965
년 5월호, p.367) 자기모순, 고공비행에 백낙청 자신이 얼마나 괴로웠던
가. 짐작이 가고도 남습니다. 이른바 아래의 것. 이는 '민중'에 포함되
는 것이거나, 혹은 민중 축에도 끼어들 수 없는 그 아래 계층이겠는데
요. 맞습니까.

주간이 말만 하면 민중, 민중 했는데, 자기는 최고의 지식인이면서

민중을 어찌 알겠소.

선생이 앞에서 말한 백낙청의 '자기모순'이 아니었던가요. 막연한 추상적인 민중의 의미를 깨치게 한 것이 『분례기』이다, 로 되겠는데, 그러자니 우리도 이를 알아볼 수밖에요. 그러나 한편으로는 주간의 의도, 다른 한편으로는 민중에 이르기 위해 거쳐야 할 경계선, 돌무더기 같은 것이겠는데요.

이제야 작품 속으로 들어가볼 수 있겠소. 앞에서 『분례기』의 서두를 보였거니와 서둘지 말고 제1부의 1장부터 6장까지를 살펴보아야 될 차례가 왔습니다 그려.

4. 『분례기』 삼부작에서 묘사된 것

제가 정리해볼까요. 저도 이른바 지식인인지라 최저층의 이 작품이 충격적이었으니까. 이는 작품이 아니다, 라고 밀어붙이고 싶었으니까. 작품 배경이 우선 애매모호합니다. 곳은 호롱골이라는 동네인데, 때는 4·19, 5·16 따위는 손톱도 안 들어가는 시기로 되어 있습니다. 해방 후인 것만은 알 수 있는데 순이네 남편이 징용에서 돌아오지 않았음에서 그렇게 보일 뿐이지요. 제1장에서 드러난 중심점은 똥례의 집안 사정이군요. 성은 석(石)씨. 노름꾼. 식구는 석서방댁, 명정, 명철, 옥례, 명수, 그리고 똥례, 모두 5명의 자식을 거느렸다. 석똥례를 민적에 올리면 '石糞禮'일 수밖에. 나이 17세. 선머슴같이 짐승처럼 살아가는 똥례가 하는 일은 산에 가서 나무 하는 일. 동행은 용팔. 석씨 집안과 촌수도 알 수 없는 먼 친척. 이 사내를 좀 보소.

똥례는 용팔의 웃음을 본 적이 없다. 보았다면 언젠가 지는 해를 쳐다보고 빙긋이 웃는 모습을 훔쳐보았을 뿐이다. 꼭 닫혀 있는 그의 입은 언제나 깨끗하다. 똥례와 점심을 같이 먹을 때도 양초에 물방울을 떨어뜨릴 때처럼 무엇을 칠하지 않고 용케 먹는다. 이렇게 그의 입 언저리가 깨끗한 것은 무엇 때문일까. 그것은 수염이 없기 때문인지도 모른다. 사람들은 용팔과 같은 병신은 수염이 없다고 했다. 그 대신 목소리는 여자 같고 힘은 굉장히 세다는 것이다. 아닌 게 아니라 그의 힘은 굉장히 세다. 똥례 나뭇짐의 예닐곱 배나 지고도 "아저씨 같이 가유…" 소리치게 만든다. 똥례가 이런 사실을 일러주면 석서방댁은 "그런 병신은 그렇게 힘이 센 법이여…" 말하는 것이다. "통 말두 하지 안해유" "오줌 누는 것도 못 봤유" 똥례가 용팔의 이상한 사실을 들추어 자꾸만 지껄이면 석서방댁은 그거 다 알 수 있는 일이 아니냐고 픽 웃는다. 오줌을 몰래 누는 것은 병신이니까 그런 것이고 그런 병신은 여자 같은 목소리를 피하기 위하여 되도록 말을 않는 것이라고….

↘ p.157

선머슴 같은 똥례를 어미조차도 여자로 보지 않는다. 그런 똥례를 산 속에서 용팔이 겁탈을 했것다. 17세 똥례가 이제 여인이 된 것. '비밀이여'라고 용팔이 말하며 어둠이 내린 호롱골로 돌아온다. 여기서부터 용팔의 함석집 묘사. 아내는 병춘. 도수장에서 일함.

주

세 가지 점을 내가 보태고 싶소. 하나는 시기(때)가 동짓날(낮이 제일 짧은 시기)이라는 점. 되풀이되어 나오지요. 이는 농경사회의 이미지. 둘째는 똥례가 용팔에 의해 겁탈당한 사건. 셋째는 용팔의 아내 병춘이 도수장에서 허드렛일을 한다는 사실(제2장에 길게 이어짐). 이 모두를 한 마당으로 뭉쳐놓은 것이 바로 이 작품의 참주제를 암시하는 '똥'이 아닐 것인가.

> 며칠 전 똥 누려고 쭈그리고 앉자 마른 풀잎이 궁둥이를 찔렀다. 이곳은 앉은뱅이걸음으로 자리를 한 발짝 옮기고 똥을 누었던 곳──똥은 말라서 검다. 똥례는 또 다른 자신을 발견한 듯 몹시 반갑다. 바짝 그 앞에 다가앉아 한참 동안 똥을 쳐다본다. 똥례는 코를 대본다. 냄새가 없다. 아무 준비, 생명도 없다. 마른 풀들만 우거진 속에 외로이 앉아 있는 똥아. 이곳은 산속에서 제일 초라하고 빈궁한 곳이다. 겨울 속에 잠깐 봄을 탄 나무며 풀들은 발랄하게 약동하지 않는가. 똥례는 제 똥이 불쌍하고 가엾다. 가엾어 그렇게 앉아 있는 것이다.
> 똥례를 날 무렵 석서방댁은 변소를 자주 드나들었다. 드나들다 똥례를 변소 바닥에 낳놓았다. 그러나 그곳엔 한무더기의 똥이 쌓여 있었고 갓난애는 그 위에서 울고 있었다. 방정도 맞다. 똥독에 빠질 뻔한 것을 픽 쓰러지며 낳놓은 곳이 바로 똥 위였으니.

↘ p.161

똥 위에서 태어난 똥례임이 크게 부각되어 있지요. 똥이야말로 친근한 것. 최하급 천한 것이 그럴 수 없이 다정한 것. 「광장」 이후 일찍이 어느 작품과도 동떨어진 세계.

객

제2장은 석씨 집안의 사정과 용팔 집안의 사정으로 요약됩니다. 석씨 집안의 가난과 싸움질이란 조금 과장이긴 해도 별 무리가 없는 것. 그러나 용팔의 처 병춘의 경우는 사정이 썩 다르지요. 바로 도수장. 백정의 소 잡는 곳. 여기에서 용팔의 처 병춘이 일합니다. 주로 백정들의 음

식을 장만하는 것. 간질병자 콩조지가 도수장을 지키는 백정이고, 기타
는 고기를 나누어 가는 인부들입니다. 콩조지는 병춘을 겁탈하려 하나
금방 잊어버린다는 그런 병에 걸려 있다는 것. 병춘은 황소 불알, 돼지
불알을 훔쳐 어두워지자 용팔이 돌아오길 집에서 기다립니다. 그들에겐
아이가 없습니다. 용팔이 고자인가. 그렇지 않지요. 똥례를 산에서 겁탈
하여 여자이게끔 한 장본인이니까.

　　병춘은 샐쭉 웃으며 서방을 따라 개울둑을 올라선다. 서방과 계집은
작대기 끝을 한쪽씩 잡고 안마당으로 들어선다.
　　"오늘은 몇 마리나 잡았어…."
　　용팔은 나뭇짐을 내려놓으며 도수장을 쳐다보고 묻는다. 그는 짐승을
잡은 날과 잡지 않은 날을 분간할 줄 안다. 벌써 안마당에 들어서면 짙
은 피냄새가 코를 찌른다는 것이다.
　　"황소 한 마리허구유. 돼지 열 마리…."
　　병춘은 대답해주고 우물로 가서 서방의 세숫물을 보아준다. 용팔은 안
마당에 나뭇짐을 받쳐논 채 우물로 간다. 그것은 내일 새벽 읍내로 내갈
것이다. 오늘밤 하늘에서 아무것도 떨어지지 않는다면 저렇게 두는 것이
지고 가기 편하다.
　　용팔은 푸푸 세수하며 '獸魂塔'을 힐끗힐끗 쳐다본다. 그것은 묘 앞의
비처럼 그렇게 깎아 세운 것이다. 그러나 '獸魂塔'이란 글자 외엔 아무것
도 쓰여 있지 않은 싱거운 물건이다. 용팔은 얼마 전부터 이것을 쳐다보
고 빙긋이 웃는 버릇이 생겼다. 그렇다. 그것은 똥례의 배 위에 올라탔던
지난 동짓날부터였다.
　　"그만 허시구 들어오슈."

↘ 제1부, p.193

　　이 장면은 굳이 말해 제1부의 참주제이자 『분례기』를 관통하는 의미

있는 뼈대인 셈.

『분례기』란 충청도 서산 근처의 삽티골, 호롱골 마을에서 겨우 1년 반쯤 혹은 2년쯤에 걸쳐 일어났던 동네 사람들의 삶의 방식을 다룬 것. 사회의식이나 역사의식 따위란 깡그리 무시되었지요. 6·25 이후이긴 하나 그것도 지나가는 말로 언급했을 뿐. 그동안 60년대 소설은 입만 벌리면 직접적이든 간접적이든 6·25 의식 없는 소설이 있었던가요. 그런데 『분례기』를 보라. 해동 조선국 충청도 예산땅 호롱골 석씨 가문 얘기.

그렇군요. 모호하기도, 의미심장하기도 해 보이는데요.

그렇소. '수혼탑(獸魂塔)'만은 뚜렷하지요. 제2부에도 이를 등장시켰는 데 잠시 보실까. 얌전한 친구 봉순이 겁탈당해 자결했을 때 똥례도 죽으려 하자 용팔은 말리지 않고, 여자는 정조를 잘 지켜야 한다고 할 뿐. 그럼 왜 나를 버려놓았느냐고 따지자 용팔은 전가의 보도처럼 '수혼탑'을 내세웁니다.

똥례는 와, 울음을 터뜨리며 용팔을 작대기로 후려갈긴다. 그는 아무 렇지도 않은 듯 표정을 굳히고 저 할 일만 하다가 똥례가 제풀에 울음을 그칠 무렵 알 수 없는 소리를 지껄인다.
"때려잡을 때는 때려잡아야 하구 세워줄 때는 세워줘야 하는 법이여."
이 말은 도수장에 있는 獸魂塔을 두고 한 말이다. 그는 지난 동짓날부 터 이 물건만 보면 웃음이 나오는 것이었다. 그러나 똥례는 이 말뜻을 알 수 없다. 똥례는 눈을 껌벅이며 소리친다.

"머라구유?"

그러나 용팔은 다른 말로 바꿔버린다.

↘ 제2부, p.223

객

한글 전용에다, 그것도 최하층 서민들의 삶을 다루면서도 獸魂塔만은 한사코 한자를 썼군요. 또 있군요. 애매모호하다는 것. 똥례만 모르는 것이 아니라 웬만한 독자도 모르는 판세니까. 적어도 수수께끼 같은 용팔의 이 말은 『분례기』 전체를 관통하는 남성이 용팔이라는 것, 분례란 따지고 보면 주인공이긴 해도 용팔의 그림자와 흡사한 형국. 맞습니까?

주

제2부에는 獸魂塔이 등장하지 않습니다. 그도 그럴 것이, 똥례가 읍내로 시집가는 경위와 그 분위기로 채워놓았으니까. 아비 석씨는 노름꾼으로 딸을 팔아먹은 꼴이지요. 제3부에 오면 사정이 다릅니다. 제1부 520매, 제2부가 그보다 좀 길고 제3부는 730매군요. 이 제3부에서 묻고 싶은 것은 獸魂塔이 아닐 수 없지요.

객

과연. 제3부에 오면 獸魂塔이 압도적이군요. 순서대로 볼까요.

(A) 용팔은 다시 집 안으로 들어온다. 부엌문 앞에 허연 것이 펼쳐져 있다. 아까 갓난애와 함께 들어온 물건이다. 그는 그것을 유심히 쳐다본다. 치맛자락에 피가 묻어 있다. 그것은 채 마르지도 않았다. 그는 그것을 둘둘 말아 마루 밑에 처넣고 도수장 쪽으로 걸어간다. 어둠 속에 있는 獸魂塔을 잠시 쳐다보고 도수장 안으로 들어간다. 그는 똥례를 잡아먹었다고 생각한다. 백정들이 소와 돼지를 잡듯 그렇게 잡아먹었다고 생각

한다. 그리고 獸魂塔도 세워줘야 한다고 생각한다. 그러나 아직 세워주지 못했다고 생각한다.

↘『창작과 비평』, 1967년 겨울호, p.559

고자로 소문났지만 실은 그렇지 않고 똥례를 처음으로 겁탈한 바 있는 용팔의 집에 누군가 갓난아기를 버리고 간 것이다(실은 콩조지와 옥화 사이에 난 아이). 똥례가 읍내에 팔려간 그 무렵이었다. 용팔은 그 똥례를 위해 獸魂塔을 세워주어야 한다고 생각한다. 왜냐면…….

주

왜냐면?

객

'그는 똥례를 잡아먹었다'고 생각했으니까. 그러나 아직은 세워주지 못했다고 생각한다.

주

그럼 언제?

(B) 용팔과 병춘도 새끼중이 치는 놋대야 소리를 들으며 마루에 나와 있다. 병춘은 빛이 환한 똥례네를 쳐다보았고 용팔은 무성한 아카시아 울타리 밑에 있는 獸魂塔 쪽을 쳐다본다. 그는 똥례를 저희 집에 업어다 준 다음 수천 리로 나무를 갔다 방금 전에 돌아와서 저녁을 먹었다. 저녁을 먹었으면 얘기책을 읽다가 쓰러져 자야 한다. 그러나 용팔은 나와 있다. 서방이 무척 좋은 병춘도 덩달아 나와 있는 것이다.
"시집을 갔으면 잘살 것이지 어쩌자구 서방질을 했대유."
병춘은 서방을 쳐다보며 한심스럽다는 듯 혀를 찬다. 똥례가 없을 때는 앓던 이 빠진 것처럼 시원했으나 똥례가 돌아오자 마음이 다시 꺼림 칙한 것이다. 서방을 옆에 두고도, 서방이 없던 처녀 때는 더구나 깊은 산중에서 제 서방을 얼마나 홀렸을까 싶다.

"난 이런 걸 차구 다니는데 세상에 별년도 다 있어."

병춘이 허리춤에서 칼을 꺼내보며 중얼거린다. 똥례가 제 서방을 다치기만 하면 칼로 배를 찌를 참이다.

"그래 시집에서 쫓겨나구 어쩔 참이래유. 시집에선 다시 꼴 안 보겠다구 할 텐데…"

병춘은 서방을 올려보며 연신 지껄여댄다. 그러나 용팔은 아무 말 없이 獸魂塔을 쳐다본다. 물론 글자는 보이지 않지만 방문에서 새어나오는 희미한 불빛에 형체가 보일 뿐이다. 병춘은 서방의 말대꾸가 없자 저도 獸魂塔 쪽을 쳐다본다. 그 탑 바로 옆엔 양집이 있다. 무문이(업둥이－인용자)가 들어오고 금방 갈신에서 양 한 마리를 사왔던 것이다.

↘ p.624

'해동 조선국 충청도 예산땅 호롱골 석씨 가문 출가외인'인 똥례를 위해 무당 푸닥거리하는 장면을 보면서 용팔은 獸魂塔을 바라보고 있다. 똥례가 바로 獸魂塔인 듯.

(C) 용팔은 잠에서 깨는 대로 나뭇짐을 지고 읍내로 다녀온다. 병춘은 벌써 밥상을 차려놓고 있다. 용팔은 밥을 먹고 양집으로 다가간다. (……) 용팔은 똥례네를 쳐다본다. 식구들은 아직 일어나지 않았는지 조용하다. 용팔은 똥례네를 한참 동안 바라보다 몸을 돌리고 獸魂塔을 쳐다본다. 그는 웃고 있다. 왜 그런지 그런 웃음이 나오는 것이다. 그러나 번하게 떠오르는 동녘을 쳐다보고 바쁘게 뒷곁으로 들어간다.

↘ p.629

똥례가 시집간 읍내의 그 지옥은 바로 소나 돼지를 잡는 도수장이 아닐 수 없는 곳. 똥례는 그 소나 돼지에 다름 아닌 것.

제일 궁금한 것은 똥례의 마지막 도주 장면이겠지요.

그렇군요. 제정신이 아닌 똥례가 삽티고개를 넘어가는 장면.

똥례가 봉순이(겁탈당해 자결한 순결 처녀—인용자)의 묘 위에 초싹 올라앉아 똥을 누고 있는 것이다. 그러나 용팔에게 등을 보이고 그 앞으로 뚫린 시름이고개를 쳐다보고 있다. 치마를 홈씬 까불이고 궁둥이를 약간 들어 올렸다. 뚝뚝 떨어지는 게 있다. 하필이면 봉순의 묘 위에서 똥을 누고 있을까. (……) 그러나 용팔은 삽티골을 내려간다. 그는 지금 수철리로 나무를 하러 가면 그만이다. 수풀 속에서 방아깨비 한 마리가 저쪽으로 날아간다. 산새들이 푸릉푸릉 서쪽으로 도망친다. 똥례가 뒤를 힐끔 돌아보고 풀잎을 뜯어 밑을 씻는다. 사루마다를 황급히 올리고 용팔을 쳐다보며 깔깔깔 크게 웃는다. 웃음소린 아침 공기에 크게 메아리친다. 그러나 용팔은 무표정하게 걸어간다. 똥례는 용팔이 점점 다가가자 새끼 밴 암여우처럼 뒤를 헬끔헬끔 돌아보며 도망친다. 용팔은 삽티골을 빠져나가는 똥례를 잠시 바라보며 봉순의 묘 곁으로 다가간다. 똥은 제일 봉긋한 곳에 있다. 그는 풀잎을 우악스럽게 뜯어 그것을 덮고 걸음을 다시 옮긴다. 삽티골을 빠져나와 시름이고개를 쳐다본다. 그러나 똥례는 보이지 않는다. 그때서야 용팔은 걸음을 크게 떼는 것이다.

용팔은 시름이고개를 부리나케 올라가서 저 아래를 쳐다본다. 벌써 똥례는 고개를 다 내려가서 쭉 곧은 편편한 대로를 걷고 있다. 용팔은 걸음을 여전히 크게 뗀다. 그러나 똥례를 따를 수 없다. 똥례는 옆구리에 보퉁이를 끼고 달려가듯 도망치는 것이다. 용팔이 그렇게 얼마나 쫓아갔을까. 저 까마득한 산 위에서 방금 해가 떠오르고 있다. 그것은 똥례의 그림자를 길게 만든다. 그러나 빨간 햇덩이가 점점 위로 솟구치자 똥례는 빨간 햇덩이를 바라보는 것이다. 얼굴에 빨간 물이 들었다. 옥화가 갔다는 해 뜨는 부상(扶桑)으로 찾아가는 중일까. 옆구리에 보퉁이를 끼고

벙실벙실 웃으며 뛰어간다. 그러나 용팔은 걸음을 뚝 멈춘다. 어느덧 수
철리로 꺾어 드는 갈림길에 접어든 것이다.

↘ p.630

주

너무 길게 인용했습니다 그려. 하기야 달리 전달할 방도가 마땅치 않
았을 테지요. 설명이나 논리적 정리란 한두 마디로 족하니까요. 이번엔
이쪽에서 그렇게 해볼까요. 보퉁이를 달랑 끼고 태양을 향해 벙실벙실
웃으며 뛰어가는 똥례를 바라보며 용팔은 무엇을 생각했을까.

　　(D) 용팔은 말뚝처럼 서서 똥례를 바라본다. '獸魂塔'이란 세 글자 외
엔 아무것도 씌어 있지 않은 싱거운 물건이다. 그것은 장황한 비문도 왜
세운다는 이유도 언제 세웠다는 날짜도 '이놈아 너희들을 왜 잡아먹는지
아니?' 소나 돼지에 대한 저들의 변명도 없다. 그러나 그것을 가만히 보
면 무엇인가 써주려고 애쓴 백정들의 흔적이 보인다. 그것은 보면 볼수
록 더 뚜렷하게 보인다. 그러나 나오는 것은 웃음뿐이다. '獸魂塔'이란 글
자 외엔 더 못 쓰지 않았던가. 용팔도 마찬가지다. 아무리 생각해도 할
말이 없는 것이다. 다만 잘 가라는 말은 할 수 있다. 용팔은 까마아득하
게 사라져가는 똥례를 마지막으로 쳐다보며 양손에 입을 가져간다. 이것
은 똥례에게 세워주는 용팔의 獸魂塔인지도 모른다.
　"똥례야 잘 가라."
　용팔의 음성은 넓은 벌판에 울린다.

↘ pp.630–631

객

이제 참주제가 기승전결을 이루었습니다 그려. 獸魂塔 하나를 살리기
위해 신인 방영웅은 혼신의 힘으로 대장편의 대미를 삼았습니다. 놀라
운 것은……

놀라운 것은, 내가 말해볼까요. 토속적이다, 시대성·사회성이 전무하다 등등이 아니고, 일사불란한 중심점으로 쓰였다는 것, 곧 獸魂塔이지요. 치밀한 계산이 아닐 수 없다는 것.

그렇다면 이 중심점은 용팔의 것인가, 아니면 제삼자의 것인가.

제삼자라? 좋은 지적. 나무꾼 용팔의 의식 수준으로 이런 구심점의 의미를 설정할 이치가 없겠다, 그런 의문이지요. 동감이오.

그렇다면 그 의도적인 중심점은 어디에서 온 것인가. 요컨대 참주제겠는데요.

그렇다면 신인 방영웅의 대장편이란 사투리 사용, 시골의 삶, 쌍소리 등으로 가득하지만 실상은 이 중심축을 위한 보조수단에 지나지 않는 것. 그런 것은 노력만 하면 어느 수준에서 가능한 것.

그러니 중심축(중심점)은 별개의 것. 어디선가 제삼자의 시선이 아닐 수 없다. 맞습니까?

용팔과 똥례란, 서로 마주 보는 관계. 용팔이 똥례를 잡아먹었다, 똥례가 쉼 없이 달아나고 있다. 용팔이 쉼 없이 뒤쫓아가고 있다.

그 뜻이 이제 뚜렷해지기 시작했다는 것. 백정들이 아무 설명 없는 獸魂塔을 세웠듯 이제 '백정' 용팔에게도 그 獸魂塔의 참뜻이 뚜렷하게 보인다!

그러나 그 사이에는 '죽음'이 가로놓여 있지요. 『분례기』란 적어도 '해동 조선국 충청도 예산땅 호롱골 석씨 가문 출가외인' 똥례와 나무꾼 용팔의 이 생에서의 얘기이나 어차피 죽을 목숨. 죽으면 똥례는 꽃이 되고 용팔은 나비가 되는 것.

> 너 죽어서 꽃이 되고
> 나 죽어서 나비 된다
> 나비 됐다 서러 마라
> 꽃밭으로 날아든다

↘ p.631

5. 창작 의도를 건너뛰기—獸魂塔

정작 『분례기』를 발굴하고, 이에다 『창작과 비평』의 자존심을 건 주간 백낙청은 무엇을 겨냥한 것이었을까요. 선생 논법으로는 『문학과 지성』파의 김현을 포함한 이른바 4K에 대한 도전이겠는데요.

'창작'은 없고 '비평'만 있다, 그 '창작'은 우리가 맡을 터라고 김현이 도전했고, 마지못해 백주간도 수용했지요. 사실이었으니까. 그러나 이젠 그런 사실을 물리칠 수 있는 실마리를 찾은 셈.

과연. 좀 자세히 볼까요. 이 계간지의 10호까지(2년 반)를 버티어나가게 한 사회적 요인은 간적접으로 말해 한일협정과 월남 파병의 경제적 여유에서 힘입은 것이고, 동시에 이것들이 당초 계간지의 계획에 더욱 혼란을 끼친 점도 사실이라는 전제하에 '아슬아슬하게' 살아온 바인데 그중에서도 제일 자신감을 안겨준 것은 바로 『분례기』라고 했군요.

> 이런 말 끝에 『창작과 비평』 2년 반의 가장 뜻깊은 수확으로 방영웅 씨의 장편소설 『분례기』를 든다면 이것은 작가의 공을 편집자가 가로채려는 것으로 오해될 수도 있겠다. (……) 단지 그의 재능이 그렇듯이 남들과의 연관성 속에서 이루어졌고 그러한 남들 가운데 『창작과 비평』이 우연이라면 우연하게 한몫을 했다는 것이 우리의 무조건 기분 좋은 것이며 이 작가의 재능처럼 뚜렷한 재능의 경우에도 그 결실의 내막에는 아슬아슬한 어떤 비약이 개재한다는 것을 목격할 수 있었던 행운을 자랑스럽게 생각하는 것이다.
>
> ↘「편집후기―『창작과 비평』 2년 반」, 1968년 여름호, p.368

이어서 백주간은 망설임도 없이 "『분례기』는 올해 우리 문단의 가장 큰 수확이요 우리말로 씌어진 가장 훌륭한 작품 가운데 하나라고 나는 생각한다"(『동아일보』, 1968년 12월 19일자)라 했습니다 그려.

그 단정의 이유가 무엇인가. 우리의 관심사는 여기에 있겠소. 백주간의 내면의 아주 은밀한 목소리. 들어볼까요.

　그러고 보면 『분례기』를 하나의 문단적 내지 사회적 이슈로까지 삼고
자 먼저 나선 것은 필자 자신이었던 것도 같다. 바로 그 신인 작품을 선
발하여 실은 편집자가 또 그런 평까지 쓴 것은 신중을 결한 행동이었다
는 어느 선배의 꾸중을 들어도 마땅한 것이었고 평 자체도 하나의 숙제
를 남겨놓은 채 그쳤던 셈이다.

➘ p.369

　여기에 두 가지 은밀한 목소리가 숨겨져 있습니다.

　첫째는 세속적인 것. 매우 이상하게도 『분례기』가 문단의 이례적인
관심과 인기를 모았다는 점. 이른바 최고급 지식인 백주간의 자기모순
의 현장이었던 셈. 왜냐면 이 계간지의 목표가 역사의식과 사회의식을
누누이 강조할 것에 두었기 때문. 그런 형편에 역사의식과 사회의식이
거의 전무해 보이는 순수문학적인 『분례기』를 감히 실었으니까.

　둘째, 『분례기』에서 주간은 예술성을 보았다는 것.

　　『분례기』를 즐겨 읽은 독자들 가운데는 그 소재의 특이함 또는 너절
　함에 끌린 이들도 많았겠지만, 정확하고 밀도 있는 언어로 이야기의 현
　장을 곧바로 살려내는 작가의 솜씨가 없었다면 진지한 독자의 관심을 오
　래 유지하지는 못했을 것이다.

➘ p.370

객

　백주간이 내세운 것은 『분례기』 속의 묘사겠는데요, 이를 몇 군데 인
용하면서 "이런 묘사들은 단순한 토착어의 전시와는 차원이 다른, 예술
가의 집요한 시선이 작용하고 있다"(p.370), 요컨대 백주간이 『분례기』
에서 내세우고자 한 것은 '예술성'으로 집약되는 것. 성기 묘사는 물론
충청도 사투리와 호롱골 서민의 삶의 묘사를 토착어에 그치지 않고 예

술성에 연결시켰습니다 그려.

> 석서방댁(똥례 모-인용자)의 고함소리에 똥례는 다시 이불 속으로 기
> 어든다. 똥례가 기어들자 석서방댁이 부스스 일어난다. 헝클어진 머리를
> 쓸어넘기고 비녀를 주워 끼운 후 한숨을 쉬며 담배통을 끌어당겨 종이로
> 담배를 만다. 석서방댁은 언제나 속곳바람이다. 추우면 찬 옷을 입기가
> 싫고 더우면 더워서 옷 입기가 싫다는 것이다. 세수도 며칠 만에 한 번
> 씩 하고 겨우 밥상을 들여서야 자리에서 일어난다. 무척 게으르다. 그리
> 고 앉아 있는 석서방댁은 오십이 다 된 중늙은이 같다. 앙상한 가슴에
> 매달린 조그만 젖은 꼭 물렁감처럼 말캉거린다. 칠십 노파의 그것처럼
> 주름까지 잡혀 있고 젖꼭지가 먹빛처럼 검다.

↘ p.370

이어서 콩조지의 지랄병 묘사, 아들과 빵장수 묘사 등이 이어져 백주
간은 이러한 인용을 두고 "이 점에서 『분례기』의 성공은 다음 인용 하
나로도 간단히 확인된다"(p.370)라고 했것다. 사회의식과 역사의식, 곧
이 계간지의 목표와는 별개의 것, 참여문학과는 구별되는 순수문학 쪽
에 섰다고도 볼 수 있는데요. 지식인의 자기모순성이 아니었을까요. 벽
초의 『임꺽정』이나 염상섭의 『삼대』를 끌어들이기도 하지만, 어디까지
나 '예술성'의 발견, 옹호에 무게를 싣고자 했군요. 이런 식의 독법은
선생이 앞 장에서 『분례기』를 읽을 때 그 중심부가 백정들이 세운 '獸
魂塔'에 집중되지 않았습니까. 그러나 백주간의 안목에는 그따위 '獸魂
塔'의 중요성, 작품 전체를 중심점으로 잡고 있는 신인 작가 방영웅의
창작 의도란 안중에도 없군요. 어째서 이런 지경에 이르렀을까.

주
거기에는 아마도 심오한 뜻이 숨어 있지요. 똥례와 용팔, 이 남녀의

관계란 '獸魂塔'에 다름 아닌 것. 백정 용팔과 그가 잡아먹은 똥례의 사연을 새긴 기념비일 수도 있지요. 백주간이 이를 두고 예술성이라 해야지 토착어, 묘사 등 껍데기를 들고 "예술성이다"라고 외친 것은 웬 까닭일까. 왜냐면 『분례기』를 관통하는 중심점이 獸魂塔이었으니까.

인식 부족에서 온 것이다! 요컨대 일원성으로 되돌려야 한다! 뿐만 아니라, 그러니까 이 점이 중요한데,『창작과 비평』에서 창작 쪽의 빈약도『분례기』의 출현으로 거의 의미가 없다는 것. 창작과 비평의 일원론!

객

『문학과 지성』의 김현과 이른바 4K도 한갓 헛공론에 지나지 않는 것.

주

일원론이야말로 『분례기』의 출현이 시금석인 까닭이자 명분이기도 한 것. 이를 계기로『문학과 지성』도 알아차리고 내면성＝세련성＝예술성으로 치달았고,『창작과 비평』은 내면성·세련성도 수용하면서 새로운 미래형 가능성도 일원론 속에 수용한 것.

객

거기까지는 알겠는데,『분례기』의 새로운 도전, 시금석이란 일회성으로 족한 것. 모든 논점을 일원성에다 포용했으니까. 나머지는?

주

나머지란『분례기』그 후의 작가 방영웅의 활동이겠습니다 그려. 조금 살펴볼까요. 백주간은 당연히도 거기에는 언급조차 하지 않았지요.

주

'당연히'라고 했습니까. 『분례기』하나로도 족하다는 뜻이겠는데요. 보다시피 신진작가 방영웅은 두 번째 작품으로 「달」(『창작과 비평』, 1969

년 여름호, 1,040매)을 일거에 발표했지 않습니까. 무대는 수덕사 근처 오얏리. 무당 안씨와 미순이, 미순이의 남편인 석수 명서방, 머슴 용삼이. 주간의 안목에는 獸魂塔 따위란 안중에도 없는데, 그렇다면 주간이 내세우는 예술성이란 과연 무엇인가 궁금합니다 그려.

이렇게 말해보자면 어떠할까.『창작과 비평』에서 비평은 세계 최고에 준하는 논의를 가져올 수 있고 또 해왔지만 창작 쪽은 거의 전무한 형편이었지요. 이 허점을 공격한 쪽이 누누이 지적했듯 김현 및 이른바 4K였지요.『문학과 지성』이 그것. 백주간도 이를 어느 수준에서 수용할 수밖에요. 창간호에서 김승옥의 「다산성」을 비롯, 그 뒤에 이청준의 「과녁」, 최인훈의 「춘향뎐」 등이 이어집니다. 김승옥으로 말하면 4·19세대의 주역의 하나로 감각의 세련성을 깃발로 내세웠고, 이청준 또한 그러했으며, 최인훈 역시 세대가 조금 위이긴 해도 세련성에 집중한 것. 이들의 세련성이란 지식인으로 일관된 것. 세련성이란 복잡하지만 줄여서 한 마디로 '내면성'을 가리킴인 것. 외부 사건 도입과는 별개.

내면성이라 했습니까. 내면성＝예술성이겠습니다 그려. 또 이 내면성은 고백체를 기본항으로 갖는 것인데, 지식인 특유의 소유물이지요. 내면을 드러낸다는 것, 그것만 해도 가치 있고 신성한 '그 무엇'이라는 것. 이를 막바로 예술성으로 인식하기 쉬운 것이 지식인 문학의 속성이지요. 외부(사회성)를 회피한 것 자체로도 대단한 용기이자 안전책이었지요. 군부와의 대결의식이 깔려 있었으니까. 여기에서 생긴 것이 세련성, 예술성이겠는데 그 자체 높이 평가될 수 있는 것. 적어도 60년대 이후의 이 나라 소설사에서는 그렇지요. 4·19 세대가 이를 세련성이라 했을 터인데, 그러고 보니 내면성→세련성→예술성의 진행 과정에 하나의 시금석으로 『분례기』가 솟아올랐던 것.

좋은 지적. 시금석으로서의 『분례기』에서 주간이 말하고자 한 언외의 부분은 무엇이었을까요. 지식인의 오랜 숙원인 '자기모순성'의 극복 방법이 아니었을까 싶습니다 그려.

참여파와 순수파의 분별 자체가 지식인의 자기모순의 얕은 수준에 지나지 않는다는 것. 그 사례로 백주간은 하버드 교정에서 배운 최고 수준의 작가인 D. H. 로렌스를 이끌어 왔더군요.

좋은 지적.

세잔은 비로소 사과 하나를 그렸다는 것.

사실인즉 현대 프랑스미술은 세잔에 이르러 비로소 진짜 실체(實體), 말하자면 객관적 실체로 되돌아가는 첫걸음을 내디딘 것이다. 반 고흐의 대지(大地)만 해도 아직 주관적인 대지, 그 자신이 대지에 투영된 대지였다. 그러나 세잔의 사과는 사과에 개인적인 감정을 전혀 스며들이지 않고 사과가 그것대로 독립된 실체로서 존재하도록 내버려두려는 최초의 본격적 기도이다. 세잔의 거대한 노력이란 말하자면 사과를 자기한테서 저만큼 밀어버려서 사과는 사과대로 살게 놔두려는 것이었다. 이것은 대단치 않은 일처럼 보일는지 모른다. 그러나 그것은 물체가 실제로 존재

한다는 것을 인간이 시인할 뜻을 수천 년 만에 처음으로 보인 대사건이
다.(D. H. Lawrence, *Selected essays*, Penguin Books, pp.326-327. 원문까지 보
였다)

40년의 악전고투 끝에 세잔은 사과 하나를 완전히 아는 데 성공했다
고 로렌스는 주장했는데, 이는 세잔이 진짜 혁명가라고 본 것이군요.
윤리와는 무관한 사과가 거기 있었다고 로렌스는 주장합니다.

주

세잔의 사과에 이른 길은 철학자 화이트헤드의 『이성의 기능(The
Function of Reason)』(1929)에 기반을 둔 것. 사는 법(art of life)을 정의하여
첫째 살아 있기, 둘째 만족스럽게 살기, 셋째 만족의 증가를 달성하기.
문학과 예술은 화이트헤드가 말하는 이성의 기능의 중요한 한 가지 표
현, 곧 '사는 법'으로 향하기라는 것. 이것은 생존경쟁을 넘어선 것. 생
존 경쟁력이란 다만 주어진 환경에 국한된 것이니까.

객

백주간의 믿는 데가 이처럼 든든하군요. 세계성, 인류성의 미래형에
까지 생각이 닿아 있었다는 것.

주

이로써 백주간의 자존심은 날개를 단 형국. '참여파'다 '순수파'다란
세잔에 비하면 이원론(二元論)에 지나지 않는 것. 가장 순수한 세잔이 가
장 혁명적이었으니까. 『분례기』가 이 이원론을 타파함에 시금석 몫을
했다는 것. 그러니까 『창작과 비평』을 참여파로 인식함이란 1년 단위의
기간이지요. 후속 「달」이란 그 달이 물속의 달과 어떻게 다른가. 태극
(太極)에 해당되어 판별 불가. 요컨대 6·25란 한갓 유행병인 것. 유교

지배의 인류(+)에 생명력 대결(-)로 균형 갖추기라고나 할까요.

제3작은 「타향」(『창작과 비평』, 1971년 여름호, 423매). 금오산을 배경으로 한 허영감(59세)의 삶. 첩 옥녀를 얻자 조강지처가 떠남. 모심기 철에 6·25가 터짐. 미순이 여맹위원장. 인민재판, 달노래, 6·25란 한갓 유행병인 것. 농경사회의 삶의 밑바탕인 무속신앙이 배경에 깔린 것. 주역은 무속의 미순과 석수 명서방인바, 이는 『분례기』의 똥례와 용팔의 변형이겠는데요. 부부고개에 달이 떴다는데 이 달을 보며 미순이는 1년을 보냈습니다 그려. 3부작으로 되어 있으나, 『분례기』처럼 뚜렷하지 않고 다만 복잡한 가족관계가 얽힘. 허영감의 일대기이자 옥녀의 일대기이기도 한 것. 아리랑고개 넘기. 곧 옥녀와 머슴 춘삼이 서울로 간다는 것.

「꽃놀이」(『창작과 비평』, 1972년 겨울호)는 어떠할까. 계절은 봄에서 시작. 삼봉초등학교 정교감이 등장. 김서방의 집에 하숙. 김서방 딸 애꾸인 연배에게 그가 실언을 함. 군에 간 자기 아들과의 혼약 언질. 교감이 연배 겁탈. 1년 만에 학교 떠남. 몽운대사와 만남. 몽운이 연배 겁탈. 교감도 중도 위선자들. 보다시피 아무런, 별다른 의미도 없는 작품.

이에 비하면 「무등산」(『창작과 비평』, 1974년 여름호, 260매)은 5장으로 되어 있고 꽤 요약된 것. 주제도 상당히 정리된 것. 보국사 보살할머니가 경영하는 절에 스며든 땜통이 주인공. 국토건설단에서 용케 도망쳐 이 절로 스며든 그는 이 절을 중심으로 검사를 위시한 신문사 등 권력층의 행태를 관찰합니다. 무등산을 바라보는 보살할머니의 시선과 이들 권력층의 시선이 대비됨. 땜통은 한쪽 '눈'밖에 없는 보살할머니를 모시는 정순이와 사귐.

땜통이 보기엔 이 절을 뺏고자 획책하는 정선생과 금순이.

정순이에게도 무등산의 세계가 분명 있었다. 그러나 땜통을 만나고 나서 그 무등산은 허물어져버렸다. 그리고 다시 무등산을 찾으려 했다. 보살할머니만 무등산을 바라고 사는 것이 아니라 정순이도 말하자면 무등산의 팬이다. 보살할머니의 한짝 눈으로 보는 무등산이 어떤 것인지 알 수가 없으나 정순이는 그 산이 한때는 굉장히 미웠던 적이 있었다. 더러운 것들이 모두 들어 있을 것만 같았다. 그러나 그 산은 그냥 바라보는 산, 때로 바뀌는 그 모습 속에서 공통된 그 무엇이 있다는 것을, 그것이 무엇인지 알 수 없지만 분명히, 분명히 있다는 것을 정순이도 요즈음에야 알았던 것이다.

"전 보국사를 나갈래요."

정순이는 어둠 속에 드러난 무등산의 모습을 물끄러미 바라보며 중얼거렸다.

↘『창작과 비평』, 1974년 여름호, p.547

무등이란 이로 보면 『분례기』에서 벗어나려는 변종들이라 할 수 없을까. 『분례기』의 다음 작품인 「달」, 「꽃놀이」, 「무등산」 등은 결국 무등산이 품고 있는 무속, 불교 등 민속적이고 시대와는 상관없이 변함없는 삶의 정체성에 속하는 것. 그중에서도 「무등산」이 중심부이겠는데요. 그 주인공인 땜통이 문제적 인물. 약국 심부름꾼으로 출발, 군대 입대, 도망, 국토건설대를 피해 절로 들어가 머슴살이. 보살할머니의 손에서 결국은 빠져나오는 땜통. 이 인물은 「장한몽」에서 먼저 만날 수 있습니다. 「장한몽」의 모일만(牟一萬)이 그 인물. 「장한몽」이 먼저라 모방이라 할 수는 없지만 뭔가 좀 생각하게 합니다. 그건 그렇다 치고…….

객

충남 예산에서 1942년에 태어나 휘문고를 나와 교사 노릇하던 신인 방영웅의 자기탈출의 행로란 「무등산」까지군요.

주

「무등산」을 떠나 타향에 가서 새로운 세계를 이루었는가, 그렇지 않으면 탈출 의지만 있고 성과란 없는 셈인가, 그런 것이 없지요. 이게 문제.

객

『분례기』란 안 그렇다. 그것은 이른바 원형이다. 올 데도 갈 데도 없는 자연의 생리이다. 백정의 獸魂塔의 의미도 이 속에 녹아 있다. 그런 뜻으로 들리는데요. 맞습니까? 그러니까 『분례기』가 원형이고, 진짜이고, 이에서 벗어나려는 후속 작품들은 지리멸렬한 혼란에 그쳐 있다? 「달」에서는 『분례기』의 분례가 중심으로 되어 있는 형국. 요컨대 삼부작으로 구성된 「달」에서는 미순이가 중심인물. 6·25를 겪으면서 『분례기』의 호롱골이 세상 밖으로 열리지 않을 수 없는 계기가 주어졌지요.

주

호롱골을 떠난 사람들은 어떻게 되었는가에 대한 큰 마무리가 없다. 또 그럴 수밖에 없는 것이 이 나라 사회다. 모든 것이 섞여버리는 것. 이런 점에서 이문구의 「장한몽」은 큰 의미가 있겠지요. 백주간이 「타향」이 끝나지 않은 지면에다 「장한몽」(1,700매)을 연재한 것은 이런 곡절에서 왔을 터. 이 자신감은 어디에서 온 것인가를 우리가 지금까지 살펴온 셈이지요.

선생은 「달」에서 「무등산」까지를, 『분례기』에서의 탈출이긴 해도 그 후의 성과가 뚜렷하지 못하다, 고로 「장한몽」에 그것을 기대했는지도 모른다고 했는데, 백주간의 생각은 다르군요. 잠시 볼까요.

바로 그러한(서정인의 「강」, 「원무」 등을 지칭) 소시민적 자기중심주의에서 완전하게는 아니라도 놀랄 만큼 벗어나 있다는 것이 『분례기』(1967)의 미덕이다. 이 작품의 좋고 나쁜 점을 여기서 거듭 상론할 생각은 없다. 다만 60년대 한국 소설에서 김승옥이 제시했던 한계와 관련하여 강조할 것은 『분례기』가 시골 이야기임에도 불구하고 방영웅 씨의 작품세계는 하근찬 씨나 오유권 씨의 세계보다 김승옥 씨의 그것에 가까운 일면이 있다는 점이다. 그것은 『분례기』 자체에서도 짐작할 수 있는 일이지만 이따금 김승옥 소설이 되다 만 듯한 타작을 내놓을 때 더욱 분명해진다. 물론 『분례기』의 세계가 하근찬 씨의 사회의식과 거리가 있고, 김승옥의 세련을 결하고 있다는 것은 하씨가 김승옥과 방영웅의 세계까지 포용하는 위대한 사회소설·농촌소설을 못 썼다는 것만큼이나 우리 시민문학을 위해 아쉬운 일이다. 그러나 김승옥 또래의 현대 소시민적 감수성에 자기대로 충실하면서 여하튼 소시민의 세계와는 완연히 다른 세계를 생생하게 그려주었고 소시민적 도시 현실의 어둠이 이미 우리의 전통적 촌민사회까지 감싸고 있음을 보여주었다는 점에서 『분례기』의 시민문학적 의의는 작은 것이 아니라 하겠다.
↘ 백낙청, 「시민문학론」, 『창작과 비평』, 1969년 여름호, p.504

백주간의 대논문이자 초기의 구도인 소시민 의식(지식인의 세계)과 시민의식의 구별, 곧 화이트헤드가 말하는 이성의 힘에 의한 삶의 방식으로서의 공동체의식을 겨냥한 것이 계간 『창작과 비평』의 속내를 드러낸 것.

잠깐. 분명히 짚고 넘어갈 것은 『분례기』, 곧 백주간의 도식이 아니 었을까요. 소시민성과 시민성의 구별이란 따지고 보면 백주간의 자기모 순을 드러낸 것. 소시민 의식이야말로 백주간이 제일 많이 갖고 있는 것. 그는 끊임없이 자기의 과잉한 소시민 의식을 민감히 인식하며 살아 왔고, 이제부터는 여기에서 벗어나고자 몸부림친 형국. 곧 시민의식으 로 향하기였던 것. 온갖 지식을 동원하여 시민의식을 향해 달려갔던 것. 우선 자기가 할 수 있는 문학 쪽이니까 시민문학론을 펼칠 수밖에요.

소시민 의식에서 시민의식의 문학으로 일단 나아가기, 그 다음은 문 학을 떠나 사회 전체의 각 영역에로 확산되기, 곧 분단 문제 등등. 그렇 다고 볼 때 『분례기』의 한계가 뚜렷하다는 것. 그것은 소시민 문학 의 식을 공유하면서도 여기에서 한 걸음 나서고자 하는 계기를 갖고 있다 는 것. 요컨대 『분례기』란 시민문학론의 전개를 위한 불쏘시개인 셈. 그러나 그 후속부대가 없고 보니 불쏘시개는 금방 사라지는 것. '해동 조선국 충청도 예산땅 호롱골 석씨 가문 출가외인' 똥례가 모든 것의 원점. 곧 소시민 의식도 시민의식도 아직 분화되기 전의 세계. 요컨대 원점인 것. 이 점에서 『분례기』는 단연 문제적인 것. 백주간이 주목한 곳이 여기인 만큼 獸魂塔에 대한 작가의 의도란 안중에도 없었다고 보 겠지요.

그만하면 백주간을 위한 변명으로 족한 것. 훌륭한 변명이니까요. 그 렇다면 「장한몽」이 왜 새로이 요청되었을까요. 백주간의 의도는, 추측

건대 원점 호롱골의 세계가 소시민 의식과 시민의식으로 분화됨에 멈췄다고, 실패했다고 봤기 때문이 아닐까요. 원점인 '해동 조선국 충청도 예산땅 호롱골'이 도시로 나아가 분화됨에 실패했거나 혼선이 일어남을 보았기 때문에 그들이 서울로 몰려와 또 다른 원점을 보여준 것이 「장한몽」이라는 것. 제1의 원점이 호롱골이라면 제2의 원점은 서울.

객

선생은 『분례기』론 다음에 「장한몽」론을 논의할 수밖에 없겠습니다그려.

주

그렇소. 그렇기는 하나 지금 우리가 논의한 것이 『분례기』론인 만큼 이에 대한 당대의 기성세력원의 대표 격인 선우휘의 견해를 결코 건너뛸 수 없지요.

6. 학병 세대 작가 선우휘와 평론가 백낙청의 대결

객

여기까지 오면, 그러니까 시민문학론에 이르면 무엇보다 세계성, 곧 세계문학론으로 향할 수밖에요. 이땐 이미 『문학과 지성』이란 안중에도 없었을 터. 라이벌의식의 대상으로 세계문학이 있을 뿐. 소시민성과 시민성의 라이벌의식이 그것. 참으로 거창하다면 거창한 과제가 아닐 수 없는 것. 실상 소시민성이란 혜택받은 지식인 특유의 자기한계인데, 이를 벗어나지 않는 한 세계시민에로 나아갈 수 없지요. 백주간이야말로 소시민성의 전형이었던 것. 선생은 그 점을 높이 평가하고 싶은 모양이군요.

주

그렇소. 자기한계를 투철히 안다는 것. 이를 들고 그는 60년대 한국 문학(소설)을 비판했는데, 말을 바꾸면 김승옥, 이청준, 최인훈 등의 비판이란 자기 자신에 대한 비판인 것.

객

그렇다면 60년대 국내에서는 대결할 대상이 없다는 뜻이겠습니다 그려.

주

좋은 질문. 60년 이 나라 문학에도 대결할 대상이 있었지요. 바로 기성 보수세력. 이 기성 보수세력은 김동리 등의 샤머니즘도 아니지만 그렇다고 손창섭 등 전전·전중·전후 세대도 아닌 것. 바로 학병 세대를 가리킴이지요. 선우휘의 「불꽃」(1957)으로 말해지는 학병 세대.

객

학병 세대란 1944년 1월 20일 국내 및 일본의 조선 유학생 약 5천 명(4,358명)을 일제가 강압으로 입영시킨 것. 이들은 중국, 버마, 남방, 일본 등지에 투입되었고, 그들의 특징은 '근대성'으로 정리되겠지요.

주

좋은 지적. 근대성, 곧 지식인의 문제지만 동시에 그것은 강렬한 민족주의로 무장된 것. 소시민성을 기반으로 한 학병이지만 이 학(도)병은 소시민성을 민족주의, 반제사상으로 초극할 수 있었지요. 반제사상, 그것은 바로 시민성, 세계성이었던 것. 이를 크게 말해 '근대성'이라 할 수 있으니까요. 소시민성의 초극이야말로 학병 세대의 위대성이라 하겠지요. 이들이 실상은 해방 후의 남북한 국가 건설의 주역이었던 것.

「불꽃」의 작가는 학병에 간 바 없지만(사범계) 그런 의식에는 실로 민감한 것. 「불꽃」이 그 문학적 성과였지요. 비로소 근대성이 이데올로기의 수준으로 다루어질 수 있었습니다. '지식인의 행동성'이라고 한 것은 실상 소시민 의식에서 시민성으로 향했음을 가리킴이었지요. 맞습니까? 선생은 중국 소주 60사단에 치중대(수송대)로 복무했던 이병주의 의식을 추구한 바 있었지요. 그의 글쓰기의 대표작 『관부연락선』(1968)에서 이렇게 그 이유를 밝혔는데요. 한번 볼까요.

> 해방 후 이 땅의 문학은 반드시 청산문학의 단계를 겪어야 했다. 자할 정도로 반성하고 자조할 정도로 자각해야 했고, 일제에의 예속을 문학자 개인의 책임으로서 해부하고 분석해서 그러한 청산이 이루어진 끝에 새로운 문학이 시작되어야 했었다고 생각한다. 그러한 겨를도 없이 문학자들은 대립 항쟁하기 시작했고 저마다의 주장만 앞세우고 나섰다. 다시 말하면 우리가 해방을 맞이했을 때 '과연 우리에게 해방의 기쁨에 감격할 수 있는 자격이 있느냐'고 물어보기도 전에 감격해버린 것이다. 이건 결코 문학자의 태도가 아니었다. 그렇기 때문에 아직껏 이 나라의 문학은 이 나라의 정신을 주도하는 자리를 차지하지 못하고 있는 것이다. 만시의 탄은 있지만 나는 이 작품에서 일제의 시대부터 6·25 동란까지의 사이, 시대와 더불어 동요한 하나의 지식인을 그림으로써 한국의 근대를, 그 의미를 알아보고자 한다. 「관부연락선」은 그런 뜻에서 역사적으로도 상징적으로도 빼놓을 수 없는 교통수단이며 무대다.
>
> ↳「관부연락선」, 『월간중앙』, 1968년 4월호, 작가의 말 중에서

한국의 근대, 지식인의 자의식, 그 극복 과정이 빠져 있는 근대문학사는 인정할 수 없다는 것.(『이병주와 지리산』, 국학자료원, 2010)

이러한 학병 세대의 시선에서 볼 때 신세대인『문학과 지성』이나 아웅다웅하는『창작과 비평』따위란 실로 가소로운 아이들 장난으로 보일 수밖에요. 이 학병 세대의 총대장 격으로 군림한 사람이 바로「외면」(『문학사상』, 1976년 7월호)을 쓴 선우휘. 막강한 언론계의 총수 격인『조선일보』의 편집국장. 작가이자 편집국장의 자리에서, 신세대의 앞잡이『창작과 비평』의 주간이자 서울대 문리대 전임강사인 평론가 백낙청과의 대결이 이루어졌지요. 이를 성사시킨 곳은 막강한 지식인 잡지『사상계』였지요.

선생은 시방「작가와 평론가의 대결」(『사상계』, 1968년 2월호)을 가리킴니다 그려. 1968년이라면『창작과 비평』창간 3년째겠는데요.『조선일보』편집국,『사상계』, 그리고『창작과 비평』이 나란하게 세워진 형국 아닙니까. 그런데 그 대결의 주제가 '문학의 현실참여를 중심으로'로 되어 있습니다. 사르트르를 중심으로 논의되는 과제인데요. 이 점에서 평론가인 백주간이 민첩할지 모르지만 작가 선우휘 역시 그에 못지않게 민첩함에 놀라지 않을 수 없지요. 구세대, 기성세대의 안주하는 태도가 아니라 당당한 근대인으로서 창작에 임하는 선우휘였던 것이죠. 따라서 결코 만만치 않은 대결이 아닐 수 없지요.

좋은 지적.「불꽃」의 작가 선우휘의 국제감각이란「외면」에서 선명하거니와, 적어도 선우휘의 감각으로는 2차 대전 속의 일본, 미국, 포로, 전후 재판에 이르기까지에 민감했고, 또 육군 대령 출신답게 6·25에 대한 남북 이데올로기 문제도 이데올로기의 속성을 드러내서 비판할 만한 역량을 갖춘 인물이지요. 구세대의 김동리, 염상섭 등과는 판연히 다른 자리에 섰던 작가였지요. 이런 작가가 문학의 현실참여에 대해 역시 민감했음도 능히 짐작할 수 있겠지요. 사르트르 말이외다. 사르트르란 핑계일 수도 있는 것. 이 대결에서 질문은 후배인 백주간이 일방적으로 했고, 선우휘는 답변 겸 자기주장을 거침없이 했습니다. '거침없이 했다'는 내 표현이 좀 서툴다면 심중에 깊이 감추어진 것까지 말했다고 해야 할지, 그런 것이 감지되어 옳고 그름을 떠나 감동적입니다.

첫 장면은 이렇군요.

白樂晴 : 오늘 鮮于선생님을 모시고 말씀을 나누게 돼서 기쁘게 생각합니다. 文學의 現實參與에 관하여서는 그간에 여러 가지 얘기가 있었고 특히 지난해 연말께 되어 세계문화 자유회의 세미나에서 '作家와 社會' 토론이 있은 이후로 여기저기서 논란이 있었던 것 같습니다.

鮮于선생께서도 관심을 많이 표명하신 것 같은데, 여러 가지로 얘기가 얽히기는 하였습니다만, 제가 읽은 바로는 선생님의 주장은 문학이라는 것은 써먹는 것이 아니다, 그것은 일종의 좋은 의미의 장난 비슷한 것이고 어떤 행동의 道具가 될 수 없는 것이라는 요지의 말씀이었고, 또 요즈음 지식인이나 문단의 風潮에 대하여 몇 가지 의구심을 표명하신 것으로 압니다. 그리고 특히 한 가지 꼬집어서 하신 主張은 한국의 현 실정에서 사르트르를 추종하는 작가의 현실참여라는 것은 결국 프롤레타리아혁명에 도달하게 된다는 것이었지요. 따라서 참여문학을 말하는 사람들이 사르트르를 추종하지 않는다거나 추종하더라도 프롤레타리아혁명에 달하지 않는다는 선명한 답변을 요구하셨는데요.

아직 거기에 대하여서 답변을 못 받으신 셈이죠?

↘ p.145

백주간의 도전이라고나 할까, 또는 후배로서 선배에게 질문하는 태도
라고나 할까.

주

전자와 후자가 겸한 것이긴 해도 무게가 전자 쪽에 실린 형국이지요.
문제는 사르트르→ 현실참여 → 프롤레타리아혁명에 이른다는 것. 이에
대한 선우휘의 답변 요구에 백주간이 나서서 대답하겠다는 본새니까.

객

그러고 보니 선우휘의 요구는 매우 강한, 공세적인 것이겠는데요. 맞
습니까?

주

한국 현실에서 사르트르 추종자란 '결국'은 프롤레타리아혁명에 도달
한다, 그렇지 않다는 해답을 듣고자 한다는 것이니까. 이에 응분의 답
변, (A) 곧 사르트르를 추종하지 않더라도 현실참여를 할 수 있다는 것.
또 (B) 사르트르 추종자라도 프롤레타리아혁명에 달하지 않는다는 것.
이 요구에 대해 아무도 선우휘에게 대답을 해오지 못했다는 것. 백주간
이 대표 격으로 대답을 하겠다는 형국. 그도 그럴 것이, 계간『창작과
비평』을 간행할 때의 이 계간지의 성격이 사르트르를 중심에 놓았으니
까요.

객

그렇군요. 사르트르의『현대』지 창간사인「현대의 상황과 지성」(정명
환 역)이 그것. "부르주아 출신의 모든 작가는 무책임이라는 유혹을 받
아왔다"로 시작되는 이 창간사는 물론 프랑스 지성사 및 문학사의 환경
에서 조성된 것이어서 60년대 중반의 한국 현실과는 한갓 먼 참고사항

인 셈이었지요. 그렇다고 계간지 『창작과 비평』이 사르트르 중심으로 나아간 것은 아니지요. 사르트르를 이해할 수 없었음이 아마도 솔직한 느낌이 아니었을까. 실상 백주간은 창간사를 권두에 실었지요. 장대한 서론. 왈, 「새로운 창작과 비평의 자세」 그 첫줄은 이렇지요. "문학 하는 자세를 바로잡으려 할 때 문학의 순수성을 새로 문제 삼을 필요가 있다. 요즘 우리 주변에서도 '순수'와 '참여'의 논의는 많은 관심을 모으고 있는 듯하다"(p.5)라고. 사르트르의 계간 『현대』의 서두를 연상시키고 있습니다. 그렇기는 하나, 백주간이 사르트르에게 배운 바 없지는 않겠지만 그 추종자라 보기엔 무리가 있겠지요. 그는 누가 보아도 한국 현실 속에 있었으니까. 「날개」의 작가 이상의 '초근목피'를 알고 있었고, 이런 현실에서 작가가 된다는 것은 제비에서 공첨을 뽑은 형국이니까. 그렇기에 백주간이 선우휘에게 대들 수 있었겠지요. 하버드 교정에서 배운 실력으로 학병 세대인, 또 막강한 저널리즘의 수장 격인 『조선일보』 편집국장에게 한 수 가르치려는 태도도 엿보입니다 그려. 사르트르 추종→ 프롤레타리아 혁명의 도식에 대한 질문에 응답할 수 있는 자는 바로 백주간뿐이라 판단했으니까요.

주

백주간의 답변은 이처럼 매우 비약적입니다.

白樂晴 : 저는, 제 자신이 사르트르의 추종자라고 생각지를 않으니까 제가 구태여 답변을 한다는 것이 우습습니다만, 저도 개인적으로 그의 文學이나 문학이론에서 배울 점이 있다고 생각을 하고 있었으니까, 이런 데 대하여서 제 자신의 해명을 시도하여보겠습니다. 제가 보기에는 사르트르의 文學理論이라는 것은 오히려 鮮于선생님의 理論, 다시 말하여서 문학은 道具가 아니고 어떤 면에서 일종의 장난이다 하는 그런 이론하고

오히려 부합되지 않는가 하는 생각이 듭니다. 사르트르가 『문학이란 무엇인가』라는 논문에서 규정한 바에 의하면 文學의 本質이라는 것은 自由라는 것입니다.

그 자유란 어떤 행위의 도구가 될 수 없고 어디까지나 作家의 내면적인 자유에서 나와가지고 또 읽는 사람의 자유에게 호소한다는 것이에요. 그래서 문학이라는 것하고 연장 혹은 도구하고를 사르트르가 아주 명백히 구별해서 이런 말을 합니다.

연장이라는 것도 어떤 의미에서는 우리들의 자유에서 주어진 것이다. 다시 말해서 우리가 장도리나 함마를 가지고서 궤짝을 만들 수도 있고 사람을 때릴 수도 있고 집을 지을 수도 있다는 거지요. 하지만 그것은 우리가 무엇무엇을 하기로 한다는 어떤 가정을 한 후에 그 假定에 따라서 필연적으로 결정되는 것이고 그 연장 자체가 우리들의 자유에 호소한다거나 우리의 자유를 표현하여주고 있는 것은 아니라는 겁니다. 거기에 비하여서 문학은 그것 자체가 하나의 자유의 행사이고 너그러움의 행사다, 이런 말도 하는군요. 그렇기 때문에 도구와는 엄연히 구별된다, 이런 말을 했던 것 같습니다. 그러면 이제 그것하고 사르트르 개인의 정치적인 견해라든가 또는 그의 행동강령하고는 어떤 연관이 지어지는가 생각해볼 때, 첫째로는 문학의 本質이 자유니까 문학은 자유에 대한 억압을 물리침으로써만 존재할 수 있고 그것이 존재한다는 사실만으로써 모든 속박에 대한 하나의 反抗이 된다는 것입니다. 작가가 자유로워야지 문학을 할 수 있고 독자도 자유로워야지 그 문학을 이해할 수 있으니까 그런 문학의 價値를 주장하고 그런 문학을 만든다는 것이 곧 억압적인 사회에 대한 비판 및 저항과 직결된다는 것이지요. 특히 사르트르의 입장에서는 모든 것을 상품화하고 도구화하는, 그가 살고 있는 기존 사회, 즉 西歐 資本主義 社會를 부인하고 보다 자유로운 사회를 지향하는 노력이 안 되려야 안 될 수 없다는 것입니다.

이러한 그의 문학이론의 일부로서 나오는 參與論이 있는 것 같고, 또 하나는 문학이라는 것은 일종의 장난이니까 사태가 급할 때는 그런 장난은 집어치우고 차라리 망치나 총칼이라도 들고 나서는 것이 중요한 일이 아닌가 하는 식의 발상이 있는 것 같습니다. 이 부분은 오히려 문학이 장난이라는 이론에 입각해서 문학을 경시한다고 할까 그런 입장으로 발전하는 듯도 합니다.

한국의 지식인의 입장에서 볼 때 저는 우선 사르트르가 문학의 본질이 자유며 도구가 아니고 바로 그런 속성 때문에 문학이 사회에 어떤 영향을 미치고 현실에 참여할 수밖에 없다 하는 것을 이론적으로 밝혀준다는 것이 상당히 도움이 되는 것 같습니다.

그 다음의 문제로서, 그러면 기성사회를 어떻게 보느냐, 그리고 이 사회를 좋은 의미에서 부정하고 지양하는 것이 과연 프롤레타리아혁명을 통한 공산주의 사회의 실현인가, 이런 문제에 도달하게 되면 사르트르 자신도 과거에 분명히 선을 그은 바가 있습니다만, 설사 사르트르가 안 긋고 있는 경우에도 우리 스스로가 그으면 그만입니다. 따라서 적어도 제 식으로 이렇게 사르트르에 접근할 때에는 사르트르의 문학이론, 즉 그의 참여문학론에서 출발하면 프롤레타리아혁명에 필연적으로 도달한다 하는 말은 나오기 어려울 것 같습니다.

↘ pp.145–146

문학의 본질이 '자유'라고 사르트르가 말했을 때 그 자유란, 2차 대전 때의 레지스탕스를 겪은 체험에서 연유된 것이 아니었던가. 레지스탕스에 나아가느냐도 '자유'이고, 잡혀서 고문당하다 죽거나 밀정 노릇 하는 것도 '자유'인 것. 요컨대 '상황' 속의 생성물인 것. 하이데거와 다른 점도 여기에서 오지요.(베르나르-앙리 레비, 『사르트르의 세기』, 2000, 일역판, 제1부 5장) 이러한 상황을 떠나 달랑 추상적인 '자유'를 문제 삼을 수 있을까. 또 하나 백주간이 말한 것은 다음 대목. 우리 식으로 사르트르를 이해하면 그만이라는 것.

(……) 기성사회를 어떻게 보느냐, 그리고 이 사회를 좋은 의미에서

부정하고 지양하는 것이 과연 프롤레타리아혁명을 통한 공산주의 사회의 실현인가, 이런 문제에 도달하게 되면 사르트르 자신도 과거에 분명히 선을 그은 바가 있습니다만 설사 사르트르가 안 긋고 있는 경우에도 우리 스스로가 그으면 그만입니다.

'우리 스스로 그으면 그만이다'란, 그 '우리'란 과연 누구인가. 백주 간이 먼저 그어야 하지 않았을까. 사르트르를 '우리'가 이용(참고)해도 된다면, 그 '참고'는 어느 수준인가. 하버드 대학의 수준이냐, 한국의 지적 수준이냐를 밝혀야 했을 테지요. 그렇지 않으면 학병 세대의 작가 선우휘로서는 새로운 의문이 솟을 수밖에요.

객

그 구체적인 장면을 잠시 볼까요.

鮮于煇 : (……) 한 사회의 理想狀態는 문학의 사회참여를 논하지 않아도 되는 상황이어야 합니다. 장난으로만 문학을 할 수 있는 상황 말입니다. 그런데 제가 이 사르트르를 추종하는 경우에 프롤레타리아혁명까지 갈 수 있다는 의견에 동조한 데는 조건이 있습니다. 제 나름으로 그 하나는 무엇인가 하면은 공산주의 체제에 있어서는 프롤레타리아혁명까지 가느냐 안 가느냐는 문제가 안 되니까 이것은 어디까지나 비공산주의적 사회체제에서 논해지는 거다. 또 하나는 사회참여의 형태가 여러 가지 있지만은 사르트르를 끝까지 (이 점이 중요합니다) 추종할 때에 프롤레타리아혁명까지 간다는 것입니다.

왜냐하면 사르트르가 표명한 실존주의 철학이라든가 또는 그의 문학관을 그는 분명히 문학이 어떤 정치의 예속물이어야 한다든가 하는 얘기는 물론 않고 있습니다. 그의 저서에 나타난 한 공산주의와는 일선을 긋고 있는 것이 분명합니다.

그런데 근래의 사르트르의 어떤 정치적 발언이라든가 사회적 활동을 볼 때에는 반드시 그렇게 볼 수도 없지 않느냐 하는 의문을 느낍니다. 사르트르가 초기에 실존주의 철학이나 문학관에서 표방하던 초기의 의견이 그 후에 많은 변화를 가져온 것 같습니다.

↘ p.147

선우휘의 민감성이 선명합니다. 사상이란 것의 변화를 감지하는 저널리즘적 민감성 말이외다. 그러므로 이러한 논쟁은 세련성을 갖출 수는 있었지요. 기품 말이외다. 선우휘는 사르트르의 말한 바, 곧 저널리즘에 대한 민감성을 지적한 백주간에 대해 이렇게 답변합니다 그려. 주책스럽다는 것. 그 이유는 이렇군요.

鮮于煇 : 네. 그 점 저도 동감입니다. 이제 그 사람이 자기 자신의 그런 언동에 대해서는 주책스러울 만큼 하는데 그것은 자기도 잘 알고 할 것이다.

말하자면, 보통 사람도 어떤 계산이 있는데 계산이 전연 없다고 생각하면 사르트르를 어떤 도학자처럼 보는 홈이 있습니다. 그 사람의 경력을 보면 제二차 세계대전 때에 기후 측정병인가 아마 그런 병역에 종사하였던 모양입니다. 그리고 결국 그 후에 포로가 되었다가 독일점령지구 안에 남아서 그 사람이 한 것이 물론 저항운동입니다. 심야총서 같은 데서 희곡도 써서 발표를 했던 것 같고 그중에 한 가지는 그 독일 점령하에서 그렇게 방대한 서적이 아무 거리낌 없이 발표가 된 것은 그 사람이 독일의 철학자 하이데거의 인용을 많이 했기 때문입니다. 그러니 결국은 독일 점령 당국도 그것으로 넘어가고 만 거지요. 이러한 것을 볼 때에 그 후에 이 사람의 정치적 발언에 있어서도 심지어 노벨상 수상을 거부한 그 자체도 그 뒤에는 어떤 단순치 않은 의도가 있었을 줄로 생각합니다. 그런데 사르트르 그 사람에 대하여서는 탓할 것이 없다고 봅니다. 왜냐하면 사르트르는 프랑스라는 데서 태어나서 프랑스 문화의 전통 속에서 자랐고 그 정치 정세 속에서 그 사람 나름으로 어떤 정치적인 안목이 생기어서 그 사람이 어떤 발언을 하건 어떤 행동을 하건 자기 나름의 성장의 과정을 밟아서 된 것이니까 우리가 그것을 나무랄 것은 조금도 없지요. 그와 같은 관점에서 우리나라의 문학인이나 지식인들이 사르트르를 전적으로 추종하는 것을 못마땅하게 생각합니다. 우리의 지식인은 우리의 지식인대로 사르트르와는 달리 태어난 곳이 한국이고 또 한국의 문화적 전통과 정치 풍조에서 자라고 또 프랑스와 다른 특유한 상황의 연속 속에서 살아왔다면 마땅히 그것은 사르트르와는 달라야 되겠어요. 물론 지식인의 어떤 보편성이라는 것이 중요한 문제이지만은 일종의 독자성이라는 것이 필요한 것이 아니냐, 또 한국의 문학인이나 지식인들이 어떤 특이한 독자성을 나타낼 때에, 역설 같습니다만은, 보편적인 어떤 공명을 불러일으킬 수 있지 않느냐 하는 생각을 합니다.

↘ p.150

주

선우휘가 한국적 현실에 굳게 발을 딛고 있다면 백주간은 한 발이 바깥으로 나가고 있는 형국.

白樂晴 : 한국에서의 '현실'을 선생님은 편의상 이남과 이북으로 갈라서 말씀하셨는데, 사실은 그뿐만이 아니죠. 한국 바깥의 세계라는 것도 '한국 현실'의 일부를 이루고 있고요. 한데 작가가 겪는 현실이란 것은 실제로 자기가 몸으로 느끼고 살고 있는 전부가 아닙니까? 한국의 현실이 이남의 현실과 이북의 현실이 있다 할 땐 사실은 작가에게 느끼는 것은 자기가 이남에 살면서 느끼는 이남의 현실하고, 또 이남에 살면서 이북이 저런 형태로 공산 치하에 있다는 것이 이남에 사는 자에게 파급되어 올 때에 그것을 느끼는 현실, 또는 세계가 이남에 파급되어 오는 현실─그런 것이니까요.

鮮于輝 : 그것에 대해서 내가 비근한 예를 들죠. 요전에 어떤 문학인이 이런 단상을 쓴 것을 본 일이 있습니다. 무장간첩 출몰 지구에 갔다가 욕을 본 모양이더군요. 그야 유쾌할 리가 있겠습니까? 아주 불쾌했을 겁

니다. 그런데 人權이 이렇게 취급되어서야 어떻게 되겠느냐 — 이런 얘길 하고 있어요. 그건 그런대로 탓할 것이 없습니다. 그런데 제가 말하고 싶은 것은 한 발자국만 더 나가서, 그럼 그렇게 욕을 봐야 할 사태는 왜 생겼느냐 하는 점도 생각해야 한다는 겁니다.

➹ p.157

현실 규정의 차이는 이쯤에서 그쳐도 되겠지요. 하버드 교정에서 띈 백주간이었으니까. 그러나 다음 대목은 바로 『분례기』로 향합니다. 그것도 아주 세련되게 말이외다. 문제 제기는 선우휘 쪽에서 나옵니다. 평론가 백낙청이 해야 할 일. 이 나라 문학판에서 꼭 해야 할 일이 있다는 것. 직접 볼까요.

白樂晴 : 그건 재미있는 생각입니다. 그런데 그렇게 뒤집어서 보는 안목이 완전히 구체적인 작품으로 되어 나왔을 때는 참 훌륭한데요, 그렇지 않고 비평하는 친구가 많아서 손창섭 씨 써놓은 것을 가지고서 이것 참 재미있는 단편이기는 한데 이거 뭐 상투적이 아니냐, 이걸 좀 바꾸어서 누가 써보면 어떠냐, 하는 정도로 비평을 해보았자 그 비평 자체가 아주 상투적인 발언으로 끝나버리거든요. 별반 실효가 없다는 것입니다.
鮮于煇 : 그러니까 앞뒤를 바꾸어놓은 것에 지나지 않는다?
白樂晴 : 그렇죠. 그것마저도 일종의 공식이죠. 말하자면 남보다 수가 한 수 높은 놈이 앉아가지고서 남이 뭘 해놓으면 아— 그거 뭐—.
鮮于煇 : 아—. 제 말은 우리가 종래의 소박한 가치관을 한번 바꾸어놓아볼 필요가 있지 않는가? 그것도 상투이고 이것도 상투지만 어느 쪽이 보다 우리가 앞으로 채택할 수 있는 가치관이냐? 정치가 하면 자식들 권력욕에 사로잡혔다, 뭐 이런 식으로 권력욕이라는 것은 과연 그렇게 나쁜 것이냐. 그렇게 한번 생각해보기 전에 권력이라는 것은 더러운 것, 돈이라는 것은 더러운 것, 이렇게 모든 것을 아주 단순소박하게 규정하여 버리는 것이 나는 소설의 세계에서 우선 고쳐야 되지 않느냐. 그것도 상

투적이긴 하지만 난 그런대로 한 발자국 앞선 것이 아닌가.

　白樂晴 : 물론 저도 거기에 동감인데요, 그걸 고치는 길은 그렇지 않은 작품이 있어야지 실효 있는 얘기가 출발할 수 있다는 것입니다. 그래서 저는 완벽한 작품은 아니지만은 선생님이 지금 지적하신 것과 같은 수많은 상투형들을 그래도 한꺼풀 벗긴 작품이 얼마 전에 나온 「糞禮記」라는 작품으로 생각해서 상당히 높이 평가하였는데요, 선생님은 거기에는 그렇게 동의하지 않으신 것 같더군요.

↘ p.160

객

드디어 『분례기』에 왔습니다 그려.

주

『분례기』에 드디어 이르되, 아주 세련되게 또 기품 있게 이르렀습니다 그려. 가장 천한 인물과 내용을 다룬 『분례기』에 대한 백주간의 태도도 썩 기품 있는데요. '똥례'라는 주인공 이름이 나오지 않게, 또 이 신인의 1,000매가 넘는 장편 삼부작을 다른 작품을 희생하면서까지 한꺼번에(3회 분재) 실었던 이유가 세련되게 밝혀집니다.

7. 어째서 『분례기』가 예술성인가

객

창작상 미증유의 『분례기』를 에워싸고 기성세대, 그러니까 학병 세대의 가장 확실한 선우휘의 태도 또한 기품을 지니고 있습니다. 그 이전에 이 계간지에 실린 염무웅의 「선우휘론」(1967년, 겨울호)을 검토해야 겠지요. 『분례기』 제3회분과 시기상 나란히 발표된 「선우휘론」은 서두에 주목할 것이겠지요. 잠시 볼까요.

작가 선우휘는 「불꽃」의 발표와 더불어 일약 화제의 초점에 올라왔고 이후 줄곧 전후 세대의 가장 전위적인 소설가로서 우리 문단에 남다른 무게를 보태어왔다. 최근 『신동아』에 발표된 소품 「황야의 소역에서」는 이 작가의 문학적 전개의 근황을 이해하는 데 좋은 자료가 된다. 일부의 관심을 끌고, 더구나 호평을 받은 바 없지도 않다. 그러나 진지한 눈으로 보려는 사람에게 이 작품은 정말 그렇게 비칠 수 있을까? 어딘가 허탈에 잠긴 듯한 작가의 정신적 불모 상태를 기록한다는 것 이상의 문학적 의미를 얻을 수 있을까? 그렇지 못하다면 이것은 선우휘 개인의 우연한 실수로 보아 넘겨서는 안 될 문제점을 안고 있는 것이 아닐까? 휴전 이후 약 10년간에 걸친 전후문학의 열풍이 정돈 상태에 들어가고 새로운 움직임이 진지하게 모색되어야 할 오늘날 선우휘 세대의 과거와 현대를 검토하고 허구와 진실을 밝혀내는 것은 특별한 중요성을 가지는 것 같다.

↘ p.645

이 서두에서 주목되는 것은 선우휘를 '전후문학의 전위'로 본 점이라 하겠지요. 전후문학이 10년간 전개되었지만 그 중심부에 선우휘가 자리하고 있다는 것. 그런데 전후문학의 발전은 없고 제자리걸음 또는 후퇴하고 있다는 것. 「황야의 소역에서」(1967)를 보라. 역에서 20년 전에 떠난 아들을 기다리는 노인, 애인을 기다리는 청년, 매일 역에 나와 기다리는 사람들, 이를 지켜보며 기적 소리를 환각 속에 듣는 나그네인 '나'를 그린 작품이니까.(『선우휘 문학선집』 2, 조선일보사, 1987, pp.147-153)

주

좋은 지적. 김승옥, 이호철, 최인훈, 이청준 등의 쟁쟁한 4·19 세대와 관련된 이른바 내면성의 문학과는 일정한 선을 그은 것이 선우휘이다, 라는 뜻이 내포되어 있으니까요. 내가 보기엔 논자가 그것이 '학병 세대'의 의식임을 미처 지적하지 못했다고 하겠지요. 선우휘의 처지에

서 보면 샤머니즘적인 기성의 김동리와도 선을 그었을 뿐 아니라 4·
19 세대와도 동시에 선을 그었던 것이죠. 이른바 그 중간을 잇는 한 계
기가 「불꽃」이었던 것.

아무도 「불꽃」이 『관부연락선』의 작가가 주장한 그 중간지대를 잇고
자 했음을 알아차리지 못했거나 안 했다고 할 수 있겠지요. 그런 뜻으
로 선생은 말하고자 합니다 그려. 하기야 오늘날의 시점에서 보면 내면
성으로 대표되는 4·19의 벌떼 같은 무리에서 선우휘는 외롭게 혼자서
의연히 서 있는 형국. 조금도 타협하거나 완화하지 않았다!

염무웅은 이런 것을 얕보고자 하지 않고, 다만 「불꽃」으로 야기된 일
면만을 부각시켰다. 곧 참여론의 결여라는 한 가지 점.

> 선우휘 문학의 정신적 기초는 「불꽃」을 둘러싸고 흔히 지적되어온 것
> 과는 달리 근본적으로 '남의 일에 흥미도 없거니와 남의 한계를 침범할
> 생각은 더욱 없다'는 소극적 개인주의에 있다. 이것은 첫 작품에서 오늘
> 까지 그의 문학을 변함없이 지배해온 제일원리다. 선우휘의 모든 인물들
> 은—주인공이건 단역으로 등장하는 인물이건 — 한결같이 '어떤 이름
> 아래로 지나친 모험에 가담하기'를 거부하며 '공동의 책임은 질색이
> 야…… 나는 나, 자네는 자네. 내가 자네가, 자네가 내가 될 수도 없다'
> 는 생각을 버리지 않는다.

↘ p.649

완강하게 추구해온 소극적 개인주의로 규정하고 있습니다. 「불꽃」의
주인공 현이 드디어 결단의 행동으로 나서는 것은 일종의 오해다, 그런

독법은 일종의 오독이었음이 판명된다. 왜냐면 선우휘 소설의 제일원리가 '소극적 개인주의'니까, 라고.

선우휘는 왜 소극적 개인주의에서 벗어나지 못하는가? 이 물음에는 중요한 의미가 숨겨져 있겠지요. 최인훈, 김승옥, 이청준 등 내면성과 선을 그었고, 그렇다고 참여 일변도로 내닫는 쪽과도 선을 그었다는 점. 그만큼 선우휘의 위치는 백주간이 모색하는 극복해야 할 유일한 대상이라는 것. 다른 것은 안중에도 없지요. 소시민성에 시민성에로 나아가는 길목에 서 있는 거목이 선우휘다, 라고. 더구나 선우휘는 분단문학의 한가운데에 서서 이쪽도 저쪽도 거부하는 탈이데올로기적 몸부림을 쳐왔으니까.

이러한 선우휘가 『분례기』를 어떻게 보고 있을까. 먼저 「선우휘론」의 반응부터 살펴야 하겠지요. 이렇군요.

鮮于煇 : 제가 거기에 대해서 반농담으로 한 가지 말씀드리겠습니다. 『창작과 비평』에서 廉武雄씨가 「鮮于煇論」이라는 것을 썼는데 主幹인 白樂晴씨 이론과 꼭 같다고는 생각하지 않지만 크게 다른 것은 아니라고 생각하는데, 거기에 작가의 성분과 경력과 작품 관계가 나와요. 鮮于煇라는 작가의 경력은 이러이러한데 그래서 그의 작품은 이러이러했다는 투입니다. 말하자면 소시민적인 사람이니까 소시민적인 작품을 쓴다. 저는 이것을 가장 안이한 공식적인 평론이라고 생각하는데 이러한 논법을 白樂晴씨에게 그대로 되돌려드리겠습니다. 말하자면 백낙청씨는 우리나라 수준으로 곱게 자라나고 또 대학교도 세계적 명문 미국 하버드를 나와서 서구적인 교양을 가진 탓으로 오히려 그런 작품세계에 어떤 향수를 느낀

탓으로 좀 점수가 많이 간 것이 아닌가 생각하는데 어떻습니까.

白樂晴 : 네. 저도 그런 얘기를 많이 듣고 있는데요, (웃음) 이것에 대해서 저는 鮮于선생님에 대한 해답 겸, 또 한편 다른 사람들에 대한 해답 겸, 또 제가 주간하는 잡지에 실린 염무웅씨 글을 거론하셨는데 그에 대한 변호 겸 해서 한마디 말씀드리겠습니다. 우선 廉武雄씨 글을 제가 읽은 바로는 그 글에서 작품을 대하는 태도가 작가의 성분에 대한 평가를 자동적으로 작품에 대한 평가로 전환시킨 것 같지는 않아요. 작품 평가는 평가대로 평론가의 감성과 비판의식을 가지고 하되 그것을 더욱 폭넓게 이해하고 또 독자에 전달시키기 위한 한 방편으로 배경 분석을 하지 않았는가 생각합니다. 그래서 어떤 작품을 제가 평가하는 것에 대해서도 선생님이 옆에서 보시고 어떤 근거하에서 그 평가 자체가 틀린 평가라고 판단하시고서 그 판단을 설명하고 전달하는 방법으로서 제 경력을 드는 것은 좋은데요, (웃음) 그런데 제가 方榮雄씨의 작품에서 너절한 요소들을 좋게 평가하는 것은 제가 너절하지 않아서 너절한 것에 대한 향수를 느껴서 그런 것은 아닙니다. 제 경력이 과연 그렇게 날씬한가는 별문제로 치고요. 또 『분례기』를 너절한 사람들의 너절한 얘기로만 평가하는 것도 아니지요. 저는 오히려 그것이 상투형만 쫓는 사람들이 흔히 지나쳐버릴 정도로 너절한 사람들 이야기를 하면서 그것을 끈질기게 물고늘어져서 파헤친 결과 언뜻 보기에 너절하지 않은 것 같은 사람들에게도 내재하는 어떤 세계까지 터치하지 않았는가, 우리가 피상적으로 말할 때는 어떤 역사의식이라든가 사회의식 같은 것도 개재돼 있지 않지만은 그런 것이 어설프게 끼어든 것보다도 훨씬 더 예리하게 우리 시대의 단면이라고 할까요. 전부는 아니죠. 물론―그런 것을 포착하지 않았는가, 저로서는 상당히―.

↘ p.162

「선우휘론」에서 정작 선우휘가 판독한 것은 소시민성이라는 것. 시민성에로 나아가지 못했다는 것. 이는 백주간이 4·19 세대의 내면성 문학에다 대고 외친 소리 그대로입니다. 그러나 선우휘는 이게 못마땅

했지요. 경력(지식)으로 작품 평가를 대신한다는 것. 이는 비평의 직무유기가 아닐 것인가. 이에 대한 백주간의 해명은 조금 지나친 반응이라는 것입니다. 작가 선우휘를 이해하기 위한 일정한 방도였으니까. 그건 그렇고 선우휘가 반농담으로 지적한 것에 대해서는 어떻게 답변했을까.

鮮于煇 : 나는 동의 안 합니다. 동의 안 하는 것은 안 한다고 그래야지. 어떤 사람이 읽지도 않고 백낙청씨 같은 신예 평론가가 좋다 하니까 다 좋겠다 하는 그런 경향도 있는데, (웃음) 아마 그 자체가 기성작가들이 스스로 자신 없음을 폭로한 것이라고 보아요. 자기 나름대로 평가를 해야지 하나의 평가가 나오면 거기 따라간다는 자세. 그렇다고 그런 경향이 싫으니까 나쁘다, 이건 아닙니다. 저는 하필이면 창작과 비평에서 내세웠느냐는 겁니다. 제가 보기에 그 작품은 金東仁의 「감자」라든가 또는 桂鎔默의 「白痴 아다다」라든가 또는 金裕貞의 어느 단편의 세계와 조금도 다를 것이 없어요. 새로운 것이 뭡니까? 문장이 기본적으로 안 돼 있는 데가 많구요. 제가 볼 때는 그 작가가 알고도 일부러 그렇게 시도해보았는지는 모르겠는데 역시 소설이 美意識이라는 것은 생각해야지요. 미의식을 일부러 손상시켰다고 할까 그런 것을 느껴요. 단적인 일례를 들면 나중 대목에 가서 똥례가 풀밭에서 똥을 싸고 풀잎으로 밑을 씻어서 버리는 대목이 나오는데 지금까지 동서고금 주저앉아 똥 싸고 풀로 밑을 씻어서 내버린다는 얘기는 그 작가가 처음 썼을 거예요(웃음). 그럼 지금까지의 동서의 모든 작가들이 그걸 쓸 줄 몰라서 안 썼느냐, 그게 아니라 그건 최저한도의 어떤 미의식에서 그걸 안 쓴 것으로 보아요. 말하자면 섹스 장면을 묘사하더라도 『채털리 부인의 사랑』만 해도 상당히 자제력을 가지고 썼다고 보는데, 물론 생식기의 이름도 그대로 나오지만 그렇다고 해서 섹스가 끝나고 난 뒤의 뒤처리 같은 것에 대해서는 안 쓰고 있지 않습니까? 美意識이거든요. 그런 점 같은 것이 내가 받아들이기 힘든 점이에요. 또 하나는, 그 세계란 무엇이냐, 포크너가 말하기를 정신이 상자라든가 白痴 이런 사람을 그림으로써 현대의 어떤 때 묻지 않은 순

수한 인간을 그렸다 하는 건데 똥례라는 인물을 형상화하는 데 있어서 그런 비슷한 것이 나타나 있는지는 몰라요. 물론 그걸 작가가 의식했는지 안 했는지는 몰라요. 그런데 아까 가치관에 대해서 말한 것처럼 나는 평론가의 입장에서는 그러한 세계가 작품으로서 완성되었을 경우에도 잘 완성된 작품이 아니라 오히려 결점이 많아도 전진적이라고 할 수 있는 작품을 내세우는 것이 좋지 않을까 생각합니다. 『분례기』에서는 우리의 현대적인 문제를 다루고 있지는 않고 있잖아요? 그런 점에서 나는 그 작가의 장래를 주목하는데, 그다음 『주간한국』에 「호도껍질」이라는 것이 나왔습니다. 그것은 완전히 도시로 옮겨진 얘긴데요, 거기에서도 화백이 어떤 여자가 보는 소피 소리를 듣고 그지없는 음악으로 느낀다는 대목이 나와요. 물론 그것이 환상적인 작풍의 풍자라고 할는지 모르겠지만 그 작가는 좀 더 정진하여야 할 겁니다.

白樂晴 : 그런데 그 미의식이라는 개념을 작품 개개의 성격에 맞추어서 생각해야 되지 않을까요? 『분례기』에 너절한 장면이 많이 나타나는데 그 중 하나하나가 모두 변호할 만한 것은 아니지만, 적어도 『분례기』라는 작품에서는 그런 장면들이 전체적으로 어떤 美的 내지 예술적 기능을 하고 있다고 봐요. 사는 것 자체라고 그러면 너무 거창한 말이 되겠습니다만 우리나라 사람들이 사는 것, 특히 시골 사람들이 사는 데에 있어서 한없이 너절하면서도 도외시할 수 없고 또 실제로 어떤 생생한 것이 담겨 있기도 한 이런 요소들을 있는 그대로 그리려는 노력의 일부로 나타났다고 보구요, 저로서는 그런 장면들이 반드시 불쾌하게 느껴지지는 않았습니다.

↘ pp.162-163

'미의식'이 문제되었지요. 『분례기』를 아무도 獸魂塔으로 읽지 않고 예술성(미의식) 여부로 읽고 있습니다.

객

獸魂塔으로 읽은 선생의 독법이 아예 없군요.

거의 미쳐가는 똥례가 똥을 싸고 풀을 뜯어 밑을 씻는 장면이 미의
식이냐 아니냐, 다시 말해 예술성 여부를 따지는 것은 번지수가 다른
것이 아니었을까요. 나는 그렇게 생각합니다. 이 대담의 주제로 내건
것은 '문학의 현실참여' 아니었던가. '참여' 말이외다. 두 사람의 견해
가 잘도 마무리됩니다. 어디까지나 선후배의 대화이고, 따질 것은 또
따져야 함은 비평가와 작가의 관계이기도 하기 때문입니다. 그런 두 가
지 관계를 이런 수준에서 조화롭게 마무리한 것은 당시로서는 한 가지
놀라운 결과물(세련성)이라 할 수 있을 법하지요. 잠시 볼까요.

　白樂晴 : 그런데 '參與'라는 말 자체가 적합지가 못하다는 생각이 들 때
가 왕왕 있습니다. 참여란 말을 넣으면 꼭 이 무슨 운동장이나 길거리에
다 사람을 모아서 줄을 세워놓고 그 대열에 끼는 사람은 참여고 거기에
안 끼는 사람은 참여가 아니다, 그래서 언제든지 참여란 말을 들으면 나
가서 데모를 한다거나 정치적인 활동에 직접 가담하는 것이 되는데요.
물론 그럴 필요가 있을 때 빠지면 작가도 욕먹어 싸지요. 하지만 우리가
문학의 참여니 하면서 말하고자 하는 것은 그런 것이 아니지 않습니까.
'參與'라는 용어가 이 문제에 대한 小兒病的 思考를 유발하는 데 한몫하는
지도 모르겠습니다.
　鮮于煇 : 글쎄. 그 점은 전 이렇게 생각합니다. 어떤 큰 정치적인 사건
이 일어났을 때 데모를 한다고 합시다. 이때 두 가지 태도가 있다고 보
아요. 하나는 '문화인 데모 자체가 무의미하다. 나는 차라리 그러한 데모
에 쏟을 수 있는 에너지를 내 작품을 만드는 데 쏟는다' 이 경우하고, 또
'자기 에너지를 작품 창작에 쏟지도 않고 아무것도 안 하면서 문학인은
데모에 에너지를 소모하는 것이 아니다' 이런 경우하고는 근본적으로 다
를 것입니다.
　白樂晴 : 결국 참여라고 하면은, 상투적인 얘기입니다만은, 작품을 통

한 참여를 우리가 주로 다루어야 마땅할 듯한데요.

鮮于煇 : 네 그렇죠. 결국은 작품이 문제죠. 남는 것은 작품입니다. 이건 문학의 유일무이한 철칙이지요.

白樂晴 : 그것은 역시 작가가 관심을 어떻게 갖는가 하는 문제가 제일 중요한 것 같아요. 그리고 그의 관심을 올바르게 유지하기 위해서 어느 정도의 식견을 쌓고 어느 정도의 예술적 정진을 하며 일단 유사시에 어떤 행동을 하는가, 이런 문제인데요. 관심을 올바르게 유지한다는 것도 너무 막연한 얘기입니다만 하여간 우리가 산다는 것이 혼자 사는 것이 아니고 다른 사람들하고 함께 사는 것이고 삶의 모든 부분이 유기적으로 연관이 되어 있다는 사실에 대한 정확한 인식과 그에 따른 책임감 같은 거지요. 그리고 우리가 문학적인 가치라 하는 것이 사회적인 가치와 불가분하게 연관되어 있고 그 상관관계에 있어서 서로 변하고 변화를 일으키는 可變的인 것이라는 그런 의식, 그러니까 그 상관관계를 잘 살펴서 좋은 방향으로 변화시켜야겠다는 생각, 이런 것이―.

↘ pp.164–165

작가의 처지에서는 작품 쓰기가 최선이라는 것. 비평가의 처지에서는 작품을 통한 '참여'여야 한다는 것. 여기까지 오면 의견일치에 이른 느낌이지요. 물론 비평가의 현실 파악 능력을 문제 삼아야 되겠지만 말이외다. 요약건대 결론은 같다는 것. 여기에는 구세대의 선우휘가 대화의 대상을 제대로 찾았다는 점이겠소. 서로 그만한 무게를 갖고 있었던 증거의 하나니까.

鮮于煇 : (……) 결론적으로 얘기하면 이제까지 백낙청씨와 한 얘기는 언젠가 한번 나누어야 했을 성질의 것이 아닌가 합니다. 농반 진반 삼아 말하면 결국 오늘 우리가 여기서 對談한 것은 우리들의 창작활동에서 볼 때 어쩌면 에너지를 낭비했다고 볼 수 있을지도 몰라요. 왜냐하면 이 대

화를 하는 시간에 나는 가서 몇 장의 소설을 더 썼으면 낫지 않았는가,
白樂晴씨도 또 평론을 썼으면 낫지 않았을까. 그런데 결국 문제는 문학인
은 역시 작품을 써야 한다. 그게 역시 시작이고 마지막이고 어떻게 보면
그게 전부가 아니겠습니까. (웃음)

白樂晴 : 그렇습니다. 오늘 좋은 말씀 많이 해주셨는데 앞으로 선생님이
작품을 통해서 하실 말씀에 더 큰 기대를 걸면서 오늘은 이만 해두지요.

↘ p.165

주

하버드 대학 교정에서 정통으로 영문학을 공부한 백낙청이 초근목피
의 이 땅에 와서 그 문학을 뿌리 내리고자 미국식 계간지를 간행했다는
것. 거기에는 갖가지 난관이 있어, 기성작가 4·19 세대 등과의 타협이
한동안 불가피했다는 것. 여기에서 벗어날 수 있는 계기가 『분례기』였
던 것. 이는 백주간이 발굴한 하나의 이정표였던 것. 천박한 촌민들의
삶, 충청도 사투리 등에서 기성작가들을 물리칠 수 있는 예술성을 감지
했다는 것. 이를 총체적으로 드러낸 것이 선우휘와의 대결이었다는 것.
그런데 『사상계』지는 '현실참여'를 부제로 내걸었던 것. 정작 현실참여
를 두고 사르트르를 논의하지만, 그래봤자 한국적 현실 앞에서의 사르
트르일 수밖에요. 선우휘가 이 점을 강조했다면, 그래서 분단 문제의
좌우익에 한정되었다면 백주간은 하버드의 세계성, 곧 소시민성에서 시
민성에로 나아감으로써 4·19 세대의 내면성을 극복하고자 했지요. 선
우휘로 말하면 하버드생으로는 감당할 수 없는 그 무엇이 있었다는 것.
이 대결이 서로의 이해에 큰 몫을 했다는 것. 백낙청이 쉽사리 내면성
의 4·19 문학을 극복할 수 있었지만, 선우휘가 갖고 있는 골격은 하버
드생으로서는 감당하기 난처했다는 것. 백낙청이 몰랐던 것은 선우휘가
학병 세대라는 점이지요. 전중·전후 세대, 4·19 세대와는 선을 긋는

것이 학병 세대라는 것. 거기에는 '민족'국가가 앞서는 그런 의식이 있었다는 것. 세계 이전에 집안 문제, 민족 말이지요. 개인 문제.

8. 절대적 가치로서의 민족의식

객

소시민성과 시민성의 차이, 소시민성을 극복하여 시민성에로 나아가기가 지식인의 가장 시급한 책무라는 처지에, 적어도 1960년 후반까지 백낙청이 섰었다면, 그리고 그 후에도 이 과제의 출몰에 시달렸다면 '초근목피'의 이 땅에서 문학을 택한 자들이란 지식인임을 유달리 강조한 것으로 볼 수 있지 않을까 싶어요. 이 과제가 그의 문학을 평가하는 제일원리였을 테지요. 「시장과 전장」의 저자 박경리와 논쟁을 벌였고, 거기서 오판을 한 것도 이 과제의 민감성에서 오지 않았을까. 공산주의자인 주인공 하기훈이야말로 소시민성을 극복한 인물이었지요. 이 점에서 작가 박경리는 백낙청보다 한발 앞섰던 것. 선생은 이 점을 표 나게 강조했더군요.(김윤식, 『박경리와 토지』, 강출판사, 2009)

하버드와 초근목피의 자기모순, 혹은 안과 바깥에로 양다리 걸치기의 결과겠지요. 이 자기모순의 과제를 안고 계간지를 운영했기에 그 계간지는 문학의 울타리를 자꾸 뛰어넘고자 몸부림칠 수밖에요. 이 몸부림은 소중한 것. 문학을 한다는 평계로 이를 훨씬 뛰어넘는 시민성에로 향하고 있었던 만큼 그의 고민은 그만큼 웅장하고 장엄하기까지 한 것이었으니까. 문학에만 집착한 계간지 『문학과 지성』과 이 점에서 선을 긋고 있었던 것. 그런 시민성에의 지향이 선우휘의 안목에서는 어떻게 보였을까.

무엇보다 선우휘 하면 「불꽃」의 작가로 알려져 있지 않습니까. 이 경우 창작의 기본항으로 놓인 것은 학병 세대라는 점입니다. 학병 세대란 무엇인가에 대해서는 내가 여러 곳에서 강조한 바 있습니다.(『한일 학병 세대의 빛과 어둠』, 소명출판사, 2012) 「관부연락선」의 작가 이병주는 이런 식으로 학병 세대를 묘사했지요. 중국 소주 60사단 치중대 소속이었는데, 「불꽃」에서도 말의 시중을 드는 주인공이 등장합니다. 잠시 들여다볼 필요가 있습니다. 추상적인 시민성과는 다른 집적성이었으니까. 내면화된 시민성과는 다른 것이지요.

> 말시중 또 말치다꺼리(일본의 군대용어로선 '마구간 동작'이라 한다)는 병업 중에서도 가장 고된 일에 속한다. 보통 병정 하나가 평균 다섯 필의 말 시중을 들어야 하고 다섯 개의 마방을 소제해야 한다. 구체적으로 말하면 다섯 마리의 말에 물을 먹이고 사료를 먹여야 하며 그 털이 윤이 나게 빗질하고 발톱소제를 깨끗이 하고 기름까지 발라야 한다. 그리고 나면 마구간에 깔려 있는 똥오줌 섞인 짚을 손으로(꼭 손으로 해야만 한다. 기구를 사용해선 안 된다) 꺼내선 똥과 짚을 가려 똥은 일정한 장소에 갖다버리고 짚은 두 치 이상으로 두텁지 않도록 깔아 말린다. 마구간의 바닥은 밥알이 떨어져도 주워 먹을 수 있도록 물을 퍼부어 씻고 닦아야만 한다. (……)
>
> 그러니 말 발톱을 씻을 시간은 있어도 자기 낯짝을 씻을 시간은 없게 된다. 어쩌다 보면 측간에 갈 시간도 없어지는데 나오는 것을 어떻게 할 수 없어 측간에 가놓고 보면 뒤엔 벌이 쏘인 만큼 부풀어 오르도록 따귀를 얻어맞아야 한다. 말부대에서의 서열은 장교, 하사관, 말, 그리고 병정이란 순서다. 이건 결코 과장된 얘기가 아니다.
>
> ↘『관부연락선』, 동아출판사, 1995, p.75

선우휘도 이런 학병 세대에 속하지요.

잠깐. 실제로 선우휘는 경성사범에 다녔으니까 학병에 끌려간 바 없지 않습니까.

그렇소. 그러나 학병 세대의 체험을 공유했던 것. 이 세대감각이야말로 손창섭, 김성환 등 전중 세대나, 이어령 등 전후 세대, 그 뒤의 4·19 세대 등과는 결정적으로 구분되는 것.

> 선우휘군은 경성사범학교 보통과를 수석으로 입학했었다. 선우휘군은 소설을 함으로 많이 읽었고 재학 중엔 불령선인으로 몰려 졸업장을 교장실에서 특별히 받았다.
>
> ↘ 조병화, 『나의 생애』, 영하, 1994, p.43

동기생의 이러한 기록에 따른다면, 선우휘의 기질적 측면이 여실하다고 볼 것이지만, 그래서 현(「불꽃」의 주인공)으로 하여금 학병 탈출을 감행케 했을 터이나, 거기에는 체험담이 뒤따르지 않았지요. 비유컨대 내용(사상, 관념)이 앞섰고 그를 에워싸는 형식(묘사)이 뒤따르지 못한 형국으로 「불꽃」이 쓰였다면 이 작품 자체는 균형을 잃은 기우뚱한 물건일까. 마찬가지 논법으로, 실제로 마구간 말똥 청소를 묘사하는 마당에서 이병주가 힘주어 "이건 결코 과장된 이야기가 아니다"라는 형식(묘사) 제일주의가 내용과의 균형감각을 확보했다고 보기도 어려울 테지요.

알겠소. '민족의식'이겠소 그려.

바로 보셨소. 민족의식. 해외에서 목숨을 걸고 체험한 세계성이지요.

그 위에 국가가 있긴 한데, 분단 상황이라 거기까지는 나아갈 수 없었음이 또한 학병 세대의 '민족의식'의 한계랄까 가능성이겠군요.

그 '민족의식'을 통렬히 묘파한 작품이 바로 역작 「외면」이지요. 「불꽃」이 300매임에 비해 50매나 더 많은 「외면」은 「불꽃」에 맞먹는 비중을 가진 것. '「불꽃」 2'라고나 할까. 작가는 작품 머리에 이런 말을 내세웠군요.

> 금년 55세. 이 나이에 내가 문학의 가치가 무엇인지를 분명히 알게 되었다면 사람들은 웃을 것인가? 내가 문학의 가치라고 하는 것은 상대적 가치가 아니라 絶對的인 가치를 말한다. 그러니까 문학이 아니면 안 되는 것, 문학만이 할 수 있는 것. 정치로도 경제로도 언론으로도 종교로도 안 되는 것. 정치도 경제도 언론도 종교도 할 수 없는 것. 그것이 무엇인가를 나는 알게 되었다는 것이다. 그리고 그러기에 문학이 인간이 하는 가장 가치 있는 일임을 터득했다는 말이다. 더욱 그것이 나에게 있어서 귀한 것은 東西의 어느 문학의 의견을 받아들여서가 아니라 오랜 회의 끝에 내 나름으로 파악한 것이기 때문이다. 그래서 이제부터 나는 기쁨과 보람을 가지고 小說을 쓸 생각이다. 그러니까 이 作品은 그렇게 느끼고 신념을 가지고 나서의 첫 작품이 되는 셈이다.
>
> ↘「외면」, p.379

55세에 이른 예비역 육군 대령이고 『조선일보』 편집국장을 지낸 「불꽃」의 작가가 이제야 문학의 '절대성'을 깨쳤다는 이 선언은 놀랄 만한 일이 아닐 수 없소. 더욱 놀랄 일은, 동서의 어느 문학의 의견을 받아들인 것이 아니라 오랜 회의 끝에 스스로 도달한 경지라는 것. 그 첫 번째 작품이 「외면」이고 보면 이 작품이야말로 선우휘 문학의 새로운 출발점이 아닐 수 없소. 먼저 이 작품의 제목 「外面」에 주목할 것. 밖으로 나타난 겉면을 가리킴이자 동시에 마주치거나 상대한 사람과 서로 마주 보기를 꺼려 얼굴을 다른 쪽으로 돌리는 일을 가리킴이거니와, 전자에 주목할 땐 「불꽃」 이래의 선우휘 식 행동주의의 표상이어서 내면 묘사 또는 심리소설류와는 선을 긋는 것이라면 후자는 그것에 대한 좀 더 세련된 형식 부여를 겨냥한 것으로 볼 것이오. 「불꽃」만 하더라도, 그것이 이병주 식 내용우세 일변도에 비해 훨씬 부드럽고 또 형식우세론에 기울어졌지만 그럼에도 비교적으로 말해 내용우세론에 속했지만, 「외면」에 와서는 내용우세론이 한층 유연해졌다고 볼 것이지요. 내면 묘사까지도 엿볼 만큼 작품 '내면'의 형식우위론의 지평을 열어놓았음에서 온 현상으로 이 사정이 설명됩니다. "몬텐루파—일본군 전범수용소가 있는 이곳에도 어디서나처럼 하루 종일 내려 쪼이던 햇빛이 어느새 자취를 감추는가 하더니 노을로 곱게 물들인 서녘 하늘만 남겨놓았다"라고 시작되는 「외면」은, 태평양전쟁 직후 미군포로 학대 죄목으로 처형을 앞두고 있는 포로감시원인 조선인 하야시(임재수)가 처형에 이른 과정을 다룬 작품.(필리핀 몬텐루바는 일본인의 뇌리에 깊이 새겨진 곳. 복영 중 사형수 56명, 무기형수 31명, 유기형 27명 전원을 키리노 대통령이 사면, 귀국시킨 것은 1952년 7월. 田中宏巳, 『BC級戰犯』, 筑摩新書, 2002, p.209) 작가는 서두에서 바윗돌보다 무거운, 개인으로서는 어쩔 수 없는 역사라는 내용우위론의 무한대를 내걸었소.

대화체를 잠시 중단하고 논문체로 하시지요.

그게 좋겠소. 조금 까다로우니까.

태평양전쟁이 끝난 뒤 필리핀에서는 전쟁을 도발한 일본군에게 책임을 묻는 이른바 전범재판에 의하여 필리핀 방면 일본국 최고 사령관인 야마시다 대장 이하의 숱한 일본군 장병이 처형되었다. 그때 필리핀의 미군 포로수용소장을 지낸 바 있는 홍사익(洪思翊) 중장도 미군포로에 대한 학대의 전 책임을 걸머지고 처형대의 이슬로 사라졌는데 그와 함께 직접적인 하수인으로 처형된 우리의 동족인 '조센징(朝鮮人)' 전범은 열여덟 명이나 된다.

어두워가는 수용소의 외진 한구석에서 혼자 끙끙 앓고 이는 이 사나이도 그중 한 명이었다. 그의 본성은 임(林). 그래서 일본 발음으로는 '하야시'. 금년 스물네 살.

↘ 「외면」, p.381

위의 기록은 소설문학이 아니라 역사적 사실의 기록이어서 역사의 무게가 한없이 크게 무겁다. 선우휘 식으로 하면, 이래도 좋고 저래도 해석할 수 있는 물건이 아니라 '절대적인 것'이 아닐 수 없는 사안이다.

도쿄재판을 논의할 때 대전제로 놓인 것이 전범의 분류체계이다. (1) A급 전범은 국가를 전쟁에로 이끌어간 정부 및 군부 지도자들이며, (2) BC급 전범은 전투 중에 포로나 현지 주민을 학대한 장병이 이에 해당된다. 이 BC급 전범 중 장교급이 B급에, 하사관 이하가 C급에 해당되었으나, 실제로는 아무런 의미가 없었다. A급 전범의 재판이 저널리즘의 초점이었음에 비해 BC급 전범의 재판은 거의 관심의 대상이 되지 못했다. A급 전범 기소수는 28명인데 BC급 전범의 기소자는 5,644명이었다. 그중 A급 전범의 사형판결은 7명, BC급 사형판결은 무려 934명이었다. 이 중 조선인은 18명이었다.(『BC級戰犯』, pp.14-16) 이 중 조선인으로 최고 지위에 오른 홍사익 중장은 당연히 전범 B에 해당되었다. 일군 육사 26기 출신인 홍사익은, 조선인이란 이유로 사단장을 역임한 바 없었고, 끝내 필리핀 소재 포로수용소장으로 1946년 9월 26일 처형된 바 있다.(山本七平, 『洪思翊中將の處刑』, 文藝春秋社, 1997) 이와 꼭같은 이유로 포로감시원으로 조선인 출신의 군인들이 많이 기용되었음도 사실이었다. 태국과 미얀마(버마) 국경지대에 있는 콰이강의 철교 건설을 다룬 프랑스 작가 피에르 불르(Pierre Boulle)의 소설 『콰이강 다리(*Le Pout de la riviért Kwai*)』(1952. 린 감독의 영화는 1957년 제작) 속에는 이런 대목이 들어 있다. 포로 학대의 병사가 바로 '고릴라처럼 생긴 조선인' 또는 '잔나비처럼 생긴 조선인'(le Coréen à face de singe)이라는 점이 크게 강조되어 있을 정도다.(오징자 역) 말레이시아에서 8년간 토목공사 기사로 일했던 피에르 불르인 만큼 그 자신의 체험에 의거한 것으로 볼 것이다. 일본군이 가장 저주스런 임무를 조선인 출신 병사, 이른바 조센징에게 부여했음은 사실로 드러났다. 전범 B로 처형된 조센징 조문상(趙文相)의 유서 속엔 이런 구절이 포함될 정도였다. "설사 넋이라도 이 세상 어딘가에 떠돌 것이다. 그것이 안 되면 누군가의 기억 속에서 남을 것이다"(高橋徹哉, 『戰後責任論』, 講談社, 2005, p.84)라고. 일본군의 상부 지시에 따라 행동한 결과 포로 학대의 덤터기와 오물을 뒤집어쓴 채 처형당한 조선인들이야말로 저승에도 갈 수 없는 원혼으로 떠돌 수밖에 없다.

홍사익 중장을 비롯 하야시를 포함한 18명의 이 원한은 어떤 정치적 외교적, 또 저널리즘이나 종교로도 설명할 수 없는 '그 무엇'이 아닐 수 없다. 만일 이에 대한 모종의 대안이 있을 수 있다면, 오직 '문학'이 아닐 수 없다. 이때 그 문학은 '절대적인 가치'를 부여받는다. 이것이 55세의 선우휘가 「불꽃」을 쓴 지 19년 만에 이른 도달점이었다.

조선인 임재수는 누구인가. 1921년 평북 구성 시골의 자작 겸 소작인 집안의 셋째로 태어났다. 보통학교만 나온, 힘깨나 쓰는 청년 씨름꾼인 그가 출세할 수 있는 길은 순사 되기였으나 시험을 쳐야 하는 어려운 공부를 감당할 수 없어 포기했을 때 뜻밖의 길이 열렸다. 조선인 지원병 제도의 길이 그것이었고, 당연히도 임재수는 '천황폐하 만세'를 외치며 만주 벌판으로, 필리핀으로 파견되었고, 마침내 총검술이 강하다는 명목하에 미군 포로수용소 감시원으로 발탁되었다. 병장인 그는 직속상관인 모리(森) 군조의 하수인 노릇을 가장 잘 해냈다. 학대받은 미군의 증언은 실로 적을 수 없을 만큼 잔인한 것이었다.

> 그는 나더러 개처럼 마룻바닥을 기도록 일렀소. 그것을 내가 거절하자 그는 자기 다리를 나의 다리에 걸어 밀어 쓰러뜨리고는 몽둥이로 수없이 어깨와 허리와 허벅다리를 후려쳤소. 그리고 개처럼 세 바퀴 방 안을 돌게 하더니 개처럼 짖으라는, 시늉으로 자기 자신이 왕왕왕왕 하고 기묘한 소리를 내보이더군. 그래서 내가 왕왕왕 하고 개소리를 내자 그는 크게 한번 너털웃음을 웃고는 방 안 한구석에 둘러앉아 있는 동료들을 쳐다보면서 또 한번 회심의 웃음을 지었지요. (……)
> 그는 나의 밥그릇에 탁 침을 뱉더니 먹기를 강요했습니다. (……)
> 한마디로 그는 악마의 상징이었지요. 누구나 그를 보기만 해도 육체적 고통을 느꼈으니까요.
>
> ↘「외면」, p.396

임재수를 심문하고 기소하기 위해 파견된 인물 우드 중위의 증인조

서에는 한결같이 그가 '악마의 상징'으로 되어 있었다. 여기에서 주목되는 것은 우드 중위의 위치이다. 그는 법률을 전공, 장차 변호사가 될 인텔리였고 더구나 기독교인이었다. 유독 임재수만이 가장 악독한 짓을 한 이유를 밝히고 있다. 환경 탓인가, 인간성의 악마성 탓인가가 그것. 증인심문에 임할 수밖에 없었다. 정작 임재수의 상관인 모리 군조를 소환했다. 그는 아주 약삭빠르게 임재수의 악마적 행위를 말리곤 했다고 증언함으로써 자기의 결백함과 임재수의 악마스러움을 증거코자 했다. 우드 중위는 마침내 임재수를 만난다. 모든 행위가 모리 군조의 사주에 의했다고 진술하지 않겠는가. 대질을 시킬 수밖에. 순간 임재수는 모리 군조를 급습하지 않겠는가.

> 이놈의 자식, 네가 시켰잖아? 응. 그래 이제 와서 안 시켰다고? 이 거 짓말쟁이! 너 전에 뭐라 했지! 다 같이 옥쇄(玉碎)하자고 했지? 그런데 이 제사 너만 살아보겠다고? 이 비겁한 자식 같으니, 자! 여기서 너 죽고 나 죽자!
>
> ↘「외면」, p.388

이 순간 모리 군조는 통역관으로 차출된 학도병 출신의 인텔리 장교 이쯔키(五木) 소위를 흘깃 쳐다보는 것이었다. "소위님! 그 말을 분명히 전해주십시오. 제발 부탁입니다"라고. 곧, 자기가 임재수의 악행을 저지하고자 노력했다고.

여기에 등장한 포로 신분으로 통역에 임한 이쯔키 소위에 주목할 것이다. 우드 중위가 인텔리이듯 이쯔키 소위 역시 최고의 인텔리층에 속하는데, 바위채보다 무거운 역사의 무게를 짊어진 작품 「외면」의 내용 우위론의 극한점을 형식우위론으로 보강하는 두 번째 인물인 까닭이다.

두 인텔리의 한가운데다 작가는 바윗덩이보다 무거운 내용우위론을 얹
어주었다.

　모리의 대답이 너무도 서슴없는 데 불만을 남긴 채 거기서 우드 중위
는 모리에 대한 심문을 일단 끝내려고 만년필을 내려놓았는데, 모리가
퉁명스럽게 한마디 더 덧붙였다.
　"그는 조센징이니까요."
　그 한마디에 미처 그 뜻을 알아차리지 못한 우드 중위가 언뜻 고개를
들어 모리를 보고, 다음으로 이쯔키를 쳐다보았다. 이쯔키의 얼굴표정에
순간적으로 야릇한 명화의 빛이 스쳐가는 것을 우드 중위는 놓치지 않았
다. 그래서 우드 중위는 재빨리 이쯔키에게 물었다.
　"방금 그는 뭐라고 했소?"
　이쯔키가 잠깐 뜸을 들인 뒤 대답했다.
　"하야시(임재수)는 조센징이라고요."
　"조센징?"
　"일본인이 아니란 말입니다."
　"일본인이 아니라고? 하야시가?"
　"그렇소."
　(……)
　"그럼 그가 일본인이 아니라면 도대체 뭐란 말이오. 말이란 말이오, 소
란 말이오? 아니면 개구리란 말이오?"
　이쯔키는 황급히 대답했다.
　"코리언! 그렇소. 그는 코리언이오."
　"코리언?"
　우드 중위는 말꼬리를 치켜올렸다.

➘ p.387

임재수의 마지막 외침이 조선어라는 것, 그것은 이쯔키 소위도 통역

불가능인 것. 이쯔키 소위는 거짓말을 하고 있었다. 임재수의 외침은 '일어'였던 것이다. 작가는 여기서 두 인텔리를 내세워 통역 불가능의 상황 앞에서 절망할 수밖에 없었다. 우드 중위가 할 수 있는 것이라고는 『톰 소여의 모험』에 나오는 악당 인디언 죠를 떠올리고 유년기로 회귀하는 꿈꾸기였다. 이것이 이른바 문학적 형식우위의 한 가지 방도였다. 이에 비할 때 이쯔키 소위의 충격은 어떠했을까. 어째서 그는 임재수가 외친 일본어를 조선어(토어)라고 거짓말을 했을까. 그 이유에 대해 지식인 이쯔키 소위는 최소한 정직해야 했다. 바로 형식우위의 장면. 이쯔키 소위가 거짓말을 한 것은 임재수의 다음 말에서 왔다.

> "이 자식아, 네가 배워준 그대로 한 짓이야. 네가 소총의 개머리판으로 때리면서 똥 묻은 구둣바닥을 핥으라고 하면서 그렇게 안 하면 죽여버린다고 위협을 주면서 가르쳐준 그대로 한 거란 말이다. 안 그러냐? 그렇다고 하란 말이야! (……)
>
> 소위님 장교들은 일시동인(一視同仁)이니, 같은 폐하의 적자니 하셨지요. (……)
>
> 공부 많이 해서 세상이치를 잘 아실 소위님, 역시 일본인은 일본인이고 조센징은 조센징이란 말이지요? 그 밖에는 다 치레뿐의 거짓말이었지요? 좋아요, 죽죠, 내가 죽죠. 당신네들은 사세요. 이것 참 재미있군요. 그렇게 깨끗이 죽겠다던 당신들이 산다고 발버둥을 치니."

↘ p.390

임재수는 이미 이때 모리의 멱살을 놓고 있었다. 그 손목이 내면상 이쯔키로 향하고 있음을 이쯔키는 직감했다. 어떻게 할 것인가. 이 장면에서 작가는 민첩했다. 이것저것 논리적으로 따지기에 이쯔키 소위는 지쳐 있었다는 것. 인간의 한계가 그것이다. 문학이 관여하는 절대적

영역이 아닐 수 없다. 형식우위론으로 내세운 우드 중위와 이쯔키 소위
는 그 나름의 몫을 수행했지만, 이들의 몫은 보다시피 그 한계가 분명
히 드러나고 말았다. 작가는 이 장면에 와서 제삼의 인물을 내세울 수
밖에 없었는데 그린 군목의 등장이 그것이다.

  먼저 말해두지만, 문학 절대주의자인 선우휘로서는 그린 군목의 등장
으로 이 사태를 종교적으로 해결할 수 없음이 너무나 자명한데도 종교
를 끌어들인 이유란, 형식우위론의 보강을 위한 최종 수단으로 본 까닭
이다. 그린 군목의 해결책은 물론 없었다. 그럼에도 그의 태도는 우드
중위도 이쯔키 소위도 감당할 수 없는 경지였다.

> 이 전쟁을 마무리짓는 페스티벌에 유독 그(임재수)가 제물의 챔피언이
> 돼야 하다니, 나로서는 이해할 수 없네. 많은 일본인을 제쳐놓고…….

↘ p.417

이것이 고민하는 우드 중위에게 들려준 그린 군목의 마지막 말이었다.
  문학 절대주의자인 선우휘에게 「외면」이란 하나의 선언서와 흡사하
다. 그것은 가장 무거운 내용우위론을 대상으로 한 치열하고도 지속적
인 싸움으로 규정될 터이다. 이 싸움에 이길 수 있는 길은 적어도 문학
의 이름으로 한다면 가능한 최대의 형식우위론이 아닐 수 없다. 우드
중위, 이쯔키 소위, 그리고 그린 군목이 그 몫을 받음으로써 작품 「외
면」은 「불꽃」의 형식결여론을 넘어섰다고 볼 것이다.

객

이쪽에서 숨이 찰 지경입니다 그려. 흡사 선생이 선우휘인 듯한 착각
이 들 정도입니다. 『콰이강의 다리』에다 B급 전범재판에서 처형된 조

문상의 원한, 그리고 조선인 임재수까지. 말도 소도 개구리도 아닌 조선인이라면 어째야 할까.

주

작가 선우휘는 나이 55세에 와서야 비로소 문학의 가치를 알게 되었다고 했지요. 상대적 가치가 아니라 문학이 아니면 안 되는 '절대적 가치'가 있다는 점을 내세우고 있습니다. 그것은 바로 '민족의식'이 아닐 수 없는 것. 이는 누구의 학설도 아니고, 선우휘 자신이 "내 나름으로" 파악한 것. 「외면」은 이 점에서 첫 작품이라 했지요.

객

그러니까 「외면」 이후는 이 신념으로 소설을 쓰겠다는 것인데, 이른바 「불꽃」과 구분되는 곳이겠군요. '민족의식' 없는 작품은 작품일 수 없다는 것. 국가가 암묵 속에 있지만 분단 상황이기에 내세울 수 없고 오직 '민족의식'만이 최종 판단의 기준이라는 것.

주

현실참여 문제를 두고 평론가 백낙청과 작가 선우휘의 대결(1968년 2월)에서 따지면 무려 14년이 지난 시점입니다.

객

절대적 가치에 이르기 전에 벌린 현실참여론은 자유롭고 또 조금은 여유가 있는 셈이었는데, 14년 동안 그 여유는 지속되었고 자전적 성격이 강한 「사도행전」(『신동아』, 1966)에까지 이어졌겠군요. 선생은 『선우휘 문학선집』 5(조선일보사, 1987)에서 이를 분석했더군요. 「선우휘 문학의 세 가지 층위」라고. 그러나 14년 이후는 사정이 다릅니다. '절대적 가치'가 무게중심이었으니까요. 맞습니까?

글쎄요. 창작은 자유로운 상상력의 발로인 만큼 '민족의식'만을 고집할 수 없지 않았을까. 14년 뒤의 작가 선우휘의 고민이 새로이 시작되지 않았을까요.

그 점에서는 백낙청과 닮았다고 할 수 있겠네요. 소시민성→시민성의 자기모순성과, '민족의식'과 상상력(일상성)의 자기모순성. 요컨대 이 점에서 두 거인의 그다움이 있지 않았을까요.

좋은 지적. 선우휘 입장에서 이 민족의식이 크게 뻗어나갈 수 없는 이유를 검토할 필요가 있습니다. 분단 문제가 바로 걸림돌이었지요.

걸림돌이라?

그럼 뭐라 할까요? '절대적 가치'이기에 어떤 회의도 스며들 수 없지요

『분례기』가 백낙청의 걸림돌이었다는 뜻이기도 하겠습니다 그려.

그렇소. 『분례기』가 일시적인 기준, 지식인 문학을 물리치는 방편이었다면, 선우휘의 '민족의식'은 방편이 아니라 바꿀 수 없는 절대적 기준이었던 것이죠. 14년의 세월이 두 사람 사이를 흘러갔습니다.

9. 선우휘의 한계, 백낙청의 비전

드디어 여기까지 왔네요. 『분례기』에서 「외면」까지 14년. 신세대 계간지에서 구세대 보수 진영의 『조선일보』, 소시민에서 시민성에로 향하기와 민족의식의 불발의 성채에 온몸을 던지기의 과정 14년. 전태일 분신자살(1970년), 제3차 경제개발 5개년 확정, 백낙청 교수 파면(1974년 12월 9일), 김지하 반공법 위반 재구속(1975년 3월 14일), 긴급조치 제4호(민청학련 관련) 등으로 백낙청도 선우휘도 통과하지 않으면 안 되는 14년이었지요. 그러나 이런 정치적 문제는 그들 두 사람만이 겪은 것은 아니었을 터.

큰 테두리에서 보면 그럴 테지요. 그러나 루카치 식으로 말해 '문제적 개인[problematisch individuum, 이는 헤겔의 세계사적 개인(weltgeschichtliche individuum)에서 나온 것]'도 있을 수 있고, 이들이 역사를 바꿀 수도 있다는 논법 또한 때로는 승인할 만하지 않을까. 백낙청이 '유지적 개인(erhaltung individuum)'이 아니라 '문제적 개인'의 위치에 서 있다면, 선우휘는 '유지하는 개인' 쪽에 서 있지 않았을까. 굳이 비유컨대 말입니다.

본인들이 승복하든 않든 대국적으로 보면 그럴듯합니다. 1980년 광주의 5월을 일단 염두에 두고 살펴볼까요. 그해 7월 『창작과 비평』은 『문학과 지성』과 함께 신군부에 의해 폐간되었지요. 이 국면에서 백낙청은 당연히도 새로운 권력에 직면했을 터. 그의 지론인 소시민성에서 시민성에로 나아가기, 이것이 지식인의 나아갈 길이라 믿고 매진해왔지요. '초근목피'의 이 풍토에 당초부터 공첨인 제비로 뽑은 문학인의 탈출 방법이 여기에 있다고 믿었으니까. 그러나 폐간에 직면하자 이는 최악의 상황이어서 시민성 운운할 처지가 아니었을 터. 그럼 뭐냐.

> 민심이 어디 가 있는지는 저 같은 책상물림이 어떻게 알겠습니까마는 지식인의 행태에 대해서는 저도 좀 아는데, 지식인들 간에는 어떤 경향이 있냐 하면 (……) 혁명적 지도자를 그대로 따라가보려고 하는 게 있어요.
>
> ↘『실천문학』 창간호, 1985년 겨울호, p.58

이 지식인의 단계를 넘어 민중의 판단에 맡겨야 한다는 것. 이것이 『창작과 비평』이 폐간된 뒤의 행보라는 것. 이 사실을 백낙청은 사람들이 잘 모를까 봐 좀 더 구체화시켜놓았군요.

> 제가 보기에『실천문학』(무크지로 1980년에 선행했고, 이것 역시 폐간되고 다시 당국에서 허락한 것이 이문구 주간의『실천문학』 1985년 봄호—인용자)도 70년대『창비』가 그랬던 것처럼 재야운동권과 체재 내적인 문화 활동의 경계선상에 자리 잡게 되지 않을까 싶습니다.
>
> ↘ p.59

주

『창작과 비평』을 복간하지 않고 기다리겠다는 것. 그동안 시민성 지향이란 것도 당국과 재야운동권과의 타협노선을 가리킴인 것. 이게 정직한 목소리가 아닐 수 없지요.『문학과 지성』은 기회가 주어지자『문학과 사회』로 제명을 바꾸었지만『창작과 비평』은 그럴 수 없었지요. 재야운동권의 목소리를 채재 내적 목소리와 조화롭게 하기, 서로 '눈치를 보아가며' 나아가기가 그 목표. 훗날 이 소시민의식이 극복되었을 때도 조화롭게 눈치를 보아가며, 자신과 외부 세계의 낡음을 끊임없이 닦아내는 시민 하나하나의 노력이겠고, 그리고 그 노력은 어느 시기가 아니라 당장 수행되어야 할 과제라는 것. 이 지속성을 끝내 유지했다는 것.

문제는 그 목표의 한계 아니겠습니까. 재야운동권의 목소리가 점점 커지게 된 점. 곧 분단 문제, 신군부독재 등에 대한 목소리.

신군부 비평이 위험수위일 때 도망칠 퇴로는 분단 문제겠고, 이 후자가 그 후 지속적으로 전개되었지요. 이는 불가결한 문화적 전략이 아닐 수 없지요. 『대무량수경』의 48대원 중 네 번째인 무유호추(無有好醜, 이 지상에 좋은 것과 추한 것이 없다)에 이르기까지 성불을 않겠다는 이 큰 원[大願]을 상상하시라. 백낙청의 심성에는 이것이 자리하고 있지 않았을까. 2010년대인 지금까지도 불변하는 이 청정심(淸淨心)을 문화적 전략이라 했을 뿐.

한편 선우휘는 어떠했을까. 학병 세대의 본질적 문제에로 돌아갔더군요. 「불꽃」의 세계이긴 해도 심화된 것. 「외면」 말이외다.

「불꽃」이 개인주의적 학병의 내면을 다루었다면 「외면」은 그 후속으로 학병 세대의 외부, 객관적 조건을 다룬 것.

어느 쪽이나 탈이데올로기인 근대 개념이 아닌 원초적인 ‘민족의식’이겠소. 이 민족의식은 조선 민족이 개구리나 소와 말일 수 없음을 일본군, 미군 등 앞에서 재판 과정을 통해 드러낸 것. 이는 실화에 가까운 것이라는 점. 55세의 선우휘가 도달한 최종적 단계. '문학은 절대적 가치'를 다룬다는 것. 어떤 경제·정치·철학·종교로도 다룰 수 없는 것을 다룬다는 것.

주

'없는 것만'을 다룬다는 것. 승전국 미국, 패전국 일본 그 어느 축에도 낄 수 없는 것. 패전국 일본의 처지에서 보아도 조선인 임재수는 여전히 소나 말 또는 개구리에 지나지 않는다는 것.

객

그것은 허구가 아니라 역사적 사실이란 점.

주

선우휘의 민족의식이란 이 역사적 사실에서 온 것이기에 허구일 수 없는 것.

객

그러기에 그것은 '절대적 가치'라는 것.

주

「외면」 이후 선우휘는 어떠했을까. 일제의 신사참배에 굴복한 목사 모씨를 다룬 「묵시」(1971), 춘원의 삶을 다룬 것으로 보이는 「쓸쓸한 사람」(1977), 「우리말」(1978) 등으로 조금씩 내면화에로 향하고 있더군요. 미 국무성 초청으로 미국을 보았고 도쿄 대학에서 1년간 연수했고 3개월간 세계일주여행으로 세계를 어느 수준에서 보아버린 선우휘의 민족의식은 조금씩 내면화로 나아갈 수밖에요. 뇌일혈로 65세(1986)에 별세하기까지 이런 행보를 지속했더군요. 보기에 따라서는 엉거주춤함이랄까요.

한편 백낙청은 어떤 행보로 나아갔던가. 선우휘보다 무려 16년이나 연하인 백낙청은 왕성한 에너지를 가능성으로 담뿍 지녔다고 보겠지요. 그러니까 그는 새로운 도전에 조심스럽게 나아갔던 것이겠지요. 타협하면서. 구세대인 선우휘가 감히 따를 수 없는 곳. 또한 절대적인 민족의식도 시대성에서 빛이 발해진 형국이었던 만큼 그런 현실적 여건에서 찾아낸 것이 이른바 분단 문제의식이겠는데요. 그리고 보니 민족 문제의식과 분단 문제의식이 마주치는 중간 단계가 경계선을 이루었다고 하겠습니다. 맞나요?

소시민 의식의 극복은 여전히 남아 있지 않겠습니까. 시민성이 책상물림인 백낙청이 극복해야 될 현실의 먼 목표겠지요.

'초근목피'의 이 향토에서 꽝인 제비를 뽑은 이상, 지식인의 이 과제는 난감한 것이었을 터. 지속적으로 말이외다.

이제 결론을 내려도 되겠습니다그려. '이론과 실천'이 그것. 백낙청의 최대 장점은 이것의 타협에 있지 않았을까. 실천의 지속성, 그것은 지금도 계속하고 있으니까. 그 앞에 탈모할 만하지 않습니까.

1. 지식인의 내성소설에 맞선『분례기』와「몽금포타령」

객

이문구의 단편「몽금포타령」이『창작과 비평』(1969, 가을, 겨울)에 발표되어 있습니다. 방영웅의『분례기』(1967, 여름, 가을, 겨울)가 나와 장안의 화제가 되었던 시점보다 두 해 나중이지요. 겉으로 보면 우연이거나 단순한 일로 보이지만 이 나라 창작계의 흐름에서 보면 썩 깊은 의미가 있지 않겠는가 싶습니다만.

주

동감. 그 중심에는『분례기』가 놓여 있고 그 뒤에는『장한몽』(1970)이 솟아올라 있기 때문이겠지요. 내가 조금 설명을 덧붙일까요.『분례기』가 나왔을 때 제일 흥분하고 고무된 쪽은 정작『창작과 비평』의 백낙청 주간이었지요.

『분례기』를 그 해 우리 문단의 가장 큰 수확이요 우리말로 씌어진 가장 훌륭한 작품 가운데 하나라고 나는 생각한다./좋은 작품의 출현은 독서계의 경사뿐 아니라 기성작가 및 평론가들에 대한 도전이며 자극이란 점에서 문단의 중대사건이다. 그 도저한 자극을 어떻게 받아들이느냐 하는 문제가 문학하는 한 사람 한 사람에게 크다면 크고 작다면 작은 하나의 <양심의 위기>를 만들어 주는 것이다.

↘「'창작과 비평' 2년 반」, 『창작과 비평』. 1968, 여름, p.368

객

『분례기』를 자세히 분석한 선생의 평론 「'분례기'와 선우휘」에서 보면 『분례기』의 등장인물들은 시골 나무꾼, 노름꾼, 노름꾼 여편네, 미친 년 등으로 이루어져 있더군요. 백주간이 이 작품에 흥분한 이유란, 그러니까 2년 반에 걸쳐 문단에서 주눅 들렸던 자기의 자존심에 관련된 것이겠는데요.

주

구체적으로 말해보라는 뜻이겠습니다 그려. 그러니까 2년 반 동안 백주간은 문단의 강박관념에 크게 시달렸지 않았을까요. 계간지의 이름을 '창작'과 '비평'이라 내걸었는데, 비평 쪽은 자신만만했겠지요. 일등국인 미국 하버드 교정에서 정식으로 세계성을 배웠으니까. 그런데 정작 '창작' 쪽은 어떠했던가.

객

상대적으로서가 아니라 거의 맹탕이거나 중고등학교 수준에 지나지 않았다. 최인훈, 김승옥, 이청준 등 4·19세대의 지적이고 내성적인 것이 압도적 비중으로 창작계를 지배하고 있었다, 이런 현상 앞에 『창작과 비평』은 오도 가도 못하고 한쪽 날개로 날고자 했으나 될 턱이 없었다. 그런 뜻이겠습니다 그려.

주

그 엉거주춤한 틈으로 스며드는 세력을 내키지는 않지만 수용하지 않을 수 없었지요. 김현의 침입이 그것.

객

4·19세대의 비평가 김현으로 말하면 아직『문학과 지성』(1970, 겨울호)의 창작 이전이겠는데요. 그는 계간지『창작과 비평』의 출현에 크게 고무당한 인물. 프랑스어과 출신이지만 사르트르에서도, 기타 서구적 문학사상가들에서도 먼 지점에 서있었지요. 말라르메의 입구에서 포기했으니까. 그런 그가 할 수 있는 것은 백주간의 허점을 뚫고 들어가는 길이 아니었던가. 「한국문학의 양식화에 대한 고찰」(1967, 여름호), 「한국문학의 가능성」(1970, 봄호)을 들고『창작과 비평』에로 쳐들어갔던 것이겠는데요. 백주간도 이를 외면할 수 없었겠지요. 그러나『분례기』가 이미 등장한 마당이기에 사정은 크게 달라졌던 것. 김현이 말하는 한국문학(사)란 기껏해야 상식에 불과한 것.『분례기』가 그 해답. 내성소설 따위로서는 어림도 없는 새 경지.『분례기』가 등장한 이상 김현 따위란 조금도 겁낼 것 없다.『창작과 비평』만의 창작이 실물로 등장한 마당이니까, 맞습니까.

주

밀려난 김현도 물론 가만히 있지 않았지요. 자기식 계간지『문학과 지성』(1970, 겨울호)을 내면서 이른바 4K를 뭉쳐『현대한국문학의 이론』(1972)을 내었지요. 이 4K 속에 정작 국문학 전공자는 없었지요.

객

그래봤자 4K란 상식노선(고등학교 교육수준)에 지나지 않는 수준. 국문학이란 그 나름의 학문적 질서와 평가기준이 엄밀히 따로 있는 법. 이를 무시하고 마치 4K들이 독점하는 형국이란 누가 보아도 속이 들여다보이는 것이죠. 훗날 김현은 불문학사에로 안착하게 됩니다. 길고 긴 길을 헤맨 끝에야 비로소 고향에 닿았다고나 할까.

주

백주간의 전략은 어떠했을까. 『분례기』를 내세워 새 판을 펼칠 수 있었지요. 스스로 힘을 내게 하는 이성의 힘이 아니었을까.

객

하버드 교정에서 배운 화이트헤드의 이성 개념이겠습니다. 오죽하면 이를 소개까지 한 바 있었으니까. 다시 볼까요.

> <이성의 기능은 사는 법을 향상시키는 것이다>라고 단적으로 규정한 철학자 화이트헤드는 이어서 <사는 법>을 정의하며 <첫째 살아 있는 것이요, 둘째 만족스럽게 사는 것이며, 셋째 만족의 증가를 달성하는 것>이라 말한다.
>
> ↘「'창작과 비평' 2년 반」, 『창작과 비평』, 1968. 여름, pp.377-378

다원주의가 내세운 적자생존법칙에 대한 통렬한 비판이지요. 어느 지역(환경)에서만 적용되는 적자생존법칙이 아니라 이를 넘어선 곳에 있는 이성의 법칙을 내세운 것이겠습니다. 단기적 생존유지에는 비교적 무력하지만 보다 나은 삶을 추구하는 것이 바로 꿈을 향하게 하는 것, 현상(생명유지)에의 저항을 촉구하는 것, 곧 생명력의 약동이야말로 화이트헤드의 이성 개념이며 『창작과 비평』의 편집 방침도 여기에 두고 있다는 것. 한국에서의 문학하기란 (1)문학의 생존 (2)보다 만족스런 문학 (3)만족의 증가로 향하기인 것. 적자생존이 아니라는 것.

왜 혁명에 뛰어들지 않는가에 대한 설명도 그 속에 있습니다. 이성 말이외다. 이성적으로 단계를 거쳐 나아가는 것. 문학도 이런 식으로 단계를 거쳐 나아가는 것. 이성을 떠날 수 없는 것. 적자생존을 뛰어넘는 방도의 하나라는 것. 『분례기』란 비록 어수룩하나 생존의 일환이며 이를 보다 만족스럽게, 또 만족의 증가에로 나아가게 하는 비유적인 소설. 또 비유컨대 최인훈, 이청준식 내성문학이란 적자생존의 범주에 갇혀있는 것이라고나 할까. 지식인끼리의 생존을 위한 문학이냐, 비지식인, 보통사람들의 살아가기, 보다 잘 살아가기로 나아가야 하는 문학이냐.

그렇지만 하버드에서 배운 백주간은 어디까지나 이성에 근거한 것이 아니었던가요. 『분례기』에서 더 나아가 '좀 더 만족'과 '만족의 증가'를 위한 후속 작품이 요망되었을 테지요. 목을 빼고 기다리는 형국이었을 터. 바로 이문구의 『장한몽』이 제일차적으로 이에 해당되었다. 여기까지는 알겠는데, 그래봤자 이성의 범주 내에서의 일이었던 것이 아니었겠는가. 이성에서 벗어나서는 안 된다는 것. 최인훈, 김승옥, 이청준 등 지식인 중심의 내성문학과 담을 쌓을 수 없는 것이겠지요.

잘 보셨소. 김현의 참여적 태도와는 구별되는 화해의 손짓이라고나 할까요. 내가 강조하고 싶은 것은 이성을 지렛대의 한 가운데 놓고 이쪽과 저쪽을 겨냥한 형국. 후기로 갈수록 그러했지요.

이는 그의 숙명적 위치에서 온 것이 아니었을까.

동감.

2. 단편 「몽금포타령」에서 『장한몽』까지

『장한몽』은 『창작과 비평』(1970) 겨울호에서 시작, 이듬해 가을호까지 4부로 연재된 것. 『분례기』보다 길지요. 최종회만 천매였고, 3회만 해도 700매였으니까. 무려 4천 여 매에 육박하는 대장편이겠는데요. 겉으로 보면 말입니다. 당시로서는 천금같은, 그 좁은 계간지에다 말이외다. 비평을 완전히 무시한 태도. 선생은 이를 장편소설이라 부르기엔 무리라는 표정인데요. 장편다운 서사적인 것이 거의 빠져 있으니까.

내 표정은 뒤에 따지기로 하고, 우선 앞에서 잠깐 말한 이문구라는 작가의 「몽금포타령」에 주목할 것입니다. 『분례기』보다 2년 나중에 발표된 단편입니다. <타령>에 주목하고 싶소. <몽금포>의 그 '몽금'도 주목하고 싶소.

몽금포란 지명 아닌가요. 황해도 용연군에 있는 어항. 해안가 모래가 황금빛이라는 것. '먼 구비'라는 말이 뭉구기, 몽금으로 불리게 되었다는 것. '夢金'이란 한자로 표기한 것일 뿐. 타령이란 민요의 한 가지 형식. 여기 사는 어민들의 삶을 노래한 것이겠고. 민요인 만큼 어민들의 한과 기쁨과 슬픔이 타령으로 불리었겠는데, 이문구는 황금을 꿈꾸며 서울에 올라온 서민의 꿈을 그렸겠지요, 아마도. 선생은 이문구의 『몽금포타령』이라는 창작집(1975)이 나왔을 때 해설을 쓴 바 있었지만, 지금은 생각이 많이 변했겠지요. 그래야 정상이니까요. 듣고 싶은데요.

다시 말해보라는 뜻에 가깝군요. 하기야 『장한몽』의 앞 단계이니까. 『장한몽』이 땅에서 불쑥 솟아난 것일 수 없으니까요. 좀 따져볼까요.

가에 나 앉은 사람이면 다들 흐르며 머무는 물너울을 내려다보고 있었다. 뒷전에 있는 신두만이도 그런 축의 하나였다. 앉아 무심히 흐름새를 보고 있노라면 물이 흐른다기보다 강이, 강기슭이 떠내려가는 것처럼 느껴지기도 하고 때론 문득 저 자신이 물굽이에 얹혀 이렇게 흐른다는 느낌이 들기도 했다. 나는 머리때가 켜로 올라 시꺼멓게 더뎅이 진 퇴침을 깔고 앉아 담배를 피우며 그러고 있었는데, 땟국에 절어 끈적거리는 퇴침이라 바짓가랑이에 냄새가 묻었을 때처럼 개운찮아 이따금 엉덩이를 궁싯거리곤 했다. 흐르는 물을 한참 쳐다보고 있으면 눈이 침침해 가물거려진다.

↘「몽금포타령」 도입부, 『몽금포타령』, 삼중당 문고, 1975, 이하 이 책에 의거

서사구조의 핵심인 인물과 장소, 그리고 때도 나와 있습니다 그려. 신두만. 그런 축이라 했으니까 신두만들이 있다는 것. 장소는 그러니까, 분명치는 않으나 잠실이 저만치 보이는 어떤 집의 방이겠군요. 퇴침이 나왔으니까. 또 물 구경하는 시기라 했으니 여름이겠고. 이 중 제일 중요한 것은 '신두만이들'이군요. <다들>이라 했으니까. 물 구경이 아니라 그것만이 눈에 보이는 것이니까요. 작가 특유의 장기인 수사학을 거두어 내면 남는 것은 이 서사구조의 가능성이겠고. 좀 나아가 볼까요.

　두만은 시력의 피로를 느끼자, 방풍림으로 늘어선 미루나무 키 너머로 들앉은 강 건너 마을을 잠실리 동구에 시선을 두었다. 그러면서 오덕칠이가 생각나 찾으면 보이기라도 하는 듯 잠실리 지붕 위를 한 바퀴 둘러보며 …놈, 열무 겉절이에 살찐 막걸리하며, 배뚜드리겠다. 하고 중얼거렸다. 한 방에 있는 오덕칠이 오늘은 현장 일감이 차례 안 가 처음으로 나루 건너 잠실리 농가에 품팔이 가곤 아직 오지 아니었던 것이다. …님도 보고, 장도 보고, 놈 재미를 아주 담아올 거라, 덕칠이 간 김에 달포 전부터 말이 오고 간 그 처녀 선까지 봤겠다 싶어 샘이 나는 것은 아니지만, 두만은 저도 모르게 투덜거려졌다.

↘ p.126

신두만과 오덕칠이 한 방에 살고 있다는 것. 그러니까 합숙소 비슷한 곳에서의 동거인. 잠실리가 보이는 곳. 일감을 찾아 나서거나 또 일감이 있는 곳에서 찾으러 오거나 하는 삶의 신세. 일이 없어 잠실 농가에 품삯으로 간 오덕칠이 그 곳 농가 처녀에 반해 있음을 눈치 챈 신두만은 조금은 부러움에 빠져 있군요. 무시하면서도 말이외다. 그 처녀가 한 쪽 눈을 못 뜨는 병신이기에 그럴 수밖에요.

　강변을 일구어 땅마지기나 내 것 만들고 식구마다 들며나며 묻혀 들여 소문 안 난 든부자이므로, 처녀가 한 쪽 눈을 마저 뜨고 머리 길렀더라면 노가다판 잡동사니쯤 어느 물건이더냐고 내려다 볼 처지나, 한 쪽 눈을 못 쓰는 죄로 본 적이 없는 사내나마 곁눈질하게 된 형편이라고 은근히 덕칠의 어깨를 주눅해놓기도 했지만 저쪽 사정도 누구 말따나 〈딱하디 딱한〉 모양이었다. … 시집 못 간 나이 스물아홉이면 적은가? 이구 십 팔 이놈 팔자엔 그런 것도 안 걸려. 두만은 중얼거린 사이 침에 불어 터진 담배꽁초를 뱉고 나서 하여간 오늘 밤은 귀청에 가난이 들어 잠 못

자진 않게 됐다고, 덕칠이 건너오기가 여간 기다려지는 게 아니었다.

↘ p.127

객

드디어 <노가다판>이 나왔군요. 일어 도가다(土方)를 가리킴이겠지요. 공사판의 막노동꾼이라 하는 것. 그러니까 신두만, 오덕칠은 이 노가다 판의 인물들. 이제 선생이 말하고자 하는 『장한몽』에로 이르는 통로랄까, 그런 것에 이른 것 같습니다 그려. 이 노가다들의 출신지.

주

이 합숙소에 신세를 지는 사람들은 진종일 고된 노동에 근력을 버렸음에도 밤엔 이슬로 먼지가 자 이슥해지도록 잠에 못 들어가 한이었다. 물론 죄다 그런 건 아니다. 고향에 머리 풀어준 여편네가 있고 사립문 지킬 자식 보아 땅뙈기라도 두어, 농약대나 비료 값이 아쉬워 며칠씩 머물다 푼전이라도 집어넣게 되자 떠나는 사람들이야 편지 한 자를 하려도 잠 쫓다가 종이나 버리기 일쑤지만 두만이나 덕칠이말고도 이미 별명에 본명을 먹힌 함경도 아바이 최판식 영감, 의정부가 고향이라는 양곤죠 김민득 영감, 언동이 느려 서산 엿가래로 불리는 강자근식이 같은 떠돌이에겐 잠복마저 박해 풋새벽의 선잠밖에 차례 오지 않는 거였다. 그러던 터에 덕칠에게 혼담이 생기니 누구라도 관심 안 가려야 안 갈 수 없는 게, 우리 같이 드센 팔자라도 언젠가 임자가 나서리라는 바람, 그리고 우선은 화제 거리가 생겨 두만이 즐거워했던 것이다.

밤은 언제나 먼 길을 타고 와 맨 나중에야 시야에 멎는다. 두만이 어둠을 의식했을 때 강 건너 마을은 멀리 관악산의 무딘 봉우리 두어 부리만 놓고는 어느 새 별빛을 받고 있었다. … 니미, 오늘 밤에 아주 쇼부를 봐버릴 작정인지 왜 여태 안 와? 기다리기 지겨워진 두만이 중얼거릴 때 뒤에서 가까운 인기척이 들렸다.

↘ p.128

합숙소의 인간들을 세 부류로 볼 수 있군요. (1)고향이 있는 노인, (2)고향도 없는 함경도 아바이, 그리고 (3)두만과 덕칠. (1)은 본명과 별명이 따로따로이지만 (2)는 별명이 본명을 먹어버린 경우. 그렇다면 (3)은 어떠한가. 시골출신. 6·25라든가 분단으로 인한 실향민의 경우와 딴판이군요. 여기에 새로운 인물이 들어섰다면 어떠할까요.

합숙소 야외 등에 몸을 드러낸 사람은 두만이 또래로 스물 대여섯이 될까 말까하는 낯선 청년이었다. 낡은 야전용 군용백을 짊어진 청년은 테 나간 밀짚모자를 벗으며 여기가 수원지 취수탑 공사장 인부 함바집(합숙소)이냐고 묻는다.

↘ p.128

인부의 일거리도 가뭄인 판에, 이 청년의 등장을 기존 합숙소 인물들이 좋아 할 이치가 없지요. 그러나 합숙소 경영자인 여주인은 사정이 다르지요. 장사니까. 제일 좋은 방(두만과 덕칠이 함께 쓰는 방)에 넣지 않겠는가. 덕칠이 돌아온 것은 밤 열시쯤이었다.

덕칠은 새삼스럽게 심각한 낯을 지어가며 방바닥에 주저앉았다. 두만은 또, 이게 선뵌답시고 주춤대다가 계집한테 차인 분풀이를 못해 저러나 하며 뭐라 말 붙이기가 망설여졌다. 둘이 담배만 죽이고 있노라니 자는 줄 안 청년이 옆구리를 두어 번 긁적거리다 일어앉으며 <이 방에 벼룩이 있수?>하고 나서는 갑자기 생각났다는 양 <참 이거 인사도 없이 미안합니다.> 그는 자기가 박영식이란 사람인데 잘 부탁드린다고 간단히 말하고는 나는 신두만이고, 오덕칠이요, 어쩌고 할 사이, 들쳐메고 오던 야전용 군용백을 모로 세워 좀 높여 베고는 두 다리를 뻗으며 눈을 감는다. 그 꼴에 두만이 낯을 좁히며, 내 보기 그렇다라잖다더냐는 시늉을 하자, 덕칠은 <이 분 식사나 하셨나 …… 형씨 저녁이나 먹었소?>하고 친절을 내밀어 본다. 덕칠이 성질이니 하던 예로 미루어 보아 대번너 갈빗대 몇 개비 쏙는다 하며 곧 시비가 붙을 것으로 안 두만은 좀 실망 같은 걸 느꼈다. 떠돌이 노동자들은 초면 인사부터가 아주 거칠거나 반대로 동지의식과 거기서 우러난 동정심에 기울어, 조용하고 점잖은 두 종류가 있고, 말을 시켜보아 대꾸하는 투로, 먹은 물이나 밟아 온 길을 넘겨짚어 곧잘 이용해 먹곤 하는 법이다. 덕칠이 거친 편인 반면 두만은 그러질 못하는 천성이 소심한 위인이었고 그러기에 지금껏 불쾌하고 불안하기까지 한 거였다.

↘ pp.130-131

객

덕칠이 오히려 박청년에게 점잖게 대하는 것이 두만에겐 의아스러웠다. 정반대니까. 박청년의 출신은 고상한 교양인인가. 무전 여행하는 학생인가. 말투로 보아 노가다 중 노가다가 아닌가. 출생지를 묻자 박청년의 대답인즉 이렇군요.

<양동 밑번지에서 나서 도동 3통서 크고, 종삼 건민약국 안채에서 장가들도록 애비는 수배를 해도 나타나질 않아>라고. 이에 대해 덕칠은 한 번 더 눌러봅니다. <허기사 나도 우리 집 보리개가 마루 밑에서 새끼 깔 때 배꼽 뗀 신세지만>이라고. 농촌출신임이 강조되어 있군요. 이에 비해 박청년은 아주 딴 판. 그런데 이 박영식 청년이 갖고 있는 물건 중에는 소화제가 들어있지 않겠는가. 거지에게 소화제라? 그게 아니었군요. 쥐약이었던 것. 가루약 한 봉지.

주

<소화제도 좋지만 이건 쥐약이오.> 퉁명스럽게 대꾸한다. 순간 두만은 가슴이 섬뜩함을 느꼈다. 그렇게 말할 때 박의 두 눈에서 보통 이상

의 번뜩이는 노기 같은 서슬의 뻗침을 보았던 거다. 두만이 사람 몸에서 볼
수 있는 것 중 가장 징그러운 거라고 알아 온 바로 그것을 본 셈이었다.

↘p.134

쥐약을 상비하고 있는 박청년이란 농촌출신인 두만이나 덕칠이에겐
쥐약 같은 존재. 죽음을 의식하며 살아가고 있으니까. 요컨대 도시 청
년 박영식은 노가다 판에 들어온 개똥철학이랄까. 사상가라고나 할까
요. 노가다 판을 거꾸로 비춰 보이는 거울이랄까.

어쨌든 우리의 일상에서 그럴 여유가 따로 없이 틈틈이 때때로, 그럴
겨를이 있어도 죽음을 의식하지 못했다면 결국 삶에 관해서, 혹은 생명
에 관해서도 아무런 값어치도 못 느껴 왔다는 결론이 나올 수 있다, 죽
음 앞에서 삶은 있고, 그러기에 늘 죽음을 아는 자만이, 누가 살기 위한
발버둥을 쳐도, 그 버둥거림을 어떤 형태로 나타내건 간에 천박해, 더러
워, 혹은 하찮고 업신여기지 않는 거다. 흔히 말이 쉬워하는, 죽지 못해
산다는 건, 누가 죽여주기를 기다리는 꼴이니 그야 말로 정말 치사스러
운 짓이다.

↘p.135

과연 박청년의 철학이군요. 쥐약을 갖고 산다는 것. 결국 이 철학으
로도 합숙소의 해체를 막아낼 수 없었다. 박청년의 갈 곳은 어디였을까.
두만도 덕칠도 갈 곳이 없다. 박청년은 교통사고를 촬영하는 경찰 팀을
털어먹기에 나선다. 돈벌이에 성공.

형씨가 어제 오늘 보다시피 난 이제 쥐약 같은 거 안 갖고 다녀도 자

신 있는데… 내 함바집에다 놔두고 갈 테니 나중에 형씨 가지슈.

↘ p.155

객

결론은 이렇군요. <박이 백을 들쳐메며 하직하고 나가자, 혹시 피우다 끈 담배라도 남지 않았나 나간 방을 들여다보던 합숙소 안주인은, 방 가운데 떨어져 있는 약봉지를 빗자루 끝으로 끌어다 펴보고 도로 싼 뒤, 곁에 쓰인 글자를 다시 들여다보고 나서는 안방 시렁 위에 얹어두며 박을 나무랐다. "비싼 소화제를 왜 버리고 가, 뒀다가 내나 먹지…">라고.

주

물론 소화제가 쥐약으로 변할 수도 없지만 쥐약 또한 소화제로 둔갑할 수도 없지요. 원래 박청년의 철학이었으니까. 박청년도 이 합숙소의 해체에서 비로소 그 개똥철학에서 벗어났으니까. 가짜 소화제가 합숙소 안주인에게로 옮겨왔으니까.

객

선생은 이 작품의 표제가 <몽금포타령>이라고 한 곡절을 어디서 찾아내었습니까. 타령이라는 민요풍의 분위기는 합숙소의 구성 인물들의 목소리에서 감지되긴 합니다. 그런데 굳이 <몽금>이라고, 즉 <먼 굽이(遠 구비)>라고 했을까요. 이는 돌아야 할 곳(장산곶 등 돌아가야 할 굽이)을 가리킴일 텐데요. <장산곶 마루에 북소리 나더니/금일도 상봉에 임 만나 보겠네>의 흔적은 이 이문구의 작품에서는 쉽게 찾아내기 어려운데, 어떻습니까.

주

동감. 시골서 올라 온 25세 전후의 신두만과 오덕칠이 노가다 패의 삶의 굽이를 보여준 것이 아니었던가. 이를 뭐라 할 것인가. <몽금포타령>이라 할 수밖에 없지 않겠소. 양반의 동서편제 판소리일 수도 없고, 전라도 육자배기일 수도 없고, 전국적인 아리랑 타령일 수도 없는 것.

객

요컨대 작가 이문구는 <몽금포타령>을 70년대 이 나라의 노가다 판에서 재생시켰다?

주

달리 뭐라 해야 할까. 이는 저 최인훈, 이청준, 김승옥 등의 내성문학과 선을 그은 것.

3. 고향에서 살 수 없는 70년대 사람들

객

드디어 『장한몽』에 이르렀군요. 이젠 꼼짝없이 여기에 매달릴 수밖에 없겠소이다. <장한가>라면 당나라 백낙천이 지은 서사시, 양귀비에 관련된 것. 그러나 『장한몽』은 이와는 무관한 것. 그렇다고 가요의 하나인 <장한몽>과 관련되었다고 주장하기에도 좀 무리가 아닐까 싶네요. 또한 조일제의 신소설 『장한몽』(1914)에 연결됨직 하다고 하기도 석연찮은 것 같고요. 선생도 잘 알다시피 일본의 소설 『금색야차』(金色夜叉, 1897-1903)를 조일제가 『장한몽』으로 번안한 것이니까요. 이른바 이수일과 심순애 얘기. 다이아몬드에 미쳐 애인을 버리는 심순애와 이에 대해 복수하는 이수일의 신파조. 서민들이 즐기는 오락용이었던 것.

주

이문구의 대장편 『장한몽』으로 말할 것 같으면, 조일제의 『장한몽』
과는 무관한 것. 작가 이문구만이 쓸 수 있는 작품이니까. 그것은 김상
배전(伝)이었던 것. 신두만과 오덕칠을 합친 인물. 서울출신의 개똥 철학
자 박영식까지 싸안은 인물이니까. 공동묘지의 노가다 판에서 말이외다.

객

공동묘지 이전공사 총책임자인 김상배 역시 몽유병 환자가 아니었을
까요. <그건 미스 최만 그럴 수 없을 거요>라고 말한 대목에서 엿보이
는데요.

> 상배는 그제서야 겨우 그녀 말마디 속에 끼어 들 수 있었다. 미실이
> 말을 듣자니 다자니 다 자기도 그녀처럼 잃어버린 김상배를 찾아 헤매온
> 느낌이었던 것이다. 오래 전에 강제로 뺏긴 평범한 보통 사람이었던 김
> 상배의 실물을 찾아 몽유해온 것 같은 거였다.
> <미스 최, 듣고 보니 나도 충분히 공감할 수 있는 얘긴데 너무 상심하
> 진 마슈. 강제로 자기를 잃어버린 사람은 미스 최만이 아니니까. …… 나
> 도 마찬가지요. 나도 나를 잃어버리고 방황해온 건 한 두해 아니었소. 그
> 렇다고 절망만 씹을 순 없는 노릇이 아니겠소.>
> 상배는 그녀를 위로해 주려고 지껄여본 말이 아니었고 자기 자신을 위
> 해 한 말인 것 같았다. 그는 미실이 말을 통해 뭔가를 깨우친 것 같았다.
> 몽유에서 깨어난 느낌이었다. 착각이라도 좋았다.

↘ 최종회, p.677

기구한 팔자로 몽유상태에서 살아 온 최미실과 공동묘지 이전공사
총책인 김상배도 결국 몽유상태였다는 것.

[주]

두 가지 점만 지적해 볼까요. 몽유하게 된 것. 밤의 삶을 살아온 것은 (1)외부의 압력이라는 것. 미스 최에 있어서는 집안의 압력이었고, 김상배에 있어서도 사회적 압력에 의거한 것.

[객]

김상배의 아비는 6·25때 이데올로기에 희생된 인물. 두 형도 동시에. 바다에 던져졌던 것. 김상배에게 있어 소년시대는 외톨이로 살 수밖에. 왜냐구요?

여담이지만 그로부터 상배는 강화도 이남 경기 연안에서 나왔다는 생선이나 해물들은 고향을 등지기까지 십 여 년 동안 무슨 일이 있어도 입에 대지 않았다.

↘ 제4회분 p.596

[주]

김상배 모자가 서울에서 살기 위해 옮겨 온 건 10년 전이었지요. 상경하여 할 짓이 따로 있었을까.

[객]

그게 바로 단편 「몽금포타령」의 세계이겠습니다 그려. 선생은 용의주도하게도 「몽금포타령」과 『장한몽』의 <몽유>가 이문구 특유의 창작임을 감추고자 했습니다 그려. 이 작가에 대한 남다른 애착에서 나온 것 같은데요.

[주]

그렇지 않소. 애착이 아니라 있는 그대로를 살펴보고자 했을 뿐이외다. 10년 전에 상경한 청년 김상배는 어떻게 살았던가. 바로 노가다 판에 뛰어 들 수밖에요. 시골서, 그러니까 고향에서 이런저런 이유로 살기 어려워 상경했으나 일거리라곤 막노동 뿐. 신두만, 오덕칠이 그들. 합숙소에 머물며 이런저런 일을 겪게 되지요. 서울 출신의 추상적 인물인 박영식은 일종의 철학이랄까, 밑도 끝도 없는 인물이라 이들과는 선명히 대조되는 것. 막노동꾼의 삶이란 그러니까 이문구 특유의 독창적 세계인 셈.

선생의 말은 그 독창성이 소설이 감당할 수 있는 가장 확실한 리얼리즘에 바탕을 두고 있다는 뜻으로 들리는데요, 맞습니까. 박정희식 근대화로 인한 농촌 파탄은 황석영의 「삼포가는 길」(1973)이나 「객지」(1971)에서 그 반항적 모습을 드러내지 않았던가요.

바로 그 현실(리얼리즘)을 가리킴인 것.

이 현실에 의식적으로 저항하는 부류도 있었지요 가령 신경림의 「농무」.

『장한몽』의 최종회가 실린 『창작과 비평』에는 「농무」도 함께 게재되어 있습니다. 같이 읽어볼까요. 임꺽정, 서림 등을 흉내 내겠다는 것. 산도둑에의 꿈. 그런데 이 꿈은 땅뙈기나 있는 청년들의 몸짓이라 「몽금포타령」의 신두만이나 오덕칠과는 구별되지요. 근본이 다르니까요. 「농무」를 이와 비교하여 읽어야 하는 이유이기도 합니다.

그렇군요. 「농무」 전문을 다시 읊어 볼까요.

징이 울린다 막이 내렸다
오동나무에 전등이 매어달린 가설무대
구경꾼이 돌아가고 난 텅빈 운동장
우리는 분이 얼룩진 얼굴로
학교 앞 소줏집에 몰려 술을 마신다
답답하고 고달프게 사는 것이 원통하다
꽹과리를 앞장 세워 장거리로 나서면
따라붙어 악을 쓰는 건 쪼무래기들뿐
처녀애들은 기름집 담벽에 붙어 서서
철없이 킬킬대는 구나
보름달은 밝아 어떤 녀석은
꺽정이처럼 울부짖고 또 어떤 녀석은
서림이처럼 해해대지만 이까짓
산구석에 처박혀 발버둥친들 무엇하랴
비료값도 안 나오는 농사 따위야
아예 여편네에게나 맡겨 두고
쇠전을 거쳐 도수장 앞에 와 돌 때
우리는 점점 신명이 난다
한 다리를 들고 날나리를 불꺼나
고개 짓을 하고 어깨를 흔들거나

「농무」 전문, 『창작과 비평』, 1971. 가을, p.704

과연 여유롭구료. 꺽정이나 서림이 나오고 날나리가 울리고 도수장까지 등장했습니다 그려. 농촌 파탄에 대한 청년들의 오기랄까. 이들이 군복무를 하고 귀향했음도 염두에 둘 필요가 있겠고, 요컨대 농촌의 홀대 앞에 노출된 청년들의 절망과 불만의 표출이 징과 날라리 소리로 읊어진 것이군요. 임꺽정과 서림을 주목한 것도 눈여겨 볼 대목이지요. 그런데 선생의 표정은 조금은 못마땅해 보이는군요. 이문구 때문이겠는데요.

주

두 가지를 말해보고 싶소. (1)「몽금포타령」도 타령이라 했으나 농촌에서 올라온 25세 전후의 청년들, 즉 신두만과 오덕칠 등이지요. 이들은 결코 임꺽정도, 서림이도 모르지요. 그냥 서울에 와서 막노동을 하며 하루하루 살아가고 있지요. 잘난 척 하는, 이른바 지식인이 걸핏하면 자의식에 젖는 그런 것과는 생판 다른 세계. (2)다른 하나는, 「몽금포타령」은 서사구조 속에 놓여 있다는 것. 노래가 아니라 소설이지요. 소설에 어찌 날라리 소리가 들리겠는가. 이만하면, 우리가 대장편 『장한몽』을 함께 논의할 수 있겠소.

객

좋소. 『장한몽』이 4천매에 육박하는 대장편이라고는 하나, 4부작이라 할 수 있지요. 이 작품의 중심인물이 서두에 등장합니다.

> 흙의 아량임이 새삼스러워졌다면 더 멋하긴 하나 요즘 들며 일기 시작한 잡념이 이젠 부쩍 잡념으로서의 울을 넘어버려선 안 될, 어떤 집념에 응분한 소중함까지 덩달아 느껴짐을 김상배(金相培) 스스로도 자신이 무척 대견스레 여겨지는 거였다. 재미있는 건 바로 그러므로 자기도 마치 남들처럼 <보통 사람>일 수도 있잖겠느냐는 의문을 품게 된 것이지만
>
> ↘ 첫 회, p.605

그러니까 제1부에 해당되는 것.(훗날 단행본으로 출간할 때 작가는 전력을
다해 수사학을 동원하여 발표시의 뜻을 여지없이 훼손시켰다.) 가령 위의 서두
를 기껏해야 이런 식으로. 수사학이라는 누더기를 잠시 볼까요.

> 그것을 그는 흙의 너그러움이라고 매듭지었다. 그리고 결론은 자기도
> 보통사람의 무리에서 예외가 아니라는 증거라고 믿었다. 흙의 어질고 너
> 그러움을 터득한 것은 흙의 생명을 깨달은 것이기도 했다.
> 　흙의 생명, 그것은 수목과 뭇짐승들을 기르는 대자대비였고, 눈에 들
> 어오는 모든 것과 너무 위대하여 보이지 않은 것에 이르기까지, 품으로
> 감싸안지 않은 것이 없을 정도의 큰 힘이었다.
> 　그러나 김상배(金相培)가 아는 어질고 너그러운 흙의 힘은 먼저 살다간
> 사람들을 받아들인 그 태도에 있었다.
>
> ↘ 이문구 전집(4), 랜덤하우스중앙, 2004, p.9

연재본에는 최미실이 한참 뒤에야 언급되지만. 개정판에선 김상배 바
로 다음에 이렇게 나옵니다.

> 흔한 말을 흔케 쓰다보면 허텅지거리밖에 안 되지만, 실로 그가 일 나
> 가는 현장에 가득한 것은, 사람은 한 줌의 흙이라는 말이었다.
> 　그는 그 날도 거기서 그녀를 보았다. 늦처녀로 알려진 그녀의 이름은
> 최미실(崔美實). 스물아홉. 그 근처 어디에 산다는 곱고 보드라운 흙덩이
>
> ↘ p.9

과연 『장한몽』이란 몽유라는 것. 누가? 김상배가, 최미실도 함께.
<보통사람>이라 자처하고 안심했던 김상배도 최근 10년 동안, 특히
공동묘지 이전공사를 통해 <보통사람>의 축에서 벗어나 몽유했지요.
왜? 최미실은 날 때부터 <보통사람> 축에 끼지 못한 여자였으니까. 이

두 사람은 어째야 할까.

주

잘 통찰했소. 『장한몽』이란 그 두 사람의 <몽유>였으니까. 문제는
이 <보통사람 되기>를 둘러싼 누더기투성이의 수사학이 4천매에 육박
했다는 점에 있습니다. 그렇다고 서사구조를 무시하고 그 자리에 수사
학을 가득 채운 것에 『장한몽』의 특이성이 있지는 않소. 이문구만이 할
수 있는 것이니까. 그것이 최인훈식 내성소설과 맞섰다는 점. 그러기에
소설사적 과제가 성립되었던 것.

객

서사구조의 빈자리를 수사학으로 채웠다는 것. 그러니 결국은 4부작
전체를 검토해보아야 되겠습니다 그려.

주

잠깐, 수사학을 누더기라 한 점의 진의를 짚고 넘어가기로 해야겠소.
대장편 『장한몽』의 서사구조란 기껏해야 '단편'에 지나지 않는다는 것.
김상배 그의 일대기인 것, 또 말해 김상배와 최미실의 일대기인 것.

객

선생의 진의는 『장한몽』이 단편 「몽금포타령」에 지나지 않는다는 것
이군요.

주

바로 알아차렸군요.

객

그러니까 최미실은 「몽금포타령」에 나오는 청년 박영식이겠고, 김상

배는 잠실 근처 합숙소의 노가다패 신두만과 오덕칠이겠습니다 그려.

주

바로 그렇소. 농촌에서 서울로 살고자 올라온 신두만, 오덕칠 또 누구누구 등은 또래를 아무리 늘려보아야 그게 그거이니까. 구조상 말이외다. 단편을 4천매로 늘이자니 수사학이 아니고는 무슨 수로 채우겠는가.

객

도시청년 박영식의 쥐약봉지로 상징되는 철학이랄까 뭐 그런 것은 따지고 보면 『장한몽』의 몽유에 속하는 최미실에 적용되는 것. 용케도 김상배는 이 몽유에서 깨어나 <보통사람>으로 복귀하는 것. 장모로부터 아들을 순산했다는 통보를 받았으니까.

주

자, 이제 진짜로 1장에서 4장까지의 『장한몽』을 안심하고 분석해 볼 수 있겠소.

4. 막노동꾼 제1호 구본칠

객

잠실리가 강 이쪽에서 바라다 보이는 합숙소에서 생활하는 막일꾼 신두만, 오덕칠들은 시골에서 서울로 살기 위해 올라온 25세 전후의 청년들 아닙니까. 거듭 말하지만 6 · 25나 4 · 19 등의 정치적, 이념적 문제란 약에 쓸 레야 없지요. 『분례기』와 이 점에서 꼭 같지요. 이 점은 『분례기』가 철저하지요. 60년대 감일까. 시대와 무관한 농촌 생활의 생리적 삶만이 『분례기』의 최대 특징이지요. 지식인 작가들이 엄두도 낼 수 없는 영역. 바로 이 점이 하버드 교정에서 신물 나도록 배운 백주간에겐 한국문학의 가능성으로 보였던 것. 이에 비할 때 그 후속 작품 『장한몽』은 어떠했을까. 기본 노선이 같았던 양자는 어디가 서로 달랐을까.

좋은 질문. 후속 작품이란 전작을 한편으론 보강하면서 다른 한편으론 좀 더 적극적으로 나아가야 하는 법. 하버드 교정에서 화이트헤드 철학이 가르친 것이니까. 진짜 이성이란 플라톤의 이데아가 아니라 살아있기, 만족스럽게, 만족의 증가를 달성하는 것이니까. 다윈의 적자생존과는 차원이 다른 것. 『분례기』와 『장한몽』의 관계도 이런 원리를 적용해봄직 하지요.

농촌에 국한된, 농경사회의 생리인 『분례기』와는 달리 『장한몽』은 처음부터 서울 변두리의 막노동꾼을 다루는 것 아닙니까. 한 발만 뛰면 서울 한복판으로 들어올 판이지요. 서울의 막노동판. 서울의 최하층의 삶 살아가기.

거기는 현실의 계기가 빠뜨릴 수 없는 조건.

그렇군요. 『분례기』와 아주 다른 점. 서울시가 도시 정비 사업을 대대적으로 시행한 것은 1960년대 중반인데, 우선 일차적으로는 시내에 있는 공동묘지의 이전 문제였지요. 공동묘지는 셋이었는데, 망우리와 미아리 그리고 연희동. 망우리는 원래 변두리니까 손댈 필요가 없고, 그러니까 문제는 미아리와 연희동이겠는데요.

미아리 쪽은 벽제 쪽으로 이전했고, 연희동의 신천리 주한외국인학교 터에 있던 외국인묘지의 이전은 경기도 과천에 있는 명주리의 공동묘지였지요. 작가 이문구의 말을 옮겨볼까요.

사실(事實)을 사실(査實)한 대로 사실(寫實)하기로 작정했던 것
↘「'장한몽'에 대한 짧은 꿈」, 『지금은 꽃이 아니라도 좋아라』,
전예원, 1980, p.165

『장한몽』의 무대가 연희동 주한외국인학교 터에 있었던 공동묘지이군요. 이 공동묘지는 약 이천 기(基)를 헤아렸다고 감독 책임자 김상배가 서두에 밝히고 있습니다. 이는 역사적 사실인데 이에 대한 공사판을 조사한대로 사실적으로 썼다는 것. 적어도 연재 때는 그랬다는 것.

규모상 미아리 공동묘지가 압도적으로 컸는데, 여기엔 문인들도 묻혀 있었지요. 그중 천재 이상(李箱)이 여기에 묻힌 것은 1937년 6월쯤으로 추정되고 있습니다(임종국 씨의 조사). 이전 통에 유실되었을 것으로 추정되지요. 미아리 공동묘지 이전 후 서울시는 대대적으로 아파트를 짓고, 주택지대를 이루어 오늘에 이르고 있습니다. 『장한몽』의 공사현장은 연희동 주한외국인학교의 공동묘지. 잠실리 근처 합숙소의 막노동꾼 신두만, 오덕칠이 일거리가 없어 번번이 노는 판에 여기에로 몰려 갈 수밖에. 조금은 가까운 곳이니까요. 작가의 작품 속에서의 언급된 곳을 볼까요.

이 신천동(리) 산 5번지는 정부수립과 더불어 서대문구가 됐지. 일제

때만해도 고양군에 속해 있었고, 당시의 산 임자도 어느 미국인 선교사였다고 한다. 또 이 산 5번지 한 필지 외엔 일대가 신천면 공동묘지 터였으며 서울시에 편입됨과 동시에 공동묘지 폐쇄령이 내려졌고 그 당년만해도 백 여기 정도나 솟아 있음직하다는 게 토박이들의 한 말이었다. 하나 6·25사변을 겪으며 선교사의 귀국(피난으로)과 함께 말림이 헐거워진 틈으로 전쟁이 버린 숱한 시체들을 기왕에 있던 공동묘지라서 무질서하게 수용시켜 놨고 따라서 선교사네 산까지 불귀의 객들한테 침식을 당해 풍치로도 이름 낼 뻔 했던 산이 이젠 간신히 잔디로 벌건 상처를 가리고 있을 뿐이었던 것이다. 그렇기도 할 것이 환도 후 질서가 서면서당국에선 수차에 걸쳐 매장 금지령을 고시했고, 또 감시원도 없지 않았지만, 없는 사람들이 동회 서기를 끼고 혹은 밤에 암매장 등을 하고 해결국 선교사네 산의 대부분이 있던 공동묘지보다 훨씬 더 많은 무덤을갖게 된 경위라고 했다. 본디부터 있던 묘지터는 주변을 판자 집들에 점령당해 더 나아갈 수가 없었기도 했겠지만, 법적인 허가 없이 다녀간 어린 것들을 암매장하기엔 아카시아 덤불이 무성한 선교사네 산등성이가훨씬 편리했을 터였고 결국 그것이 터주만 느는 큰 원인일 터였다. 하긴선교사네 산에도 현재 이십 여 채나 되는 흙벽돌 판잣집이 이리 저리 들앉아 있지만

↘ p.607

객

무대(배경)가 선명하군요. 이른바 <査實>에서 온 것. 이곳을 개발하겠다는 것. 새로운 개척 임자가 나타났다는 것. 그 계획이란 이렇군요.

그 계획이란 무덤들을 말끔히 파 옮긴 뒤 등성이를 따다가 계곡을 매워 고른 다음 학교를 세운다는 거였다. 그 공정(工程)에 따를 부대시설은 대강 되어 있기도 했다. 아주 조그마한 일부에 지나질 않지만 그 계획을 뜻대로 이루기엔 상배의 힘도 적잖은 도움이 되어 질 터였다. 천장(遷葬)공사를 상배가 도맡았던 것이다. 그 일이 꽤나 지저분하고 어려운 것이

긴 해도 상배로선 더없이 현실적인 생활방도일 수밖에 없는 한편, 때론 생활에 이어진 투기라기보다도 어떤 봉사적인 헌신적인 사업같이 여겨 지듯 재미 비슷한 보람까지 보이기도 하던 거였다. 상배가 그 일에 계약을 맺은 건 한 달 전이었다. 그렇게 그 일을 낙찰시켜 청부하기까지엔 신성식(申成植)이의 힘이 절대적이기도 했다.

↘ p.608

주

큰 그림이 나왔지요. 대학 동창인 영문과의 신성식이 그린 그림에 김상배가 동참한 것. 신성식으로 말할 것 같으면 여사여사한 인물. 그 여사여사한 속내는 친구 김상배도 배신할 수 있는 요소가 충분히 감지되는 것. 그런 인물과 계약을 맺었다는 것은 영혼을 두고 악마와 계약을 맺은 『파우스트』의 메피스토펠레스까지는 아니더라도, 좌우간 김상배는 영혼을 팔지는 않았지요.

객

몸만 팔았군요.

주

동감. 아주 적절하게 핵심을 찌른 지적. 머리 따위를 굴리는 인간이 아니니까.

객

김상배, 그는 6·25와 관련된 가문의 자의식을 안고 있는 대학 중퇴생이니까 준(準)지식인인 셈. 그럼에도 그는 판무식한 신두만, 오덕칠과는 구별되지만, 가문의 비극인 연좌법에 걸려 있어 지식인으로서의 모든 것을 포기한 만큼 막노동꾼이나 그 십장(什長)정도에서 멈춰 섰던 것.

동감. 몸을 판다, 막노동꾼이다, 이 공사에 모여든 사람들의 한 성원이다. 그러나 서사구조상 전체를 조망하는 시선만은 이들과 다르지요. 김상배는 그 한가운데 어정쩡하게 놓여 있는 판국이라고나 할까. 요컨대 중심부에 놓인 주인공이 김상배라는 것. 장모에게 아내를 맡기고 공사판에 매달렸던 것. 10여 년 전 상경한 김상배가 장가는 들었으나 막일꾼인지라 장인의 구박으로 인해 아내와 따로 살았것다.

상배가 묵기로 한 <와우여관>은 마포강이 귀밑으로 흐르고 창 너머로 내다보면 처갓집 지붕 한 모서리가 뉘집 솟을대문만 하게 보이는 통반(統班)만 다른 한동네였다. 이왕 쫓겨난 몸인데다 송장 치우기를 업으로 삼는 꼴이 남볼상도 그렇고 하여 속으로 좀 멀찌감치 떨어진 여관으로 들고 싶었기도 했지만 연방 갈아입고 벗어야 할 내복이랑 양말 따위에 신경 쓸 일도 귀찮을뿐더러, 장모 말씀마따나 아내가 서운해 한다거나 오입질하려고 멀리 가 있다는 오해도 사기 싫어 가급적이면 한 동네에 있어 주기로 해서였다. 안 해 본 여관살이가 습성이나 비위에 맞을 리 있으랴만, 그래도 이사람 저사람 눈치 가려가며 더부살이 하던 걸 잠시 떠났다는 것만으로도 한결 오장이 편했다. 아래만 좀 걸리지 않았다면.

↘ p.625

이 묘지 이장 공사판에 모여든 인간들의 총감독이 김상배. 모두 잡부 9명. 그중 마감록(馬鑑錄)이라 불릴 만큼 아는 것이 많은 마길식. 신성식이 꽂아놓은 인물. 잡부 통솔자. 모두 10명. 이 8, 9명중 첫 번째 인물이 구본칠(具本七).

이 사람은 구본칠이라 하는 이름 석 자나 알뿐 어디서 뭘 해먹다 여기까지 굴러들었는지엔 관심을 못 가져 본 사람이다. 상배의 경우 관심이 없던 사람이면 그만큼 그를 멀리 봐왔다는 뜻이기도 하다. 구본칠이도 평소 말이 없는 사람이었다. 누구라도 가까이 하긴 쉽잖을 듯 한, 좀 조잡해 뵈기도 하는 얼굴이었는데, 눈은 뱁새눈이었고 길게 맥없이 빠진 인중이며, 얇은 입술이 앙다물려진, 늘 무표정으로 굳어진 채 풀리지 못한 상판에서 마치 어디 빈 틈바구니나 찾아 헤매듯 하는 그 눈동자만이 눈자위 추녀로 쏘다닐 뿐으로 자기 음성은 이미 오래 전에 잃어버렸을 같기도 한, 도대체 입이 없는 사람이었다. 그래선지도 모른데다 사무적으로나마 접근할 계제가 놓이지 않아 우연히 서로 소원하게 지내온 섬이라는 것이었다.」

↘ p.632

구본칠을 묘사한 이 장면은 작가 이문구의 문체적 특징(복합문 구조)을 출중하게 드러낸 것 같습니다. 충청도 출신의 이 복잡하고 접근하기 어려운 구본칠이 김상배의 통찰 앞에 잘 드러났군요. 대체 구본칠의 정체는 무엇일까. 충청도 출신의 구본칠. 그가 간직한 비밀이란?

주

그가 가진 비밀이란 6·25 때의 살인자라는 것. 또 살인자일 수 없다고 믿는 사내.

구는 자기가 살인자임을 자인하는 데엔 주저 없었지만, 살인자, 살인자란 말은 한 번도 입 밖에 내지 않았다. 자기가 살인을 했음엔 틀림없다고 했다. 그러나 살인자일 수는 없다는 것이었다. 그 까닭을 밝히기에 앞서 그는 자기가 사람을 죽여야 할 수 밖에 없었던 동기를 간추린 대강만 들려주었는데 상배로선 뭐라 의견을 내놓을 수 없게 간단한 문제가 아니었다.

↘ p.634

구본칠이 망설임 없이 한 말은 자기 아비(구명서)가 일제시대부터 형사질을 했다는 것. 형사질을 했기는 하나 근동에서 소문난 선량한 선비 출신이라는 것. 직업이기보다 책임으로 한 것. 형사가 선비출신이라니, 말도 안 되는 편견. 자기 아비니까. 6·25가 나서 인민군이 경찰서를 점령할 때까지도 일신이나 자기 떨거지들의 위안을 떠나 관할지역 치안에 몸을 내놨기로 후퇴에 늦었더라는 것. 뒤처진 외톨이로 남게 된 구명서 형사는 일가붙이와 함께 피신했다는 것. 구형사를 찾아내고자 안달하는 인물이 있었다. 황승로라는 자. 깡패. 협잡꾼. 구형사에 의해 옥살이. 6·25에 인민군이 들어오자 황은 돌연 사상가로 변신. 따발총으로 무장하고 고향에 와서 구형사를 찾아내기 위해 부인에게 온갖 고문을 다 한다.

남편의 행방에 대해서 끝끝내 함구했던 어머니 망실댁은 한 시간 가량 매질을 당하며 시달린 끝에 황이 직접 든 가위에 삭발을 당해야 했다. 삭발이란 말에 과장을 느낀다면 단발이란 말로 고쳐 해도 좋다고 본칠은 덧붙였다. 그것도 황이 약간의 아량을 베푼 결과였을지 모를 일이라고 했다. 황은 처음엔 대장간 집 검둥이를 부르더라는 것이다. 황은 음성을 높여 이 말까지 하더라고.

<니년이 증 주뎅이를 안 열면 이 자리에서 저 집 가이(개)하고 접을 붙여 줄 놀터. 구명서도 이승만이 개였으니까 이 년두 암캐 아니것남>

중인 환시리에 대장간집 개를 불러 수간(獸姦)을 시킬 작정이었던 것 같았다. 망실댁의 밑터진 베고쟁이며 벗기려 들더라니까 말이다. 그러나 마침 개가 없었다.

↘ pp.638-639

주

이 때 구본칠은 27세. 옆 동네에 분가해 농사를 지으며 살고 있었지요. 위의 장면은 여사여사하여 마침내 구본칠이 국군이 밀려오자 <황>을 붙잡아 죽이는 장면으로 이루어집니다. 그 장면이 실로 상세하게. 그 절정은 이렇지요.

처음 계획은 산 채로 모가지만 내놓고 세워 묻은 다음 톱으로 모가지를 썰어 죽이든가, 삽으로 토막을 쳐서 묻어버릴 심산이었지만 총망했던 판이리라 톱을 가져오지 못했고 또 날이 새어 토막 낼 시간이 없기도 했던 것이다. 결국 그는 피범벅이 된 황의 등짝을 걷어 차 구덩이 속에 박아버린 거였다. 황은 거꾸로 처박힌 채 허리를 뒤틀었고 두 다리를 허위적 거리고 있었다.
　<푹 썩어, 푹씬 썩어!>

↘ p.650

<푹 썩어!>라고 했것다. 이 장면은 『장한몽』의 참주제인 김상배의 형 김상부와 악질 형사 사이의 입에 담을 수 없는, 짐승 이하의 짓과 대조적인 것. 실상 이 점이 작가 이문구의 속 깊은 곳. 일제시대 형사질 한 자가 선비라니 말도 안 되는 것. 구본칠의 일방적 편견!

객

대조적이기보다 김상배가 겪은 기막힌 장면을 완화하기 위한 전초로도 볼 수 있지 않겠습니까. 그러고 보니 『장한몽』이란 6·25가 가져온 개인 또는 가문의 비극에 비중이 높여 있습니다 그려.

주

구본칠이 시방 공동묘지의 한 무덤에서 이런 장면에 충격을 받아 과거가 떠올랐던 것.

> 이 모이를 파다가… 신발을 … 농구화짝을 꿴 채로 썩은 유골을 봉께
로 황가놈 모이를 파논 것 같아서 기분이 들 좋구먼요. (…)
나는 절대루 살인하지 않었유. 그게 왜 살인이래유.

↘ p.650

이에 대해 김상배가 토를 달았군요.

> 다 지난 얘기요. 구씨도 잘한 거 없고…

↘ p.651

순간 구본칠은 삽으로 김상배를 후려칠 기세. 변명인즉, 김상배 왈,

> 내가 듣기엔 말입니다만… 구씨가 빨갱이를 죽였다기보다는, 그래요,
절도범을 사형시켰다는 건 좀 지나치지 않았나 하는 그거요. 말하자면 도
범(盜犯)을 사형했다는 건 좀 지나치지 않았나 해서 한 말이긴 하지마는

↘ p.652

객

이런 인간이 일꾼으로 가능할까. 상배는 이 점이 걱정스러워 한 나절
을 보냈군요.

주

공동묘지 이전 공사현장은 계획대로 그때그때의 정황에 대응해가며
진행되었던 것이지요. 누구도 겪은 바 없는 공사이니까.

5. 유한득, 왕순평, 홍호영, 박원달, 이상필, 마길식

구본칠 다음의 등장인물, 그러니까 두 번째 인물은 유한득(柳漢得). 삼형제. 이를 끌어들이라고 권유한 것은 사리판단에 민감한 마길식이었다. 김상배는 마길식의 우정으로 받아들였군요. 유한득은 그 본래가 백정출신. 이들이 북한(홍원)에서 남한으로 온 것은 근본까지 찾아 학대하는 곳에서 벗어나기 위한 것. 유한득, 차득, 삼득의 3형제. 이들 3형제가 갈 곳이라곤 공동묘지 이장 공사판. 마길식이 유한득을 추천한 것은 봉분을 파헤치면 나오는 유골들의 모양새를 판별하기 위한 것. 왜냐면 송장 백정이니까. 김상배도 이를 수락. 뿐만 아니라 선교사의 한성학원을 노리는 신성식도 찬성이었것다.

이 대목을 좀 보실까요.

그래 두리번거려 보나 여태껏 그의 껄렁한 모습은 시야에 들어와 있지 않다. 대신 미실이라는 노처녀와 쉴 참에 팔 겉두리를 여 오는 초순(初旬)이란 처녀가 좌우에 보인다. 초순이는 여기서 삼형제가 와 일하는 유가들의 누이라 했다. 유한득이와 차득(次得) 삼득(三得)이 그 삼형제에 초순이를 보태면 모두 사남매가 한 일판에 붙어 있는 셈이었다.

↘ p.658

유한득 삼형제에 비중이 가 있기보다는 초순에 무게중심이 실려 있지 않습니까. 초순은 일꾼은 아니지만 일꾼을 위한 떡, 술 등을 파는 처녀.

그런데 그 초순과 나란히 등장하는 여인이 있습니다 그려. 노처녀 미실. 김상배와 더불어 작품 서두에서부터 나오는 최미실. 인생을 몽유하는 최미실. 그녀는 송장 해골바가지에 스며있는 물을 얻어먹기 위해 이곳을 헤매는 인물. 이에 비해 초순이는 매우 참신합니다.

　그렇듯 우악스런 형제들 끝에 어떻게 저리 가냘픈 여리다 여려 뵈는 여자가 딸렸을까. 상배는 초순이를 볼 적마다 불쑥불쑥 생각하곤 했던 것이다. 한득이 삼형제하곤 밭이 다르다고, 이복 동기간이라곤 하지만 저렇게 다를 법이 없을 거였다. 초순이의 나이가 스물 둘이라곤 하지만 보기론 두 살 터울 쯤 낮아야 알맞은 아주 앳된 소녀였다. 그녀는 언제 보나 몽당비같이 볼품없는 얼룩이 포풀린 통치마에 분홍색 티이 샤쓰를 들쳐 입었고 양말 구경이라곤 못해봤음직한 흰 고무신을 꿰고 있었다. 그래도 흉하지 않는 모습이었다.

↘ p.664

최미실과 초순의 대조적인 모습이 작가 이문구의 심리적 반응을 보여주는 대목이겠습니다 그려. 떡장수 초순의 단골을 잠시 볼까요.

- 김상배─ 담배 丁　　오징어 丁　　쇠주 正　　　떡 正 正
- 왕순평─ 담배 一　　떡 正 正 正 正 一
- 박원달─ 쇠주 丁　　떡 正 正 正 正 正 一
- 구본칠─ 쇠주 一　　담배 丁　　　떡 正 正 正 正 正 一

이들 뿐만 아니지요.

주

세 번째 등장인물은 제일 젊은 왕순평(王順平). 그는 초순이를 짝사랑했군요. 허탕 치지요. 젊은 청년, 같은 또래라고나 할까. 이발소 취직 또 목욕탕 때밀이도 시켜주었지만 최각규란 놈이 치덕거렸고 결국 공동묘지 떡장수로 될 수밖에. 초순과 비슷한 나이의 청년이니까 질투가 심하고, 그렇다고 초순을 범할 용기도 없고. 무덤에서 파낸 은십자가를 잘 닦아 초순에게 내밀었다가 거절당하는 인물.

요컨대 암울한 공사판 분위기를 북돋우는 윤활유의 요소랄까. <하면 된다>를 내세운 청년은 장사꾼 출신. 번데기 장수였지요. 조금도 자조하는 느낌이 없었다는 군요. 「몽금포타령」의 신두만, 오덕칠의 경지라고나 할까. 복잡한 지식인의 낌새가 전무하니까.

네 번째 등장인물은 박원달(朴元達) 영감. 최고 연장자. 자세한 내력이 생략되어 있음을 보아 연장자가 필요했던 모양이지요. 이 점에서는 이상필(李相弼)도 마찬가지. 노사문제에 끼어들고자 하는 이 청년의 몫은 해골에 스며든 물을 얻기 위해 날뛰는 노처녀 최미실과의 관련성을 드러내기 위한 무대 장치라고나 할까. 출생지나 과거 따위란 적을 필요가 없을 수밖에.

다섯 번째 등장인물이 홍호영. 천매 분량인 제1장에서 홍호영의 등장은 이렇군요.

홍호영이 떡 먹은 젓가락으로 담배를 집어 피우며 나선다.

↘ p.672

아이도 있고 아내도 있고, 그들은 아비와 밥도 함께 안 먹으려하고, 마누라는 잠도 같이 안 자려하고. 홍호영이 맡은 역할은 어떤 것이었을까요. 송장 하나 파는데 백 원씩의 예산이라?

상배는 자기에게 말이 궁하다는 걸 절실하게 느꼈으며 말이 길어질수록 밑천이 드러나리라는 걸 내다보고 있었고, 따라서 일꾼들 주장을 그대로 들어주다간 공사 끝내고 월동준비커녕 막걸리 한 잔 마셔 보기도 어려울지 모른다는 불안감에 말려들고 있었다.
　＜일 다 해냈구먼 그려, 들어들 가. 낮잠이나 하루 두어 잠씩 자지들＞
　홍호영이가 팔베개를 하고 드러누워 야유하듯 말했다.
　＜요새 시골 가 농사나 지었으면 낮이나 슬슬 밭걷이나 허구, 햇곡 먹은 근력이겄다, 진진 밤으로 여편네 X이나 벌리자구, 허면 도치 자루 쎅이는 팔잘 텐디 말여＞
　구본칠이 홍가의 넓적다리를 베고 자빠지며 중얼거리는데, 모두가 상배를 겁나게 하는 꼴들이었다. 이어 상배 머리를 치고 달아난 건, 일꾼들의 사기를 해치고 있구나 하는 것이었다.

↘ 제2회분, p.23

주

구본칠, 홍호영이 김상배에겐 버거운 존재임이 암시되어 있지 않습니까.

객

그런데도 작가 이문구는 약간의 부주의 혹은 실수를 했다고 볼 수 있겠는데요.

주

동감. 홍호영의 경우 구본칠 만큼의 상세한 과거사를 전혀 제시하지 않았으니까.

객

그렇소이다.

작가 이문구도 훗날에 가서야 이 점을 깨달았던 것. 단행본의 개작에서 홍호영의 과거를 상세히 펼쳐 놓았던 것.

<나를 말할 것 같으면 단기 사오팔오 년 쩍버텀 서기 일구육공 년도까지 챗어 댕기매 즐겨헌 오입이지만 역시나 시금뜹쓸헌 막걸리 갈보가 일통삼반이더먼.>

하던 말을 맺으련 듯 구본칠은 제 연장부터 주섬주섬 챙긴다.

<맥주 갈보가 가히바시 맛인 줄 몰라서 하는 소릴테지>

이런 자리에서 짚 새쪽기로 이를 쑤시며 하는 말이면서도 이상필은 그 버릇, 자기한테 그런대로 한 철이 있었음을 은연중에 과장하던 버릇을 버리지 못한다.

<하여간 지집년 보지는 속 내용이 복잡할수록 긴짜꾸 맛이니까>

홍호영은 듣던 중 촌스런 논설이란 듯이 한마디 이르고는 서 있던 과부 엉덩짝만한 묘갈에 주저앉는다.

더 멀리 옮겨가봤자 이 근방보다 봉분 낮은 무덤이 따로 모였을까 싶지 않아 곁에 있는 무덤부터 파헤칠 셈이었다.

↘『전집(4)』, 랜덤하우스, p.235

홍호영이 구본칠, 이상필들보다 한 수 위인 점이 잘 드러났지요. 이쯤 되면 홍호영의 과거가 별도로 밝혀져야 하는 법. 적어도 구본칠 만큼은요.

그게 어떠했던가요. 제3장 대부분을 차지할 만큼 컸을 텐데.

그는 용인(龍仁)이 고향이었고, 남사(南四)면이 본관인 셈이며 송전(松田)에서 그 길지 못한 중학생 시대를 마감했던 건데, 무엇보다도 가세(家

勢)가 기궁해 그런 시절을 길게 누려보지 못한 거였다.

소년 시절에 그의 몫으로 찾아왔던 가난은 나이 마흔줄이 고대인 요즘 까지도 떠나긴 고사하고 함께 성장해왔고 굳게 매달려 있었다.

↘『전집(4)』, p.260

그는 기인이 아니며, 가난에서 터득한 자기만의 버릇이 있었지요. 몇 푼의 돈이 생겨 아내에게 주면 아내는 소시민처럼 그것을 썼고, 밤이면 생식과정을 치루어 하루의 노동을 위안받을 수 있었지요.

객

아주 깊이 있는 인물이군요. 곧 분노를 극복한 인물. 도사급은 아니지만 저절로 체득한 것이니까. 구본칠의 거칠고 '불쑥'하는 유형과 구분됩니다 그려.

주

김상배의 이 공사판은 신성식·한성중학패, 마길식과 일꾼 사이에서 눈치 보며 저울질하기. 상필도 마찬가지. 김상배 역시 저울질하기는 같으나 다른 점은 총감독격이라는 점. 일꾼들은 실상은 저울질도 하지만 그보다는 일에 매달려 무덤 임자들, 기타 생기는 일에 신경을 쓰는 점. 묘지이장이라는 노동판이 제일 큰 무대인 셈이지요. 무덤을 파서 해골의 물을 건진다든가. 금이빨을 캐낸다든가 은십자가를 손에 넣는 약간의 행운이 따른다든가. 무덤 임자들이 나타나 시비가 벌어진다든가. 여사여사해서 신평리 쪽으로 이장하는 일 등등.

6. 모일만에 대한 작가 이문구의 '마음의 흐름'

`객`

다섯 번째 등장인물, 그러니까 마지막 등장인물이겠는데요. 선생은 여기에 또 시비를 걸고 싶은 눈치인데요.

`주`

내가 그렇게밖에 안보입니까. 이래 봬도 작가 이문구의 애독자인 데도요. 작가를 크게 칭찬하고 싶은 곳이지요. 이름은 모일만(牟一万). 이 인물은 3년 후에 발표된 『분례기』의 작가 방영웅의 「무등산」에 <땜통>이란 별명으로 등장하는 인물과 흡사하니까

`객`

선생이 말하고 싶은 것은 그보다는 『분례기』 이후에 나온 「달」, 「꽃놀이」, 「무등산」 등의 분위기와 닮았다는 뜻이 아닙니까. 무속스럽다든가 불교와 관련된 보살이 세력권을 펼치는 그런 분위기말입니다. 이따가 한 번 따져볼 틈이 생기겠지요. 그보다 『장한몽』쪽이 우선이지요. 모일만으로 말할 것 같으면 사는 곳이 아래 동네, 지붕만 성한 산 5번지 쓰레기하치장 근처이군요. 병든 노모가 있고, 동생 상만(相万)이 수발을 들고 있군요. 모일만의 나이는 30세 전후. 현재 그의 직업은 <다비장이>(茶毘匠).

천 오 백 원만 받는대도 밑천이라곤 삼백 원 밖에 안 들어 남는 장사임에 부인하지 않지만, 그러나 말이 유식해 <다비장이>지 노천 화장꾼 신세임을 되새겨 보면 만 오천 원을 받는 대도 후련할 리 없었던 것이다.

↘ p.31

도둑질 외엔 <노천 화장꾼> 밖에 할 것 없다는 모일만은 시방 안경잡이와 흥정을 하고 있군요. 무덤 임자는 안경잡이의 부친. 무덤 하나 화장하는 장면이 제법 그럴듯합니다. 문체에서 오는 유머 감각을 감안하더라도. 모일만이 이 일을 시작한 것은 공동묘지 이장 공고가 나고 여태까지 놀은 날이 없게 단골로 했을 뿐이니까 닥치는 대로 한 셈. 홍제동 화장장까지 가지 않고 이렇게 현장에서 무덤 뼈를 화장하는 일은 유족이나 모일만이나 만족스러울 수밖에. 그래봤자 모일만이 이 일을 시작한 것은 서너 달 밖에 안 된 형편.

무덤은 크도 낮지도 않은 보통 무덤이었으나 사초(莎草)가 제대로 됐던 꼴이라서 안경잡이나 나일론 잠바가 큰 소리를 칠 만은 했다.
일만이 먼저 삽을 들어 봉분의 떼부터 떼내기 시작했다. 이어 상만이도 곡괭이를 써 봉분 옆구리에서 거들고 있었다. 장정 둘을 합친 걸찬 힘이라 무덤 봉분은 마치 식은 죽 그릇 내려가듯 했고 십 분이 채 안 가 엎어놓은 사기대접이 굴러 나오고 있었다.
사는 집에선 백회(白灰)로 버무려 다져 대개 지석(誌石)을 한 모양이었고, 그럴 겨를이 없는 집에선 흔히 하얀 사기대접으로 그것을 대신하고 있었다.

↘ p.34

지석(誌石)인만큼 죽은 이의 생년월일 등이 적혀있기 마련. 유골을 태워 재를 만드는 절차가 이어지고 그 다음이 제사지내기.

산신제도 제대로 지낼라면 상을 봐야지요. 허지마는 어차피 약식으로 화장해 모신는 판인디 원제 전물을 채립니까? 이왕 전물상을 볼라면 또 좌포우혜며 홍동백서(紅東白西)를 놔야되고 어동육서(魚東肉西)에 두서

동미(頭西東尾)는 허얄텐디…

↘ p.38

이런 절차들은 서너 달 사이에 보고 들어서 얻은 지식(口耳之學)이겠고, 도적질 외에는 이 길밖에 뽀족한 수가 없었다고 했네요. 하필이면 남기고 죽은 남의 유가족들을 상대로 먹고 살게 된 팔자라니.

주

모일만의 과거는 어떠했을까. 문제는 여기에서 옵니다. 작가 이문구는 의외로 이 점에 많은 분량을 할애하여 열정적으로 묘사해 놓아 인상적이라고 할 만하지요. 인용해 볼까요.

국민학교를 졸업하고 처음 직업이라고 잡았던 게 염리동 입구에 아직도 있는 마림한의원(麻林漢醫院) 사환이었으니 출발부터도 그다지 신통칠 못했던 것이다.

↘ p.41

종로에 있는 원제 약방이나 천일 약국 또는 무슨 약국에 가서 시키는 대로 건재를 사온다든가 약재쓸기, 곰팡이가 슬지 않게 햇볕에 말리기 등등.

객

한의원을 그만두고 군대엘 갔군요. 제대해서는 머슴살이. 그것도 절간에서의 머슴살이. <인생이란 무엇인가?>라는 큰 문제를 절간에서 배우고자 한 것일까.

그 조갑지 서너 개 엎어 놓은듯하던 절 취선암(醉禪庵)은 널리는 삼각

산으로 알려진, 그러나 보현봉을 돌아간 중턱에 자리하고 있었다. 봉우리를 넘으면 일선사와 추월사가 도심을 바라보며 조는 듯 앉아있고, 진관사와 홍국사는 돌만 굴려도 벼락이게 발치에 납작하게 주저앉아 있었으며 마주 나앉으면 문수암이 건너다 뵈어 되바라진 구석 없이 아득하기 비할 데 없는 암자였다. 어느 절이나 한 가지인 대웅전은 산신각 아래를 중심해 있었고 오서루와 극락전이 따로 있어 누구라 작다 얕보기엔 근거 없을 암자였는데, 비구니 다섯 명과 고등고시 공부로 올라온 학생들, 주워다 기른 듯한 여남은 살 난 머슴애가 하나 있었고, 젊은 행자와 늙다리 보살이 늘 부엌에서 시달려 하고 있었다.

⤷ p.43

여기에 머슴으로 들어갔군요. 월급은 이천 오백 원. 먹여주고 재워주며 입혀준다지만 장정놈으로서는 할 짓이 아니었으나, <인생 공부>치고 취직했것다. 새벽 도량석(道場釋)소리에 일어나 안팎 청소, 열 두 아궁이에 군불 때기. 지난 봄부터이니까.

주

분명한 것 한 가지. 모일만은 시골 출신이 아니라는 것. 「몽금포타령」의 신두만, 오덕칠과는 질적으로 다른 인물. 서울 근처 인간이니까. 이는 「몽금포타령」의 도시 출신 박영식과 비슷한 인물. <철학>이 문제 되는 곳.

객

모일만이 <보현동 기도원>의 무녀에게 접근하는 것. 이는 대체 무슨 속셈일까요. 참 알 수 없는 대목 아닙니까.

주

동감. 작가 이문구의 마음 내키는 흐름의 일종이라 할까.

모일만이 이 무녀를 알게 된 것은 굿 구경 갔을 때이군요. 그가 본 무녀는 이렇습니다 그려.

쉰 살을 머리에 이고 있던 그 세검정 무녀(巫女)는 언제 보아도 시푸르둥둥한 살결이었고 특히 아래윗입술은 거의 검푸른 빛깔이어서 남의 입맛 떨어트리기엔 알맞은 꼴을 하고 있었는데 귓불 밑에 도톰하게 솟은 밤콩만한 검정 사마귀에서 언제부터 자랐는지 모르되 두 치쯤 될 흰 털 한 오리는, 어느새 보면 귀기(鬼氣)조차 느껴질 정도로 흉물스런 꼴이었다.
그러나 그 사람은 그래도 너그럽고 부드러운 마음씨를 타고난 대로 간직해온 듯이 아무에게나 친절할 줄 알았으며 남은 음식쯤 남 먹이는 걸 큰 재미로 알고 있었다.

↘ p.46

과연 작가 이문구의 '마음의 흐름'이 여실하군요. 이 무녀에게 모일만이 빠져들 수밖에 없겠는데요. 굿을 한 다음에 남은 돼지고기 등을 구경꾼에게 나누어주는 무녀가 어느 새 모일만을 위해 소주도 넣어주지 않겠는가. 그런 어느 날 모일만이 다시 들리자 기묘한 광경이 벌어졌군요. 선생께서 왜 미소를 띠시오. 나서서 그 연유를 말해보십시오. 궁금하니까.

갓 고등학교를 나온 단발머리 숫처녀와 모일만의 기묘한 관계가 벌어졌으니까.

그가 맷방석만한 기도원 마당에 들어서니 무녀는 막 이마의 땀을 훔치며 바람을 쐬려 나오는 중이었다. 독경 한 마당을 완전히 끝낸 거였다.

일만은 기도원 안을 기웃해 보았다. 끝을 냈는대도 보살상에 대고 단발
머리 소녀 하나는 삼배 사배 거듭 절을 하고 있었다. 전물상 옆에는 환
자이면서 소녀의 어머니인 듯한 중년 여인이 가래를 끓으며 숨넘어가 하
고 엇비슷듬히 기대앉았는데 단정하게 빗어 틀어 올린 머릿다리의 윤기
나 하며 숙환이거나 중환자는 아닌 것 같았다. 일만은 그제서야 전에 없
이 강렬하게 사람 냄새가 맡아지는 것 같았는데 언제나 그랬던 것처럼,
그 환자의 숨가빠 괴로워하는 몰골에 서 그런 느낌을 받는 거였다.
　아니, 이번엔 어쩌면 환자에서 옮았다기보다 자꾸만 절을 하고 있는
그 소녀에게서 더욱 더 강렬하고도 집요한 자극을 받았던 건지도 모른
일이었다. 그것은 정말 한 동안이나 모를 일이었다. 그는 모처럼 싱싱하
게 익어가는 젊은 여인의 체취를 맡았던 것이며 그 소녀가 습기 밴 눅진대
는 널빤지 바닥에 엎드리며 절을 할 때 그것을 더욱 짙게 맡았던 거였다.
　그는 엎드린 소녀의 엉덩이에 눈이 간 순간, 그 단발머리는 소녀가 아
니라 한 성숙한 여인이었음을 다시금 발견할 수 있었던 것이다.

↘ p.48

객

　과연. 일이 벌어질 수밖에. 단발머리 소녀와 모일만의 관계. 모일만은
끊었던 담배를 다시 피우게 되고, 무녀는 돼지비계를 권하고, 모일만이
결국 강간 미수로 산중 생활을 청산하고 하산. 개똥철학 <인생이란 무
엇인가?>에 어느 정도 터득했다고나 할까. 하산하여 찾아간 곳은 공동
묘지 이장 현장. 아우 상만이 귀동냥해 전하는 말대로라면 뒷산 공동묘
지를 이전한다는 공문이 신문에 났다는 것. 가족들이 찾아와 자진해서
무덤을 이장하는 것이었다. 그 이장방식은 화장하여 가루로 만들어 보
관하기인 것. 모일만은 이 화장터 개업에 착수했것다. 새로운 직업을
가진 셈. 그를 옆에서 어떻게 부르던 자기만의 인생문제에 빠질 수밖에.

　　김상배나 마길식이, 듣게는 다비장이로, 없는 데선 화장꾼 모가 형제
라 부른다는 거였고 동네 신참들에게선 화부(火夫)란 별명이 들렸지만 명
칭이야, 저승머슴이라 불린대도 아무 상관없는 일. 돈은 돈처럼 돌고 술
굶은 날 없이 몇 달째 지내온 동안 어엿다고 유감됨이란 없더니 오늘은
웬 일이었을까. 일만은 술기가 걷히는 듯하자, 지난 봄 단발머리에 대한
추행을 맘먹은 대로 이루지 못한 채 내려온 그 미진함이 잠재됐다가 느
닷없이 들어 본 신세자탄에 웃기로 얹혀 본래부터의 좌절감을 엄틔운 거
니라 어림하고 있었다.

↘ p.54

　　죽은 자까지 상대로 하게 된 경위. 여기에서부터 모일만은 김상배,
마길식, 구본칠, 홍호영 등에 합류했군요.

주

　　그런데 이 모일만이 김상배와 동격으로 자리를 잡습니다. 이게 묘한
대목. <백짓장도 맞들면 낫다니까>(p.53)에 이른 것. 이게 <보통사람>
의 수준. 대포집 <흘러짐>과 김상배가 머물고 있는 <와우여관>을 사
이에 두고 모일만과 김상배가 대등한 수준, 아니 모일만이 한 수 위라
고나 할까. 김상배에다 대고 '속이 좀 무른 편'이라고 말할 정도.

객

　　과연 작가 이문구는 모일만의 상세한 과거를 들추어냈습니다. 스스로
도취된 듯 말이요.

주

　　이유가 있겠지요. 작가 이문구도 잘 설명할 수 없는 것. 잠재의식이
라고나 할까. 모일만 만이 서울 출신이라는 점. 신두만, 오덕칠을 비롯
해서 공동묘지 이전 공사에 투입된 인물은 전부가 시골 변두리 출신,

또는 뜨내기였지요. 잠깐, 한 사람 신성식만은 예외. 그러나 신성식은
막노동꾼이 아니었으니까.「몽금포타령」의 이색인물 박영식. 서울 도시
밑바닥 출신의 이 정체불명의 청년. 요컨대 철학, 인간성의 허위성(일상
성)을 투시해 버리는 인물.『장한몽』에 만일 철학이 있다면, 요컨대 막
노동꾼의 철학도 있는 법. 막노동에 막혀 깨닫지 못하긴 해도 분명 있
는 법. 그게 무엇인가. 이 문제가 가로 놓이겠지요. 그러나 그것은 쉽지
않은 일.『장한몽』의 주인공이 김상배이니까.『장한몽』이란 <보통사람
되기>를 열망하는 김상배전(伝)이니까.

7. 소설사의 초월현상 또는 소설에서 벗어나기

객

선생은 굳이 <김상배 전>이라 했습니다 그려. 그 핵심에 놓인 것이
『장한몽』이라는 투로 들리오. 또 말해「몽금포타령」의 장편화라고도요.
그렇기는 하나 <김상배 전>이라면 보통 인간이 아니라 실로 기막힌
사연을 안고 있지 않습니까.

주

<마길식 전> <구본칠 전> <왕순평 전> <홍호영 전> <박원달
전> <이상필 전> <유한득 전> 그리고 <모일만 전>이 김상배를 향
해 부채꼴을 이루고 있지 않겠소. 이 막노동꾼들이 공동묘지 이전에 투
입되었다는 것은 역사적 사실에 근거를 둔 것이고, 그만큼 소설의 허구
성을 물리친 것이기도 하지요. 이 점이『장한몽』이 갖는 소설사적 의의
이겠는데요. 설명을 하면 길지만.

선생은 허구성을 물리쳤다는 점에 일단 주목하고 있습니다 그려. 하기야 소설이란 아무리 허구성이라 해도 현실에 바탕을 둔 연후에야 논의 될 수 있으니까. 김상배들이 모여든 막노동판은 어떠했을까. 처음엔 1965년 서울도시계획에 따라 연희동 소재 주한외국인학교 터에 있었던 공동묘지 이전 공사장이었지요. 어디로 이장했느냐. 경기도 광주군 명주리 공동묘지. 그러나 중심부는 연희동인 것.

김상배들이 이 공사에 뛰어들어 벌어지는 여사여사한 일들의 상세한 묘사는 수사학 수준을 넘어서는 면이 없지 않습니다.

아마도 작가 이문구가 이 공사장에 구경꾼으로 관찰한 것이 아니고 직접 막노동꾼으로 참여했기 때문이 아닐까 싶네요.

사실(事實)을 사실(査實)한 대로 사실(寫實)하기를 작정했다고 작가 이문구가 스스로 말한 바 있습니다. 査實에 주목한다면 작품을 쓰기 위해 이곳에 참여했다고 들리기도 합니다. 이문구는 작가이지 막노동꾼이 아니니까. 당연한 일. 소설인 이상 허구성이 없을 수 없지요. <김상배 전>의 부채꼴형이 그것. 그렇긴 하나, 작가 이문구의 허구성에는 <김상배 전>이 아니고서는 안 될 또 하나의 사실(事實)이 감추어져 있습니다. 나는 이 점에 대해 작가의 <맨 얼굴>을 흘깃 엿본 바 있소.

<사실>에는 두 가지가 있다. 하나는 공동묘지 이장이라는 서울시

행정의 것, 다른 하나는 작가 이문구만이 갖고 있는 <사실>. 이중의
<사실>이라? 선생은 이 두 <사실>이『장한몽』을 그답게 하고 있다고
우기고 있습니다 그려.

주

내가 우기는 것이 아니오. 작가 이문구가 김상배를 통해 그렇게 하고
있으니까.

객

인민군 치하의 김상배의 형, 김상부는 내무서에 근무하며 그들을 도
왔고 국군이 들어오자 도망칠 수밖에 없었다. 부역자로 도망친 상부가
오산 근처에서 체포되어 유치장에 사흘 동안 있다가 죽었다는 것이다.
그때 국민학교 3년생인 상배는 도망치는 형의 모습을 보았고, <자식,
너 엄니 말씀 잘 들어>라는 한 마디를 들었을 뿐.

주

여기서부터 김상배가 상부의 죽음과 그 뒤처리까지 들은 바를 적었
지요. 유치장에 같이 있던 사람이 전하는 말이지요. 오명월의 아들 춘
덕이지요. 오춘덕이 전하는 말을 우리도 그대로 옮겨볼까.

　　상부는 고분고분했고 순순히 입을 열므로서 취조관의 이해를 얻으려
　는 태도였었다. 그러나 그가 말한 내용은 자기 부친의 죽음이 단순히 만
　세를 잘못 부른, 운이 나빠 당한 개죽음으로 보지 않으려고 했다. 그는
　박형사 앞에서 경찰관의 무모하고도 무책임한 행위와 그것에 의해 살해
　된 사람의 자식 입장으로 떳떳하게 꾸짖었고, 경찰이 무고한 백성들의
　생명을 단지 무고한 생명이란 사실을 약점으로 하여 함부로 살육한 근본
　적인 체질이며 생리를 신랄하게 공박했다고 했다. 따라서 자기가 부서
　벗어나 좀 더 적극적이요 능동적인 부역행위를 하게 된 동기는 만세를

불렀다고 하여 함부로 죽일 수 있고, 그렇게 죽이면서도 버젓하게 사회의 공복(公僕)임을 자처할 수 있는 비인간적인 생리를 뿌리째 뽑아 다시는 그런 일이 없도록 단단히 조처하고자 했다고 주장했다. 몇몇 특정인 몇 사람에게 약간 지나쳤다 할 만큼의 고문으로 책임 추궁을 했다고 말하던 것이다. 그 말에 박형사는 길길이 날뛰며 있는 힘을 다해 상부에게 몽둥이질을 했다. 춘덕이는 상부 어깨와 늑골에서 곤봉이 두 개나 동강 나는 걸 목격한 뒤론 차마 눈 뜨고 볼 수 없어 외면했더라고 했다. 상부는 복날 개 잡듯 하는 몽둥이질과 갖은 고문 가운데서도 조금이나마 굽힘없이 맞서곤 했는데, 다만 도주를 해도 귀대네 집으로 도주했던 이유를 캐는 대목에 이르고부터는 단박에 풀이 꺾이던 거였다. 그러면서도 그는 그러지 않을 수 없었던 자기 심경을 털어놨는데,

"오형, 형은 곧 살아나가실 테니 가시거든 우리 어머니한테 이 얘기 한 마디만은 꼭 좀 전해주세요. 어머니한테는 씻지 못할 죄를 지었고, 또 용서를 해 주실 리도 없지만 귀대를 사랑했는데 어쩌겠습니까."

하는 전제를 달더라고 했다. 반드시 전해 줘야만 죽어도 눈이 감기겠다고 거듭 강조 하더라며 춘덕이는 목멘 소리를 하고 있었다. 화냥질을 했건 배신을 했건 그녀를 사랑한 데엔 분명 변함이 없었던 것이다. 그러나 좀더 분명했던 건 그녀의 비행을 용서할 수 없었던 심경이었다. 배신행위를 용서할 수 없는 사랑하던 배신자. 한 순간마다 생명 유지에 막대한 영향을 끼친 그 절박한 시기에 모든 걸 다 포기하고 귀대를 찾았던 심경을 이해해 달라고 상부는 다시 한 번 춘덕에게 당부하기도 했다고 한다.

↘ p.597

객

아비가 억울하게 죽었다는 점이 드러나 있네요. 박형사 앞에서 무모한 경찰이라고 말이오.

주

오춘덕이 전하는 말에 따르면 박형사는 김상부의 손톱을 모조리 뽑았고 혓바닥을 잘라 냈다. 그러나 다음 장면은 『장한몽』의 감추어진 事

實이라는 점. 요약할 수 없어 그대로, 좀 길더라도 인용해 보일 수밖에.

그녀가 압송해오기까지의 경로를 밝힌 동안 상부는 묵묵히 남의 이야기처럼 듣기만 하더라고 했다.

"죽기가 소원이면 죽어야지만 그러기 전에 김상부한테 일단 사과는 해야 도리잖어 이년아."

조경사가 빈죽빈죽 웃으며 말하자,

"내가 죽으면 공짜로 죽는 줄 아니 이 사냥개 같은 놈들아."

하며 그녀는 조경사 얼굴에 침을 뱉었다. 그러자 박형사는 그녀의 부른 배를 구둣발로 지근거리며

"저 앞에 서울옥 순대갈보도 의리가 있는데, 김 상부한테는 안 벌려주고 이북놈 더러만 쑤시라고 해? 뽉겡이 보X 해방운동은 그런 식으로 하는 거냐?"

하고 비웃었다. 이어 그는

"하여간 병신은 이 새끼뿐이라니깐, 지지리도 못난 놈, 이런 허드레 계집년을 가지고 사랑을 읊어? 뽉겡이식 사랑은 그런 건지 모르지만, 오죽 못났으면 한 번 해보지도 못하고 이북놈한테 잡쉬 하나 말야."

박형사는 연해 코웃음을 치더니 갑자기, 마치 무슨 재미있고 유익한 일이라도 착상 된 양

"그래, 존 수가 있구면. 이왕 막 가는 판이니 홀례라도 한 번 해봐야 사랑한 보람이 있을 거 아냐, 마지막으로 내 좋은 일 한 번 시켜주지. 기다려라, 오늘 밤엔 꼭 좋은 일 한 번 하게 해줄 테니까."

그날은 해가 일렀고 저녁나절부터는 찬비가 칙칙하게 흩뿌리기 시작했다. 먼저 목숨을 마치고 경찰서 마당 구석에 쏟아진 성난 가랑잎들 위에 뿌려지는 찬비 소리는 공포와 증오로 가득찬 유치장 안으로 소름이 끼칠 만큼 음울한 여운을 끌며 들려오고 있었다. 어쩌면 외롭고 아픈, 지쳐버린 영혼들을 잠재우기엔 더할 수 없이 적당한 비요 알맞은 어둠일지도 몰랐다. 그것을 목숨이 다하길 재촉하는, 다가온 저승의 숨소리로 들은 사람도 드물지 않을 거였다. 어둠이 짙어갈수록 밤도 차츰 거칠어 갔

다. 한밤이 되면 정말 크게 사라질 빗발 같기도 했다. 상부가 취조실로 다시 끌려나간 것도 그 어름이었다.

"너 이 자식 좀 둘러메고 와."

박형사가 지목한 건 춘덕이었다. 춘덕은 조심스럽게 상부를 엎고 박형사 뒤를 따라갔다. 춘덕이도 상부의 목숨도 이 시간으로 마무리 된다는 걸 춘덕은 그때 느꼈다고 했다. 취조실엔 그때까지 계속 고문을 당한 귀대가 알몸뚱이로 널부러져 있었는데 그녀도 죽음을 알고 누워 있는 모습과 다름이 없어 보였다.

"게다 부려놔."

시킨 대로 춘덕이 상부를 내려놓으니까

"시방부터 너희들 혼인식을 올려줄까 하는데, 장소가 좀 누추하지만 비도 오고 괜찮을 거야."

박형사는 상부와 귀대를 살의가 번뜩이는 눈으로 번갈아 노려보며 여유 있게 미소를 띠고 있었다. 흉측한 웃음이었다. 춘덕은 사지가 떨려 정신을 차릴 수 없었다. 계절도 계절이었지만 그는 언제나 취조실에 들어서면 그렇게 넋이 떨리곤 했던 것이다. 상부나 귀대는 반송장이나 다름없이 된 상태였으므로 아무런 반응도 내보이질 않고 있었다.

"자, 이제부터 홀례식을 거행해볼까."

박형사는 그 말과 함께 상부를 걷어차 귀대 곁으로 밀어박쳐 놓더니 주머니에서 자루 긴 면도를 꺼내드는 거였다. 가죽혁대에 어지간히 밀어 쓴 듯 꽤나 닳은 면도였지만 전등불 빛에 나서고부터는 시퍼런 서슬을 위엄있게 번쩍이고 있었다. 고문기구의 한 가지로 상부 혀를 자른 것도 바로 저 면도날이었구나 여겨지자 춘덕은 천 길 낭떠러지 위에 나선 느낌이었다. 저것으로 지금 무얼 어쩌자는 걸까. 춘덕이 그런 생각에 잠기다 정신을 차려보니 박형사는 상부의 게춤을 풀어내고 생식기를 꺼내 쥐자마자 그 면도날로 쑹덩 잘라내는 거였다. 춘덕은 자기 모가지가 나가는 것 같은 착각이 들던 경황에도 얼핏 허공을 향해 부릅뜬 상부의 눈동자를 보았다. 상부의 두 눈은 그에게 남아 있던 모든 생명력이 총집결된 듯, 천장에 달린 백열등보다 훨씬 더 밝고 뜨겁게 타는 열기를 내뿜고 있었다. 상부의 하체에선 출혈도 별반 없었던 것으로 춘덕이는 기억한다. 혀가 잘렸을 때부터 쏟았으니 남아 있던 피가 흐른 들 몇 방울이나 흘렀으랴 싶기도 했다.

박형사는 잘라든 상부의 생식기를 들고 귀대 곁으로 가더니 그녀의 두 허벅지를 밟아 눌러서 벌린 다음 상부의 생식기 토막을 그녀의 음부 속에 깊숙이 밀어 넣는 것이었다. 면도자루로 밀어가며 깊숙이 쑤셔버리는 거였다.

"어때, 자궁 속으로 푹 박은 기분이? 헤헷."

박형사는 늙은 여우 울음소리 같은 웃음소리를 상부에게 뿌렸다. 그땐 상부의 눈빛도 많이 달라진 뒤였다. 뜨겁게 타는 눈이 아니라 사위어 재가 된 것 같은 맥살 없는 동자였다.

"자, 이제는 멀리로 신혼여행을 떠나얄 거 아닌가, 이것 늙마에 남 좋은 일 시키자니 내가 고생이구먼."

박형사는 춘덕을 돌아보며 허옇게 웃었다.

상부가 귀대와 한뭇으로 묶여 다른 시체들과 함께, 소뼁이 개펄에 그득하게 실린 바닷물로 내던져진 건 그로부터 약 한 시간 쯤 뒤였을 거였다.

↘ pp.602–603

그러고 보니 선생이 지적한 구본칠이 떠오릅니다. 김상배가 만난 공사판 노가다의 첫 번째 인물. 그의 아비는 일정 때의 형사. 이름은 구명서. 아비를 선비라고 미화했고 그 아비를 죽인 인물을 찾아 복수했다는 것. 이에 대해 김상배는 비판적이었지요. 아하, 그 의미를 이제야 알겠군요. 박형사, 그가 어쩌면 구형사. 구명서(具明書)형사. 김상배는 이 점을 잠재의식 속에 담고 있었으니까.

동감. 목례하듯 낮은 소리로.

객

그건 그렇고 소설에 감히 이런 것까지 묘사해야 되는 것일까. 『분례
기』를 두고 학병세대의 작가인 선우휘는 이렇게 비꼰 바 있지요.

> (소설의) 미의식을 일부러 손상시켰다 할까. 그런 것을 느껴요. 단적인
> 일례를 들면 나중 대목에 가서 똥예가 풀밭에서 똥을 싸고 풀잎으로 밑
> 을 씻어서 버리는 대목이 나오는데 지금까지 동서고금 주저앉아 똥 싸놓
> 고 풀로 밑을 씻어 내버린다는 얘기는 그 작가가 처음 썼을 거예요. 그
> 럼 지금까지 동서 모든 작가들이 그걸 쓸 줄 몰라서 안 썼느냐, 그게 아
> 니라 그건 최소한도의 어떤 미의식에서 그걸 안 쓴 것으로 보아요.
> ↘선우휘·백낙청, 대담 「작가와 평론가의 대결―문학과 현실참여를 중심으로」,
> 『사상계』 1968.2, p.162

만일 선우휘가 이 장면을 보았다면 어떤 반응을 보일까. 입을 다물지
못할 만큼 충격적이었을 듯한데요.

주

동감. 아주 낮은 소리로 목례하듯.

객

선생의 생각은 어떻소. 이게 작가 이문구의 숨은 事實의 寫實이라 했
것다.

주

내 답변에 앞서 작가 이문구의 말을 들어봄이 순서가 아니겠소.

> 상배 외가가 있기도 한 소뱅이는 간만의 차가 심한 조그마한 어항이었
> 고 죽인 시체를 숱하게도 수장했다던 그 개펄과 뱃길은 상배가 외가 뒷
> 곁에서만 숨어 지내기 전까지 매일 능쟁이와 부게미, 해삼, 반지락 따위

들을 잡으러 나가 놀던 곳이기도 했다.

경찰관들은 상부 시체를 내다 버릴 때에도 트럭 위에서 노래를 부르며 술을 마셨을 거였다. 신라의 달밤과 통일 행진곡을 번들여 부르며, 사형 시킨 시체를 호송하는 장쾌함과 애국심에 불타 우렁차고 신명나게 불러 밤의 정적을 깨어 파도 소리를 이겨냈지 싶었다.

그 전이나 그 후나 시체를 처분하러 올 때마다 모두들 술이 거나해져 가지고 노래를 목이 쉬도록 부르더라고 소벵이 개펄에다 뎀마를 메어두 고 김과 미역을 따서 살아왔던 작은외삼촌은 말했던 것이다.

여담이지만 그로부터 상배는 강화도 이남 경기 연안에서 나왔다는 생 선이나 해물들은 고향을 등지기까지 십여 년 동안 무슨 일이 있어도 입 에 대질 않았었다. 누가 홍어를 사다 다루노라니 홍어 내장 속에 사람 불알이 들어 있었다더라거나 국을 끓인 민어 가운데 토막 속에서 사람 발가락이 튀어나왔다느니 하고 그 무렵만 해도 그런 소릴 흔히 들은 터 였고, 상부의 뼈와 살도 모두 고기밥이 됐으리란 생각에 차마 입에 댈 수가 없던 것이다.

↘ p.596

<여담>이라 했군요. 상배가 말입니다. 그 <여담> 속에는 작가 이문 구의 事實에 관여된 眞談이 있지 않을 것인가. 토정(土亭) 한산 이씨의 양반 집성촌(『관촌수필』의 <공산토월> 부분)에서 이문구는 5남 1녀의 가 문이더군요. 조사해본 바에 따르면 장남은 징용으로 일본에서 죽었고, 아비와 차남, 삼남은 아비와 함께 사살되어 바다에 던져졌던 것. 누나 가 있었다고는 하나, 이문구는 고아나 다름없는 신세. 8편의 단편을 묶 어 소설집을 내는 마당에서 작가 이문구는 <수필이다!>라고 했것다. 이건 소설이 아니다. 소설 따위로는 어림없는 영역이다, 라고. 여사여사 해서 서라벌 예술대학에 들어 문인 되는 길 찾기. 연좌제 및 세상살이 의 생존을 위한 조건임을 깨쳤지요. 육성으로 들어볼까요.

중학교 2학년 여름이었다. 한 번은 여러 문인의 글을 한 군에 모은 책에서 매우 고무적인 수필을 한 편 읽게 되었는데 누가 누구 이야기를 쓴 것인지는 벌써 다 잊었다면 그 수필의 뼈대 인즉 경북지방의 한 시인이 난리 속에 부역을 했다가 검거되어 내일을 모르는 신세가 됐더니 대구시 일원의 문인들이 일어나서 대통령에게 구명을 탄원하였고, 마침 경무대에 비서관으로 있던 이산(怡山) (김광섭)이 적극 힘써주어 결국 다 죽어가던 목숨이 쉽게 풀려나게 되었다는 내용이었다. 그렇구나, 문학가가 되면 죽은 목숨이 산목숨으로 돌아설 수도 있겠구나. 난리 통에도 최소한 명색 없는 개죽음만은 피할 수 있겠구나. 나도 앞으로 문학가가 되면 적어도 함부로 잡아다가 맘대로 죽이지는 않겠구나.

↘ 이문구 전집(10), p.282

주

육성이라 했것다. 그 육성에 내가 감히 한 마디 보태면 안 될까.

한·중 수교 직후인 1993년 8월, 중국에 진출한 한국산업 사장단 약 70여명이 50만 불(당시 약 4억 4천만 원)을 내어 길림성(吉林省) 조선족 자치주인 연지(延吉)에 <조선민족문학관>(대지 757평 연건평 606평의 5층 건물)을 허허벌판과 진배없는 곳에 세웠는데 그 낙성식이 있었지요. 문학관이라 했으니까 명목상 정부에서는 문인 몇 명과 나를 문인 대표로 가게 했습니다. 워낙 국교가 이루어졌다고는 하나 여행은 극히 어려웠는데, 다행히 한중문화협회(단장 이종찬)의 인솔 아래 가능했습니다. 그때만 해도 우리 항공기는 베이징 공항엔 못가고 겨우 천진(天津) 공항에 갈 수밖에 없었소. 여기에서 버스(일제 '히노'라는 버스)로 화북 평원을 달려 베이징에 닿고, 자금성 만리장성 등을 구경하고, 그 길로 장춘(長春)까지 중국비행기로 갔는데, 거기서 밤차로 연지까지 갈 수밖에요. 공상이 공사 중이었으니까. 밤 열차의 이름은 도문강(図門江) 2호, 연차(軟車, 외국인용)였지요. 침대에 드러누워 잠이 들까말까 할 무렵, 누군가 문을 두드렸지요. 이문구였지요. 전작이 있었던지 얼굴에 주기가 도는 그는 내게 직접 말해주었소이다. 시인 이산 김광섭이 살려낸 문인이 대구의 시조시인 이호우 씨였다는 것. 문인이 되고자 소설을 써보니 이광수의 『흙』에 도저히 미칠 수 없었다는 것, 등등.

그러고 보니 작가 이문구는 이 점을 말해야 마음이 놓였던 모양이지요. 심한 충격을 입은 사람이 이를 자주 떠벌리는 것과 흡사한 현상. 감정적으로 처리하기 쉬운 것보다 그 충격 자체를 논리화하는 행위. 논리 쪽이 견디기 쉬우니까. 문득 그런 생각이 스칩니다. 그러니까 선생이 『장한몽』을 두고 事實이라 한 것이 조금은 이해됨직 합니다. 김상배의 자기 구원의 논리화. 공동묘지 이장의 事實과는 또 다른 진짜 事實이겠는데요.

어째서 <장한몽>이고, 이 <몽유>의 의미는 무엇인가. 이문구의 허구성의 솜씨를 이제야 볼 차례.

8. 최미실≠김상배

허구성의 솜씨라? 선생은 아마도, 실례지만, 무슨 <개똥철학>같은 것을 말하고 싶은 모양인데요.

그렇게 거창하게 나올 것은 아니고 소설이니까 <참주제>정도라 하면 어떠할까.

『장한몽』첫 장면에서 그 실마리가 암시되어 있습니다 그려. <보통
사람 되기>. 한 번 더 인용해볼까요.

흙의 아량임이 새삼스러워졌다면 더 뭣하긴 하나 요즘 들며 일기 시작
한 잡념이 이제 부쩍 잡념으로서의 울을 넘어 버려선 안 될, 어떤 집념
에 응분한 소중함까지 덩달아 느껴짐을 김상배(金相培) 스스로도 자신이
무척 대견스레 여겨지는 거였다. 재미있는 건 바로 그러므로 자기도 마
치 남들처럼 <보통사람>일 수 있잖겠느냐 하는 의문을 품게 된 점이지만
↘ 서두 첫 문장

여기서의 <흙>이란 공동묘지 이장 공사를 가리킴인 것. 이 공사에
서 김상배가 의식한 것은 사람이 죽으면 흙으로 돌아간다는, 그런 철학
비슷한 느낌인 것. <눈앞에 널려 있는 숱한 유골들을 볼 때마다>라고
했으니까. 그런데 청년시절 고향을 떠나 상경하여 장가들고 막노동꾼
(노가다)으로 처가 쪽의 홀대를 받아가며 혼자 <와우여관>에 묵으면서
살아가고 있는 김상배는 스스로 특별한 인간, 별쭝난 인간, 뭐 그런 인
간으로 살아왔다는 것.

요즘 와서 자기도 <보통사람>이라는 집념을 갖기 시작했다는 것.
그러나 그런 집념은 수월한 것이 아니라는 것. 공동묘지에서 무덤유골
을 캐낼 땐 흙으로 돌아간다는 점에서 <보통사람>이지만, 김상배 자기
도 그런 축에 들 수 있을까. 이런 커다란 철학이 담겨 있겠군요. 말을

바꾸면 김상배가 이 공사판에서 처음부터 마주친 인물이 노처녀 최미실(崔美實)이며, 이 작품의 끝에서도 마주치는 인물이 최미실입니다. 이 노처녀는 대체 무엇인가. 잠시 볼까요.

<훗…저거 또 나왔군. 언제 저 년이나 한 번…>
상배는 중얼거리다 말고 신맛을 다셨다. 땅에 두던 고개를 드니 스물 아홉 살이나 처먹도록 시집을 못간 미실(美實)이의 까만 스커어트 자락이 솔푸데기 별로 어른대고 있은 것이다.
여러 모로 생각해 봤지만 그녀는 옛 애인의 유골을 찾는 눈치였고, 찾아다가 요즘 유행하는 영혼결혼식이라도 하자고 저러나 하는 게 인부들의 가장 큰 관심거리였다.
↘ p.606

김상배는 노처녀 미실에게 처음에는 성욕을 느꼈으나, 이후 그의 느낌은 모종의 집념으로 변해갑니다 그려.

주
내가 좀 인용해 볼까요. 워낙 개똥 철학스러운 곳이니까.

<쯧쯧…네연 팔자도 두 치 닷 푼이 모자라 칠자로구나…>하면서 김상배는 고개를 돌렸다. 주는 것 없이 미워해 온 게 좀 미안했지만 그러지 않을래야 않을 수 없는 노릇 아니더냐 싶어 에이 재수 없어, 재수 없어 해온 거였다. 남자들이 하는 일마당에 계집이 설쳐 좋은 일은 없겠기에 그랬다. 그녀는 오늘도 인부들이 썩은 관을 파내는 데마다 쫓아다니며 유골들을 살펴보기에 해를 저물릴 거였다. 죽어 썩어지면 그 사람이지 다를 바라곤 없으련만 똑같은 뼈다귀를 놓고 어떻게 옛 애인임을 가린다는 건지 궁금하기도 할 일이었다. 미실이 찾는 그 남자가 생전에 소아마비였거나 팔뚝 한 짝이 반토막이었대도 마찬가질 거였다. 이천 여

기(基)나 되는 무덤인데 그런 불구로 묻힌 사람이 한 둘이겠느냐 말이다.

<환장할 환자로다> 중얼거리며 김상배는 다시 발자국을 두기 시작했다. 오락가락하는 잡념 때문에 현장으로 가던 길을 쉬고 있은 것이다. 비탈을 어지간히 오르자 송장 냄새가 마중오기 시작한다. 정이 드는 냄새다.

↘ pp.606–607

이만 하면 미실이 놓인 분위기를 느끼는 김상배의 심정이 조금은 드러났겠지요.

객

그게 무슨 <철학 같은 것>인지요. 너무 공중비약 아닙니까.

주

『장한몽』의 서두에 주인공 김상배와 미실이 동시에 나와 있음에 주목할 것. 그리고 이 공사 진행 중에도 줄곧 등장하는 미실, 그리고 작품 마지막에 김상배와 마주치며 대화하는 미실이니까.

객

미실과 김상배는 뗄 수 없는 관계. 쌍생아랄까, 의식과 무의식의 관계라고나 할까. 그런 것이겠는데요.

주

좋은 지적. 진짜 철학. 김상배가 의식(일상성) 쪽이라면, 그러니까 <보통 사람> 축에 들고자 하는 집념에 매달려 있었다면, 김상배의 이런 집념을 무화시키는 무의식이 바로 미실이라는 것. <미실≠김상배>의 도식이랄까, 그런 것이지요. 김상배의 특별한 과거의 그림자랄까, 잠재의식이 미실이라는 것.

미실≠김상배이니까 둘은 한 몸이며 별개의 실체가 아니라는 것. 이 유령 같은 미실이 김상배와 마주쳐 대화하는 일이 작품 결말이겠는데요. 선생이 <철학스러운 것>이란 이를 가리킴인 모양인데, 곧 유령(미실)과 김상배의 대화.

그 유령이 김상배와 동등한 인간 실체로 대화하는 장면.

미실은 삼대독자였던 최 덕환씨의 맏딸로 태어났더라고 했다. 비록 뼈대를 찾아온 가문 있는 집안 후손은 아니었으나 어중간한 가계에 넉넉한 살림을 해온 집이었다고 한다.

최덕환씨는 삼대독자였기로 받들여 자란 탓에 성미는 괴팍스런 데가 없지 않았고 어려서부터 길러온 자존심과 우월감이 연치를 따라 늙자 거칠은 세상을 살아가기엔 합당하지 못한 성품으로 굳어 좀 곤란한 인물이었다고 한다.

그는 삼대독자로 성장했기에 자손만은 여럿 보아 가문을 넓혀야 한다는 의무와 책임감을 두텁게 느낀 사람이었다. 서울 변두리긴 했을망정 대물림으로 이어받은 부동산이 많았고 또 가업으로 지켜온 정미소며 삼천 여수에 가까웠던 양계로 해서 그는 항상 아쉬운 게 없이 살아온 사람이었다. 그가 죽은 지 십 여 년이 넘은 오늘 날까지도 그 여력을 우리고 갉아먹고 살아온 정도의 재산이었던 것이다.

그런 여러 가지 이유로 그는 조혼을 하지 않아선 안 되었던 모양이다. 신부는 세 살이나 위인 처녀였다. 민사령(閔使令) 손녀였다.

많은 이웃들과 먼촌(寸) 일가간의 축복, 특히 늙은 홀어머니의 한없는 기대 속에 치러진 혼례였기에 그랬을까, 부부간의 금슬도 남달리 도탑고 깊었다고 했다.

결혼하고 이태 만에 낳은 게 미실이었다.

손이 귀한 집이라 실망을 낳은 셈이긴 했지만, 그런 대로 그녀는 한때

나마 가문의 사랑을 한 몸으로 독차지하며 최씨 집안의 보배였을 건 말할 나위가 없다 할 거였다.

그녀가 받은 그런 처우는 오래오래, 아니 성장해 출가한 뒤에까지도 계속됐어야 할 거였다.

그녀가 받은 그런 처우는 그러나 수명이 길질 못했다. 그리고 그것은 그녀가 타고난 팔자가 비로소 제 구실을 하기 시작한 셈이었던가 보았다.

물론 미실이 자신에겐 아무런 책임도 없는 일이었다. 미실이 뿐 아니라 최 덕환씨 내외나 다른 어떤 사람의 힘으로도 어쩔 수 없는 일이었다.

그녀에게만 몰려들었던 모든 영광은 흩어지기 시작했던 것이다. 그것은 갑작스런 전환이었고 전락이었다. 그 전락은 차츰 그녀를 집안의 보배이자 저주와 증오의 대상으로 만들어 주었다. 가문의 원수로 뒤집어 준 것이다.

그녀는 아직도 그 모든 게 우연이라 믿고 있다. 그녀로선 그렇게밖엔 달리 생각할 수가 없은 것이다. 그녀가 첫 돌을 맞고 두어 달포쯤 지나서부터 그리 된 거였다.

그녀가 동생을 봤던 것이다. 온 집안이 기다리고 기다렸던 아들이었다. 그것은 아무것에도 비길 수 없는 경사였다.

그 경사가 모든 풍파의 시작이었다는 걸 예감한 사람은 아무도 없었으리라. 허나 그것은 결국 경사의 반대가 되고 말았다. 그 아이가 세이레를 넘기면서 이름도 없이 죽어버린 것이다. 으레 죽인 자식한텐 그런다더라고들 하지만 정말 생기기도 잘 생긴 녀석이었고, 무척 똑똑이었다고 그녀 모친은 요즘까지도 타령삼아 입에서 놓지 않는다고 했다. 무슨 병으로였는지 병 이름도 미처 가리지 못한 채 허무하게 보내고 만 것이다.

그 무렵까지만 해도 미실이 부모는 그저 집안의 불운으로만 알았고, 죽은 자식이 아까와 애통하기만 했지 미실이를 탓잡을 줄은 몰랐다고 한다. 그럴 수밖엔 어쩔 줄 몰랐던 것이다.

미실이 때문에 애가 죽는다는 말이 그녀 부모 입에서 흘러나오기 비롯된 건 두 번째 낳은 아이, 그것도 아들이, 역시 세이레 만에 죽고 나서였다. 두 번째 본 아들 또한 첫 아들 못잖은 건강한 아이였지만 우연하게도 세이레를 넘기자마자 저승으로 떠났던 것이다. 마찬가지로 병명을 밝히지 못했고 약도 제대로 못쓰게 죽어버린 거였다.

최 덕환씨 내외는 차츰 우연으로 또는 천명(天命)이 고것뿐이라서 죽었으리란 생각을 벗어나기 시작했다.

집안에 무슨 살이 끼었거나 업 덩어리가 있어 그런 화가 잇따랐고, 앞으로도 계속되지 않을까 하는 의혹의 노예로 변해간 것이다. 그것은 다시 말할 나위 없는 미신(迷信)의 소행이었다.

최 덕환씨 내외는 밤과 낮을 잊은 채, 멀고 가까움도 없이 한동안을 무당이며 판수만을 찾아 쏘다녔고, 허구헌날 푸닥거리, 무꾸리가 쉴 새 없게 벌어지게 되었다. 그런 것들이 어떤 효험이나 보엿는지, 어떤 위안과 희망을 주었는지는 아무도 모를 일이었다.

↘ 연재4회 최종회, pp.671-672

아들을 낳는 족족 죽으니까, 이 모두는 최미실 탓으로 돌려 집안에서는 죽이기로 작정할 정도. 호적 상 죽은 것으로 했던 것.

객

그러니까 최미실은 죽은 자로 분류돼 그렇게 인식되어 유령으로 살았던 것. 유령이 사는 곳은 공동묘지니까. 이 무덤 해골에 고인 물을 먹기 운운은 유령에서 인간으로라는 병을 치유하기 위한 몸부림이었겠군요. 그동안 공동묘지를 헤맨 건 <나를 찾기>였던 것. 남의 삶(죽은 남동생 재희라는 이름)을 살아왔던 것. 그야 따져보면 미실이만 그랬을까. 김상배도 그렇지 않았을까요.

주

<난 재희에요. 미실이는 이미 옛날에 죽은 누나고요, 무슨 얘긴지 이제 아시겠죠. 그렇지만 난 엄연 노처녀거든요. 재희는 아니란 말에요. 난 뭐죠? 미실이 유령일까요? 아마 그럴 거에요, 미실이의 한이 뭉쳐서 생긴

그 원혼이고 유령일 거에요.>

미실이 오징어 발을 주근거리며 울먹일 듯이 말했다.

<그동안 공동묘지를 헤맨 건…>

<그건 나를 찾아 헤맨 거에요. 내 실체를 찾으려고요, 나는 유령이니까요.>

<남의 인생을 대신 살아 온 셈인가?>

상배가 병 밑바닥에 깔린 소주방울을 빨아들이고 나서 한 말이다.

<난 내 유골을 찾아야 해요. 그리고 그 유골은 미실이가 아니라 그냥 그런 밤나무토막이란 걸 확인할 수 있어야 했다구요. 그래야만 나는 유령이 아니라고 나를 믿어요.>

<…>

<허지만 이제 영원히 나는 유령일 수밖엔 없이 됐군요 … 내가 없는 나란 있을 수 없잖아요…난 그동안 몽유병처럼 살아왔어요, 한이 얽히고 섥혀 뒤범벅이 된 채 몽유해온 거에요. 아무런 저항도 반항도 못해보고 즐거움도 없었죠. 이젠 절망, 그거에요. 이 나라 이 땅이 나에겐 아무런 뜻도 없는 거죠 …나에겐 지옥이니까요. 그야 어떤 점에선 천국일 수도 있겠죠. 어느 외국일 수도 있겠고요…허지만 나는 이 나라, 이 땅에서 낳아 이 땅에서 이 나라 사람으로 죽고 싶어요. 떳떳하게 … 떳떳한 국민, 보람 있는 시민이 되고 싶어요. 모든 걸 강제로, 나도 모르게 뺏기고 도둑맞고 아무런 권리도 없이 몽유하고 싶지 않단 말에요.>

<그건…>

<집 안이나 이웃에서는…이 사회에서도 나를 우습게 알려고 해요. 남들은 나를 미친년으로 보거든요. 하긴 그 사람들이 보긴 미친년일지도 모르죠.>

<그건 미쓰 최만 그렇다고 볼 순 없을 거요.>

상배는 그제서야 겨우 그녀 말마디 속에 끼어들 수 있었다. 미실이 말을 듣자니 다 자기도 그녀처럼 잃어버린 김 상배를 찾아 헤매 온 느낌이던 것이다. 오래 전에 강제로 뺏긴 평범한 보통사람이었던 김상배의 실물을 찾아 몽유해온 것 같은 거였다.

<미쓰 최, 듣고 보니 나도 충분히 공감할 수 있는 얘긴데 너무 상심하진 마쇼, 강제로 자기를 잃어버린 사람은 미쓰 최 혼자만이 아니니까… 나도 마찬가지요, 나도 나를 잃어버리고 방황해온 건 한두 해 아니었오. 그렇다고 절망만 씹을 쑨 없는 노릇 아니겠오.>

상배는 그녀를 위로해 주려고 지껄여 본 말이 아니었다. 자기 자신을 위해 한 말인 것 같았다. 그는 미실이 말을 통해 뭔가를 깨우친 것 같던 것이다. 몽유에서 깨어난 느낌이었다. 착각이라도 좋았다. 그런 착각은 가치가 있고 보람을 얻은 착각인 것 같던 것이다. 아니 착각이 아닐는지도 몰랐다. 사실을 사실대로 깨우친 것일지도 모르겠던 것이다. 그는 그렇게 믿고 싶엇다.

<난…미실이 유골 … 그 썩은 나무토막이라도 좋아요…그걸 찾아 이 눈으로 보기 전엔 … 난…살아갈 수 없을 것 같아요… 어떡하죠, 어떡하며 되냔 말에요…>

↘ pp.676-677

객

어째서 <장한몽>인지 드러났군요. 몽유(夢遊)라는 것. 최미실 뿐 아니라 김상배도 마찬가지. 그러니까 <보통사람>되기엔 절망적.

주

김상배의 집념은 확고합니다. <보통사람> 축에 들겠다는 것. 그러자니 최미실을 그냥 둘 수 없지요. 함께 몽유에서 벗어나야 할 터이니까. 이 점이 『장한몽』의 참주제로 빛나는 대목.

미실은 목이 메어 말이 제대로 이어지지 않았다.

<미쓰 최, 나는 이렇게 생각하고 싶은데, 이건 비단 미쓰 최에게만 해당되는 얘긴 아닐 겁니다. 내게도 해당될지 모른다 그 말요. 문제는 역시 잃어버린 자기를 찾는 것, 그건데, 그렇다면 자기가 자기를 만들어 보는 것도 그 한 방법이 아니겠느냐 이거요…>

　　<…>

　　<운다고 해결될 일은 없을 거요. 방황한다고 찾아질 리도 없는 거고… 자기 자신을 새로 만들어 보는 것…그렇게 해보려는 노력…그것이 뜻있는 일일 거라 그 말요. 물론 어려운 일이지…>

　　<내가 나를 만든다고요? 그럼 임신이라도 해서 2세를 낳으란 얘긴가요?>

　　미실이 엉뚱한 질문을 하자 상배는 웃음이 나왔지만 웃을 일은 아니었다.

　　<죄송해요, 전 무식해서 가끔 듣기 거북한 말도 잘 해요 나도 모르게…>

　　<아니지, 그것도 한 가지 방법이겠군. 임신이란 건 생리적인 것이고, 타인과 교섭을 않곤 안 되는 거니까…미쓰 최도 자기 외부, 말하자면 사회, 이 세상 물정들과 교섭을 해볼 필요가 있겠다 그런 겁니다. 타협을 해보란 말이지…그러다 보면 미쓰 최도 성한 사람이 될 수 있을지 모른다 그거야. 미친 여자란 말도 안 들을 수 있다 그거고, 더 아쌀하게 말하면 정식으로 매음도 필요하다 그런 거지.>

　　<그러면 진짜 자기를 찾을 수 있단 말이세요, 옛날에 죽은 미실이가 될 수 있겠냐 말에요.>

　　<그건 그렇진 않을 거요.>

　　상배는 잘라 말했다.

　　<가령, 쉬운 대로 우선 나를 예로 들어 말해봅시다. 내가 정신적인 매음행위를 한다고 해서 보통사람이 될 것 같소? 다만 이 세상, 이 사회의 모든 보통사람들과 좀 더 밀접한 관계를 맺을 수 있다 뿐이지. 저 보통사람들이 하는 일에 뛰어들어 관계를 하다보면 그렇지, 보통사람들이 앞으로 해나갈 일을 미리 알 수 있게 될 거요. 그때마다 나는 옛날에 강제로 도둑맞은 내 자신을 조금씩 발견하게 될 겁니다.>

↘ p.677

　　최미실이 죽은 남동생 재희의 삶을 살아왔다는 것. 그녀의 지금까지의 헤맴은 과거의 자기를 되찾는 것.

이에 대해 김상배는 단호히 반대했군요. 단호히 말이외다. <보통사람>이 되고자 하는 김상배가 말이외다.

집안에서는 그렇잖아도 그녀가 없어지길 빌어온 터였으니 말이다. 허지만 가출은 해봤자 아무 소용이 없게 돼 있었다. 성(性)이 남자로 바뀌어진, 나이가 아홉 살이나 아래인 재희면 재희였지 미실이는 아니었으니 말이다. 이제라도 재판을 하면 다시 미실이로 정정은 할 수 있으리라. 그러나 그런 걸 깨달은 뒤는 이미 늦어 있었다. 육신마저 재희란 머슴애가 된 것 같았고, 자기 정신은 이미 옛날에 죽은 미실이의 원혼이거나 유령같이만 여겨지던 것이다.

<나도 자신이 있어 하는 말은 아뇨. 아까도 말했지만, 나를 미쓰 최로 가장해서 해보는 말이지…다시 말하자면 나는 여태까지 저런 보통사람이 돼 봤으면 하고 갈구해 왔다고 하자 이거요. 물론 나는 뭐냐, 이 세상은 어떤 방법으로 살아가는 게 옳으냐, 그걸 몰라서 그랬겠지. 허지만 그건 내 착각이었다 이겁니다. 몽유를 한 것도 같고 미쓰 최 말마따나 허깨비로 살아온 것도 같고 한 거야… 헌데 이젠 꿈을 깬 것 같은 거요, 깨보니 종로에서 뺨 맞고 노량진에 와서 눈 흘기는 꼴이 돼 있거든…그런데 그렇게 자기를 발견하고 보니 자기를 비몽사몽 간에다 몰아넣은 저 보통사람들이 싫어져 버린단 얘깁니다. 그뿐만 아니라 그 보통삶들이 하고 있는 것이 얼마나 추악하고 악랄한 비인간적인 행위냐, 하는 것도 발견됐고, 이젠 당하기만 할 게 아니라 꺾어 이겨야 한다…그런 각오가 섰다고 합시다.>

겉으론 미실이에게 지껄이고 있었지만 실지는 상배 자기 자신에게 준 각서나 다름없었다. 본디 보통사람이었던 원래의 김상배를 중도에서 변모한 현재를 김 상재가 자신의 과거와의 갈등 속에서 자신을 의혹하고 비판해 오던 중, 갑자기 피차의 흉금을 터놓고 진실이 어떤 것인가를 합의한 느낌이었다. 그것이 착각이란 대도 좋았다. 앞으로 살아가야 할 방

법이 무엇인가를 알게만 된다면.

＜가야지, 그만 울고 내려 갑시다.＞

상배는 그제서야 주위가 완전히 어둠 속에 갇혀 있다는 걸 깨달았다.

＜먼저 내려가 보세요. 난 더 울고 싶어요. 실컷 울고 싶다구요.＞

미실은 정말 다시 울어 퍼지를 작정인지 두 다리를 뻗어버리는 거였다. 상배는 그녀를 억지로 일으켜 세웠다. 그리고 호통 치듯 말했다.

＜집으로 가쇼. 가서 다시 생각해보고…울어야 선한 일이거든 내일 와서 울으슈.＞

상배는 그녀 등을 떠다밀었다. 그녀는 허픈허픈 치맛자락을 들썩거리며 마지못해 어둠을 헤치기 시작했다 상배는 그녀를 앞세우고— 폐허를 내려왔다.

미실이와 헤어지자 상배는 와우여관을 향해 걸음을 재촉했다. 어서 차분한 여관방에 가 들어앉고 싶던 것이다.

방에 들어앉아, 자기가 지금껏 두서없이 주워섬긴 말들이 술이 취한 탓에 횡설수설한 객담인지 아니면 오랫동안 자기 자신에게 스스로 솔직했던 결과에서 얻어진 각성인지를 조용히 혼자 앉아 판가름해 보고 싶어진 것이었다.

어찌나 급히 치달렸는지 미실이와 헤어지고 5분이나 됐을까 했는데 그는 벌써 와우여관 현관 앞에 다달아 있었다.

상배가 막 현관에 몸을 들여놓는데, 때맞춰 여관 전화가 사람을 부르고 있었다.

＜김 선생님—＞

뛰어가 받은 심부름 k이 녀석이 들어서는 상배를 불러 세웠다. 그는 무심히 수화기를 받아들었다.

＜김서방인가?＞

장모였다. 상배는 역시 김샜다 싶어 대답 대신 기침을 한 번 해주는데, 장모는 여전히 그 걸걸한 목소리로 앞뒤가 없이 떠들어댔다.

＜축하하네…조금 아까 낳았다고…순산했어.…＞

＜예?＞

<꼬추야 꼬추.>

<········>

[大 尾]

객

선생이 이 작품 서두에서 지적한 <보통사람>의 의미가 확연합니다 그려. 보통사람 되기, 그것이 공동묘지 막노동판에서 가능했다는 것. 김 상배가 드디어 <보통사람>반열에 올라섰다는 것. 이런 결말은 선생이 말한 작가 이문구의 서사적 능력이겠습니다. <몽유의 삶>을 이제 김상 배는 끝낼 수 있었으니까. 이 <몽유>의 시점에서 보면 『장한몽』이란 이수일과 심순애의 그 『장한몽』보다 훨씬 격이 높은 것입니다.

주

동감. 최미실≠김상배의 도식이란 작가 이문구의 재능, 곧 서사적 힘 에서 왔으니까.

객

선생은 단편 「몽금포타령」의 신두만, 오덕칠이 공동묘지 이장에 투 입되었다고 보고, 단편으로 처리되었는데 이를 장편으로 확대된 것이니 기본 골격은 단편이라고 보았지요.

주

그렇소. 김상배가 만난 막노동꾼들은 모두 6명 정도. 10명이라도 상 관없는 것. 소설 구성상에서 말이오. 이런 구조에 기본항으로 놓인 것 이 최미실≠김상배라는 것. 이것만은 결코 양보할 수 없는 것이지요.

객

공동묘지 이장이란 그 자체가 <몽유>에 다름 아닌 것. 이 몽유에서 눈뜨기, 이 몽유에서 벗어나 현실에 돌아오기로 정리되겠습니다 그려.

주

몽유에서 벗어나 자기 찾기, 눈뜨기, <보통사람>되기에서 드러난 서사적 힘이랄까 독창성은 어디에서 왔던가. 작가 이문구의 재능에 돌아갈 성질의 것이지요.

객

알겠소. 무슨 말인지를. '事實을 査實한 대로 寫實하기'.

주

멋대로 허구가 아니고 事實에 근거했다는 것. 이 점이 제일 중요하지요. 온갖 허구를 펼쳐 얘기를 멋대로 지어내는 허랑한 재밋거리일 수 없다는 것. 事實이 그런 헛된 재밋거리를 통제할 수 있었지요. 査實이란 이를 가리킴인 것. 다만 寫實에서 과도한 수사학이 때로는 눈에 거슬리긴 해도(훗날 단행본 개작에선 이 점이 지나칠 정도 수사학의 누더기라고나 할까)

객

『장한몽』이란 <긴 몽유>라는 뜻이겠는데요, 실제상의 이장공사는 여름에서 가을까지의 몇 달 간이지만, 어째서 <긴 몽유>라고 했을까.

주

좋은 질문. 10년 전 고향을 떠나 상경하여 장가들고 온갖 구박을 받으며 살아 온 30대 중반쯤인 김상배의 전생애인만큼 <긴 몽유>가 아닐 수 없지요. 그 <긴 몽유>에서 깨어난 것은 고추 달린 아들을 낳았다는 장모의 흥분된, 기쁜 기별. 이제야 김상배는 <보통 인간>에로 나아갈 수 있었다는 것.

선생이 빠뜨린 것을 하나 지적해도 될까요. 곧 김상배가 <긴 몽유>에서 벗어나고자 하는 의지가 무의식 속에 작동되고 있었다는 사실.

주

하아, 참으로 좋은 지적이군요. 김상배는 무의식 속에서도 끊임없이 <긴 몽유>에서 깨고자 노력하고 있었다는 것. 그런 의지 없이 어찌 이런 결과에 이르렀으랴. <보통사람>이 되고자 하는 집념. 『장한몽』의 서두와 결말이 이로써 수미일관된 것. 4천 여 매의 대장편 『장한몽』은 「몽금포타령」의 장편화라는 것. 또 말해 장편이 아니라 <단편>이라는 것.

9. 『무량수경』의 제4대원

객

이 단편 「몽금포타령」(1969)을 실은 『창작과 비평』의 백주간은 『장한몽』에 뭐라 했을지 궁금하네요.

주

다만 침묵한 것으로 압니다. 추측컨대 독자들이 판단해보라고 말이외다. 계간 『창작과 비평』지가 그 소중한 지면에 『분례기』와 『장한몽』을 실었다는 것은 이 나라 소설사에서는 불발의 공적이 아닐 것인가. 지식인의 내성소설에 맞선 구이지학(口耳之學)의 소설. 내성소설에 맞선 전(伝)의 형식의 소설. 이 이분법은 결국 하나로 이루어져야 비로소 이 나라 소설사는 큰 발걸음을 걸을 것. 그때가 올 때까지 『창작과 비평』은 쉬지 않고 노력할 것이겠고, 여기에 그다운 사명감이랄까 자존심이 깃들이고 있었을 터.

귀동냥으로 듣는바 『무량수경』(無量壽經)의 아미타불은 48대원을 세웠는데 그 제4번째가 好醜(美醜)에 관한 것이라 하오(設我得佛, 國中人天, 形色不同, 有好醜者, 不取正覺). 이 세상에 미와 추가 구별되어 있는데 이것이 없어져 하나로 되지 않으면 나는 결코 성불하지 않겠다고 했다하오. 이 점에 주간 백씨는, 또 『창작과 비평』은 살아 있는 힘이 아닐 것인가. 소설사에서뿐 아니라 다른 영역에서도 말이오. 다른 영역은 모르지만 소설공부를 해온 나로서는, 다만 소설사 분야에서는 그러해 보이오.

객

『무량수경』의 아미타불까지 나오다니, 이제 더 무슨 말을 해야 할까. 그러고 보니 『창작과 비평』과 『장한몽』의 소설사적 의의가 대단해 보이네요.

주

아마도. 왜냐면 내가 아직도 소설사 공부를 하고 있는 마당이니까.

객

한 번 더 말해주고 싶군요. 『장한몽』도 대단하지만 『창작과 비평』도 대단한 존재입니다 그려.

주

동감. 동감. 동감.

세 계간지의 문학사적 위상
─ 대화체로서의 자율성

1. 『세계의 문학』 등장의 앞과 뒤

객

계간지 『창작과 비평』의 출현이 이 나라 문학 판에 던진 파문을 정리하는 문학사적 과업은 아주 단순하다면 단순하고, 또 복잡하다면 그역시 사실이 아닐까 싶소. 일반론을 떠나서 말이외다. 선생께서는 한때 이 문제에 과도할 정도로 신경이 예민했는데요. 아마도 그 연유는 따로 있지 않았나 싶습니다.

주

내가 행인지 불행인지 구경꾼으로 관찰할 수 있었던 덕분이 아닌가싶소이다.

객

『창작과 비평』(1965)이 사르트르의 『현대』지 창간사를 들고 나왔을때, 또 주간 백낙청이 「날개」의 작가 이상이 진단한 <초근목피>의 풍토, 처음부터 '공첨'을 뽑아 작가가 되겠다는 현실을 강조했을 때 이를 비판적 안목으로 투시한 세력원이 있었는데, 김현을 대표로 하는『문학과 지성』(1970)이었지요. 불문학을 공부한 김현으로서는 사르트르를 잘 알지 못했다고 볼 수 있지 않았을까 싶었지요. 그의 안목으로 보면 무엇보다 백주간의 공부한 배경 곧 하버드대학 교정에 주눅들 수밖에요. 세계 초강국의 최고 학문에 닿아 이를 공부한 사실은 프랑스 구경도 못한 김현에겐 그야말로 주눅들 수밖에요. 그런데 이때 이에 대처한 김현의 순발력의 힘세고 날카로움이란 놀라움이 아닐 수 없었다?

주

좋은 지적. '순발력'이라 했것다.

객

하버드대학 마당에서 세계성의 문학을 배웠다고 치자, 그러나 정작 <초근목피>의 자기 본국의 문학에 거의 무지하다는 사실의 발견. 김현이 『창작과 비평』의 이 최대약점을 뚫고 쳐들어간 것. 「한국문학의 양식화에 대한 고찰─종교와의 관련아래」(『창작과 비평』, 1967년 여름호 통권 6호)가 그것. <네가 한국문학사를 아느냐, 알면 얼마나 아는가>라고 대든 형국.

주

김현의 이러한 비판이 거의 의미를 잃게 된 것은 바로 신인 방영웅의 『분례기』(『창작과 비평』, 1967년 여름호, 가을호, 겨울호)이었지요. 이쯤 되면 <네가 한국문학사를 아느냐>의 비판적 안목은 몸 둘 곳을 잃을 수밖에요. 김현의 「한국문학의 가능성」(『창작과 비평』, 1970년 봄호)은 설 곳을 송두리째 잃을 수 밖에요. <근대 문학>에로 내려와 4·19세대를 중심에 두어도 사정은 크게 달라지지 않았지요.

객

김현으로서는 다른 마땅한 방도가 없지 않았을 터. 이른바 『문학과
지성』의 4K(김치수, 김주연, 김병익, 김현)들이 뭉쳐 『현대한국문학의 이론』
(민음사, 1972.3)이라는, 무려 443면에 이르는 논문집을 내었지요. 그래봤
자 이미 『창작과 비평』의 주간은 내심으론 눈도 꿈쩍하지 않았을 터.
『분례기』가 있었으니까. 뿐 아니라 『장한몽』(이문구, 1970년 겨울에서
1971년 봄, 여름, 가을까지 연재)이라는 4천매에 육박하는 대장편이 있었으
니까. 이것들은 너희들 『문학과 지성』이 내세우는 4·19세대의 이른바
내성소설(內省小說)과는 별개의 물건이다. 내성소설이 기껏해야 서구적인
자아 탐구계에 속한 것의 모방이라면 『분례기』와 『장한몽』은 하버드에
도, 셰익스피어에게도, 그 어느 곳에도 없다. 오직 한국적 <초근목피>
의 풍토에서만 살아갈 수 있는 토종이다.

주

좋은 지적.

객

그렇다고 『문학과 지성』도 가만히 당할 수만은 없는 노릇, 또 한 번
의 순발력이 요망될 차례.

주

좋은 지적.

객

4·19세대를 최대한도 발굴하기. 그 4·19세대와 소설의 관계, 그것
이 어째서 세련성을 띨 수 있고 오히려 세계성으로 향할 수 있었는가를
다각적으로 모색하기. 그 정상에 신부 복장을 한 고해승 『광장』(1960)의

최인훈을 비롯해서 이청준, 김승옥, 홍성원, 박태순 등이 흩어져 있었지요. 이들을 집결하여 하나의 세력을 이루어낸 것이 이 나라 소설사에서는 하나의 불발이라 하면 안 될까요. 이청준의 소설집 『예언자』(1977)를 거쳐 『당신들의 천국』(1976)에 오면 김현도 감당하기 어려운 수준에 닿았던 것.

여기에 수록된 6편의 중단편은 우리시대의 대표적인 이 작가의 관심의 폭을 보여주고 있다. 그는 작가가 왜 글을 쓰는가 라는 근원적 질문으로부터 예술가가 이 시대를 어떻게 예언하고 그것을 수행하는가 하는 핵심적인 주제를 제기하면서 소설미학이 가능한 한의 서정까지 획득하고 있다. 그의 작품집은 따라서 오늘의 한국문학이 도달할 수 있는 최대한의 수준을 가늠해주는 것이다.

↘ 김현의 글 중에서

이청준이야말로 왜 쓰는가의 근원적 질문에서 출발한 세련성의 소설미학을 탐구했다는 것. 『분례기』나 『예언자』가 씌어졌던 그때 대체 선생은 어디서 무엇을 했던가요. 조금 궁금합니다.

주

그냥 지켜보고 있었소. 투명인간처럼 말이외다. 아무런 편견 없이. 이런 것이 행인지 불행인지 모르긴 해도 나는 어느 곳에도 설수 없었고, 서고 싶지도 않았으니까. 『한국근대문예비평사 연구』에 몰두하기에도 나는 바빴으니까. 『창작과 비평』은 『분례기』와 『장한몽』에로 치달아 그 나름의 한국소설사를 넓혔고, 『문학과 지성』은 『당신들의 천국』과 『강』(서정인), 『아홉 켤레의 구두로 남은 사내』(윤흥길), 『난장이가 쏘아올린 작은 공』(조세희)으로 이 나라 소설사를 넓히고 깊게 팠지요. 거듭 말하지만, 나는 구경꾼이었소.

객

투명인간, 구경꾼에겐 그 나름의 안목이랄까 감각이 날카로워지는 법. 그러니까 시방 우리가 이 대화에서 논의하고 있는 요점이겠소. 선생은 다른 글에서『분례기』,『장한몽』을 상세히 분석했더군요(졸고,「'분례기'와 선우휘」등등). 오늘의 이 대화에서는 무엇이 분석의 대상일까요.

주

『분례기』계도『당신들의 천국』계도 그 나름의 몫을 힘차게 해냈지만 여기에 뜻하지 않은 새로운 세력이 출현했소.『영자의 전성시대』(조선작, 1974),『머나먼 쏭바강』(박영한, 1987)을 낸 대형출판사인 민음사의 등장이 그것. 상업주의의 범람이라고 할까요. 그러나 보다시피 통속적 흥미 본위와는 구별되는 것. 시대성에 초점을 맞추어 대량으로 판매실적을 올리는 방식이었지요.

객

선생은 이 대화에서『분례기』계,『당신들의 천국』계 그리고『머나먼 쏭바강』계 혹은『영자의 전성시대』계를 논의해보겠다는 것. 맞습니까.

주

3분법의 소설적 판도. 말은 쉽지만 서로 조금씩 물려있어 딱 이것은 이렇다고 할 수 없습니다. 왜냐하면 모두가 '소설'이니까. <소설미학>이라 한 것은 앞에서 보았듯 이청준의 경우였지요. 나머지 두 가지는 <소설미학>이라고까지는 하려 않았지요. 그렇다고 통속소설이냐 하면 그렇지는 않지요. <대중성이다!>라고 할 것입니다.

객

우리의 대화는 <대중성>의 검토에로 향하겠군요.

주

그렇소이다. 대중성도 여러 가지니까.

2. 순수성의 시적 현상

객

대형 상업출판사 민음사가 소설계에 참여하여 큰 성과를 거둔 것은
두루 아는바 『영자의 전성시대』(1974)이었지요. 모두 8편으로 된 창작
집. 군부독재아래의 막힌 사회에서 젊은 청춘들이 갈 곳은 어디인가.
세칭 종로 3가가 가장 유력한 분야였을 터. 영자가 여주인공으로 여배
우처럼 군림하는 지하세계. 밤의 세계 말이외다. 당시 청춘의 심리를
민음사가 잘도 파악한 증거 아니겠소.

주
동감.

객

문학성, 오락성, 대중성을 동시에 수행한 형국. 순수문학(내성소설)을
겨냥한 『문학과 지성』이나 세계성을 겨냥하며 반제국주의적이랄까, 보
다 아득하고 높은 목표를 내건 『창작과 비평』과는 별도의 영역을 열어
보였지요. 왈, '대중성'.

주
동감.

이 대중성을 문단에 내세우고 이를 키우고 옹호하기 위해서는 나름 대로의 계간지가 요망되는 것. 이른바 계간『세계의 문학』(1976, 가을호)의 창간에 이를 수밖에. 이로써『창작과 비평』,『문학과 지성』등과 솥발 형국이 이루어져 오늘에까지 이르고 있습니다요.

<장관이라면 장관이다!>라고 말하고 싶었겠지요.

감히 그런 표현이기보다는, 심정상에서 그와 가깝습니다.

『세계의 문학』의 민감성에 주목할 것입니다. 권두 정담「어떻게 할 것인가」에 김우창, 백낙청, 유종호의 동원. 주목할 것은『문학과 지성』쪽의 문인이 빠져 있다는 것.

백낙청을 겨냥했다는 뜻이겠습니다 그려. 외국문학이어야 새 영토라는 것. 곧, 민족문학과 세계문학이겠는데요. 민족문학의 빈약성, 세계문학의 풍요로움, 거기에 <대중성>이 있다는 것. 대중이 독자층이어야 한다는 것. 상업주의가 가능한 영역의 모색. 시민문학의 텃밭 일구기.

백낙청의 견해, 곧 초근목피의 민족문학과 세계문학의 화려함에 대한 곁눈질하기. 그에겐 '대중성'이『분례기』로 드러낸 바 있고, 그것이 제국주의적 세계문학을 비판하는 힘을 기를 수도 있다는 것, 들어볼까요.

저 자신으로서는 현재 우리가 외국문학 혹은 세계문학이라 할 때 흔히 생각하는 구미의 문학 […] 대서양문화권의 문학을 현재 서양 역사의 어떤 전체적인 상황에서 볼 때 그것을 보는 우리의 시각을 민족문학이란 관점에서 잡은 것이 가장 타당한 것이 아닌가 생각합니다. 흔히들 민족문학하면 세계문학과 반대되는 개념으로 생각하기 쉬운데 저로서는 우리 문학을 우리의 전체적인 상황에서 볼 때도 그렇지만 외국문학을 저들의 전체적인 상황 속에서 볼 때도 역시 한국이나 다른, 이른바 후진국의 민족문학이란 것이 특별한 세계사적인 의의를 갖는다고 봅니다. 그것을 바꾸어 말하면 현재의 서구 문학이 그 나름으로 건강하고 튼튼한 성격을 가져서 우리가 능력이 닿는 한 그것을 배우고 흡수만 한다면 우리에게 보탬이 되는 그러한 성격이기 보다는 그들 자신의 입장에서도 갖가지 문제점을 안고 있고 더구나 그들과 처지가 다른 후진국 사람들에게는 도리어 해독이 되고 침략적인 성격을 띠는 그러한 문화현상이라는 측면이 있다는 것입니다. 그러한 성격을 올바로 인식하면서 여기서 빚어지는 민족적 현실에 주체적으로 대응하는 자세를 지닌 민족문학을 갖는다는 것은 소극적으로는 외부로부터의 불건전한 문화적 영향에 대한 방어요, 더 나가서는 서구 내부에서도 문제점이 많은 문화현상, 세계사적으로 보아 아주 어떤 큰 장벽에 부닥쳐 있는 이 현상에 대한 보편타당한 어떤 돌파구를 마련하는 계기가 될 수 있으리라 봅니다. 그런 생각에서 세계문학의 차원에서도 민족문학을 중시하게 되고 또 저의 잡지로서도 민족문학 전통의 발굴과 민족문학의 모든 문제에 치중해 온 면이 있습니다. 물론 한편으로는 단순한 역량의 부족으로 외국문학에 더 힘을 기울이지 못한 것이 사실입니다만 다른 한편 민족문학을 올바로 파악하고 추진하는 것이 외국문학을 그저 공부하고 소개한 것보다 급선무라는 의식이 깔려 있던 것입니다.

↘『세계의 문학』 창간호, pp.21–22

객

무슨 말인지는 알겠군요. 『창작과 비평』이 10년간 노력해온 결과를 엿볼 수 있는 대목. 자체평가라고나 할까. 그런데 제가 제일 의문으로 느껴지는 것은 따로 있습니다. 민족문학도 해야겠고 세계문학도 해야겠다는 것. 하지만 한 쪽에 전념하기만도 벅찬 법. 그럼에도 이 어마어마한 두 영역을 목표로 삼아 깃발을 흔들겠다는 것. 가능하겠는가. 멋이라면 혹 몰라도.

주

동감. <깃발을 흔들겠다>라는 표현이 좋군요. 깃발이야 크고 또 흔들수록 주변을 고무시키기 쉬운 성질이 있으니까.

객

『세계의 문학』 창간호에는 다음 두 가지의 소설사적 과제가 잠겨 있어 보이는데요. 선생 식으로 설명하면 좀 더 명쾌하지 않을까 싶소.

주

뭐 그렇기까지야. 먼저 단편 「몰개월의 새」(황석영)를 들겠소. 「객지」(1973)의 작가가 시방 청룡부대가 월남전 제일진으로 떠나는 장면. 한국이 세계 속에 서는 장면, 곧 한국문학이 민족문학으로서가 아니라 세계문학에, 허풍스럽기는 하나 두각을 드러낸 것. 박영한의 『머나먼 쏭바강』까지. 두 번째는, 실상은 의미 깊은 대목인데, 최인훈의 『옛날 옛적에 훠어이 훠이』가 전면적으로 모습을 드러낸 것.

객

천하가 다 아는 지식인이며 내성소설의 제일인자인 『광장』의 최인훈. 그가 희곡을 썼다!

주

그렇소. 희곡을 쓴 것. 시도 소설도 너절한 것. 진짜는 희곡이라는 것. 『파우스트』를 보라, 라고. J 조이스도 그랬지요. (1)자기의 이미지를 자기 자신과 직접적으로 관련해서 제시하는 형식 (2)자신과 타인과 관련해서 제시하는 형식 (3)다른 사람과 직접적으로 관련해서 제시하는 형식. 그리고 (1)에서 (3)으로 발전해간다는 것(이상옥 역, 『젊은 예술가의 초상』, 박영사, 1976, p.334). 김현이 본 최인훈과는 다른, 얼마나 놀라운 변신인가. 김현은 『광장』을 이렇게 보았으니까.

> 플로베르나 사르트르 그리고 생텍쥐페리 등의 작가들이 그러했듯이 최인훈 역시 어렸을 때부터 문학에 대해 거의 종교적인 경건성을 가지고 있었던 듯이 보인다. 그의 자전적 요소가 다른 작품들에 비해 비교적 강하게 투영되고 있는 <광장> <회색인> <서유기> 등의 장편들에는 지적 축적물로서의 전적(典籍)에 대한 깊은 신앙심이 날카롭게 표현되어 있다. […] 그러나 그는 아주 어린 시절부터 책을 통해 추상적 사고라는 어려운 정신곡예를 배운다. 삶이라는 카오스에서 질서와 논리를 이끌어내어 오히려 그것으로 삶을 규제해보겠다는 어려운 곡예를 그는 문학을 통해 배운다.
>
> ↘「최인훈 문학의 구조 ─ 상황과 극복」, 『광장』 해설, 민음사, 1973, pp.1-2

바로 이것이 이른바 내성소설의 원형질이 잠긴 곳이지요. 『문학과 지성』이 벼리어 낸 여러 소설집들도 바로 위의 원형질에서 알게 모르게 연유되는 것. 그런 최인훈이 이제 소설을 안 쓰겠다는 것. 희곡을 하겠다는 것. 김현에겐 기절초풍의 일일 수밖에. 김현은 『강』(서정인) 『불의 강』(오정희) 『예언자』(이청준) 등 최상의 창작집을 부정할 수도 없고, 그렇다고 계속 밀고나갈 수도 없고. 진퇴유곡. 좀 지나친 비유일까요.

객

그렇다고 김현이 주저앉을 수 없는 법. 실상 김현의 최고 강점은 위기를 극복하는 능력이었을 테지요.

주

동감.

객

4·19에 온몸을 맡기기가 그것.

주

동감.

객

훗날 그는 4·19를 이런 식으로 말했더군요.

> 내 육체의 나이는 들었지만 내 정신의 나이는 언제나 1960년의 18세에서 멈추어 있었다. 나는 언제나 사일구 세대로서 사유하고 분석하고 해석한다. […] 쓸쓸한 것은 내가 유신세대나 광주사태 세대의 사유 양태를 어떤 때는 이해하지 못한다는 데서 생겨나는 것이고 즐거운 것은 나와 같이 늙지 않은 사람들이 많다는 것을 확인하는 데서 생겨나는 것이다.
> ↘ 평론집 『분석과 해석』의 머리말

분명하군요. 이에 대해 제삼자가 감히 뭐라 하겠소.

주

동감.

객

선생도 눈치 챘겠지만 <나와 같이 늙지 않는 사람들이 많다는 것을 확인하는 데>라 하지 않았습니까. 그만큼 4·19에 익숙한 증좌이겠지요. 그러나 광주세대에 오면 어림도 없는 일이 아니겠소. 그렇다면 그 잘난 4·19의 핵심이란 무엇이겠는가. <자유다!>라고 그는 자주 표현했지요. 이 경우 <자유>란 군부체제에 대한 저항의 표현이지만 아무래도 일반론이지요. 군부에 저항하기 위한 자유, 곧 글쓰기란 이런 현실(범주)에 드는 것이니까. 비단 4·19세대가 아니라도 이런 일반론에 속하는 것. 그렇다면 김현의 진짜 그다운 곳은 어디일까.

좋은 지적. 김현 자신은 이렇게 썼소.

나는 내 자신이 조금씩 변화하고 있다고 믿고 있었지만 그 변화의 씨앗 역시 옛글들에 다 간직되어 있었다. 나는 변하고 있지만 변하지 않고 있었다. 리듬에 대한 집착, 이미지에 대한 편향, 타인의 사유의 뿌리를 만지고 싶다는 욕망, 거친 문장에 대한 혐오 … 등은 거의 변하지 않은 내 모습이다. 변화는 그 기저 위에서의 변화이다.

↘ 평론집『분석과 해석』서문(밑줄은 인용자)

과연. 4·19, 자유, 운운은 경우에 따라서는 그냥 해본 소리로 들을 수도 있소. 일반론의 수준이니까. 그러나 진짜 김현만이 할 수 있는 최량의 자질은 밑줄 친 부분에 해당되는 것. <리듬에 대한 집착, 이미지에 대한 편향>이란 그의 시적 작품에 대한 편향성을 지칭하는 것.

동감. 김현만큼 이 나라 시를 분석하고 해석한 경우는 미증유의 사례.

그렇게 보면 두 가지 점이 더욱 중요해 보이는데요. <타인의 사유의 뿌리를 만지고 싶다는 욕망>과 <거친 문장에 대한 혐오>가 그것들. 말을 고치면『문학과 지성』에서 간행한 많은 소설집들의 선택 기준이 크게는 이 범주에서 온 것. 물론 그렇지 않은 것도 있지요. 가령 『아홉 켤레의 구두로 남은 사내』(윤흥길) 『춘자의 사계』(최일남) 『노을』(김원일) 등도 있었고 더구나 『난장이가 쏘아올린 작은 공』(조세희)도 있었지요. 그러나 김현은 『강』(서정인) 『불의 강』(오정희) 『예언자』(이청준) 등을 편애했지요. <거친 문장에 대한 혐오>와 <타인의 사유의 뿌리를 만지고 싶다는 욕망>을 거기서 만나고자 했고, 또 더러는 만났으니까.

주

좋은 지적. 김현의 특출한 자질이 잠겨있는 곳.

오정희의 소설을 읽은 후의 첫 느낌은 섬뜩함이다. 사전을 들추니까 섬뜩함이란 소름이 끼칠 만큼 무섭고 끔찍함이라 풀이되어 있다. 오정희의 소설이 소름이 끼칠 만큼 무섭고 끔찍한 느낌을 준 이유는 무엇일까. 때로는 자유분방하고 때로는 섬세하고 때로는 가냘프기까지 한 그녀의 소설문체에서 섬뜩함을 느낀 이유는 무엇일까. 그 이유를 찾기 위해 그녀의 소설을 되풀이해 읽으면서 나는 내가 느낀 그 섬뜩함이 근거 없는 것이 아니라 그녀의 소설 구조 자체에서 나오는 것이라는 것을 확인할 수 있었다. 그녀의 소설에 자주 나오는 의미심장한 말이 하나 있는데 그것은 <붉다>라는 형용사이다.

↘ 오정희 창작집 『불의 강』 해설, 1977, p.273

객

두 가지 점이 잘 드러나 있군요. <타인의 뿌리만지기 욕망>과 <거친 문체에 대한 혐오>. 참 근사한 장면이군요.

주

동감. 덧붙일 것은 <붉다>라는 형용사에 주목한 점. 훗날 시의 분석에서 그가 발휘한 자질은 누가 뭐래도 단연 일품. 소설에서 멀어지기와 시에 접근하기.

3. 『머나먼 쏭바강』이어야 하는 곡절

아까도 말했지만 소설이란 워낙 <잡스러운 글쓰기>인지라 거친 문장에서 벗어나기 어려운 것. 이에 비해 시는 순수하고 험 잡을 데 없는 글쓰기인지라 이를 스스로 자각하게 한 계기가 이청준이 아니었을까요.

바로 보셨소. 이청준의 창작집 『예언자』(1977)엔 비평가의 해설이 없습니다. 특이하다면 특이한 점이 아닐 수 없지요. 『머나먼 쏭바강』은 어떠할까. 세계사적 최대 관심사였으니까. 좀 깊이 살펴볼까요. 『세계의 문학』이 무대화 한 월남전.

반공을 국시로 하는 1970년대 문단 위에 베스트셀러로 군림한 『머나먼 쏭바강』(1977, 중편 개작 1978)은 노래 <월남에서 돌아온 김상사>(김추자)와 함께 또 월남전 경제 활성화와 더불어 가히 신화적 풍모를 띤 현상. 이 신화적 현상의 주역이 작가 지망생이었음에 한 번 더 주목할 필요가 있다. 작가 지망생 박영한은 대학 국문과에 들자마자 자진 입대했고 동시에 자진 파월에 나아갔다. 어째서 그는 이렇게 조급했는가를 묻노라면 많은 설명이 요망되겠지만, 그 으뜸 항목은 아마도 그가 토종 국문과에 속했음이라 할 것이다. 셰익스피어와 헤밍웨이 그리고 미국 종군기자들의 화려한 영웅적 모험담에 반해 영어를 익힌 '헐리우드 키드'의 안정효와는 달리, 박영한은 단연 토종적 체질이었고 따라서 그가 가진 것은 농경사회의 상상력에 국한되어 있었다. 보도병으로 25개월간 월남 체험을 한 박영한 병장은 영락없는 '월남에서 돌아온 새까만 김상사'

에 다름 아니었다. 베스트셀러가 될 수밖에 없는 대중성의 근거가 여기에서 온다.

이 대중성의 근거에 대해서는 상당한 설명이 동반되지 않으면 안 되게 되어 있어 『하얀 전쟁』의 단일 직선적인 소설 운용방식으로 된 '전쟁체험→월남전 증후군'과는 구분된다. 토종작가 지망생인 박영한에게 월남전이란 과연 무엇이었던가. 그것은 미국식 '베트남전 증후군'과도 전혀 무관한 데 놓여 있었다.

엉뚱하게도 이 토종 박영한은 월남인의 '자유'에 대한 논의에서 소설의 토대를 세우고자 했다. 참으로 어이없게도 그는 한 발 더 나아가 '월남인의 자유문제'에서 '인류의 자유문제'로 치닫고 있었다. 전자가 『머나먼 쏭바강』이라면, 『인간의 새벽』은 후자에 해당된다. 작가는 황병장과 월남 처녀 빅 뚜이를 내세워 월남전을 이렇게 말해놓고 있지 않겠는가.

> 전쟁이 허무맹랑하다는 건, 엄청난 물량을 뽐내며 우릉우릉 지나가는 저 미군차량들이 잘 말해주고 있지 않느냐. 그들은 이 땅에다 초컬릿에서부터 전투기에 이르기까지 엄청난 물량공세를 펴고 있다. 내가 핥고 있는 건 그 찌꺼기일 뿐이다. 소총을 떨렁대며 상관의 군홧발에 이리 부대끼고 저리 부대껴 온 나란, 참 허무맹랑한 존재였어. 기껏 어마어마한 조직을 가진 월남전이라는 공장에서, 나사 끼우는 작업만 배당받은 한 기능공에 불과했어. 미국은 이 거대한 공장의 10층이거나 15층의 관리실에 점잖게 앉아 있지 [……] 그리고 지휘봉을 쥔 자의 짤막한 한 마디에 따라 내 목숨이 처리될 수 있다는 것. [……] 낯선 월남 여인을 가운데 놓고, 멋모르고 낄낄대는 이 한국 군인들을, 무엇을 위해 싸웠던지, 지금 어디로 가고 있는지 까마득하게 잊어버리고 있다. 그저 주는 대로 쑤셔먹고, 시키는 대로 쫓아갈 뿐이다.
>
> 『머나먼 쏭바강』, 민음사, p.94

이러한 표현은 너무도 공허하여 아무런 실감도 없다. 지극히 추상적인 일반론에 지나지 않음은 삼척동자도 아는 일이다. 그 누가 다음과 같은 사실을 알기 위해 목숨을 걸고 월남전에까지 나아갔겠는가.

> 월남은 썩어 있었습니다. 전쟁이 한창 진행 중인데도 정권은 부패했고 관리들의 가렴주구도 심했으며 홍등가도 번창했지요. 또 전투를 고양시킬 만한 정당성도 없었고 의식도 투지도 없었습니다. 사실 우리나라로서는 참전에 대한 명분도 없었던 것 같습니다. 국익을 위해서라고 하지만 미국과 한울타리에 있다는 이유만으로 간 것이 아닐까요.
>
> 「동인문학상 수상 작가 박영한」, 『주간조선』, 1988.9.18

이토록 상식적인 발언이야말로 『머나먼 쏭바강』이 지닌 대중성의 근
거이다. 강대국 미국이 반공이란 명분으로 베트남 전쟁을 하고 있다는
것, 그것은 베트남 민중의 자유와 생존을 침해한다는 것, 명분이 약한 이
런 전쟁에 참가한 한국군의 명분 또한 빈약하다는 것 등등은 삼척동자도
아는 상식이 아닐 수 없다. 이러한 상식 위에 5만 명이나 되는 한국군이
파월되었다는 이 엄연한 사실은 대체 무엇인가. 이 물음 속에는 대중성
이 지닌 '죄 없는 자기 기만성'이 자리를 틀고 있었다. 그것은 6·25를
겪고 휴전상태의 지속 속에 놓인 1970년대의 한국인의 무의식에 놓인 자
의식의 드러냄에 다름 아니었다. 그러니까 『머나먼 쏭바강』의 독자는 스
스로의 자화상을 거기서 보고 있었다. 이것은 문학적 성과와는 일정한
거리를 갖는 것이고, 차라리 문학사회학적 과제에 속할 성질이었다.

여기까지만 해도 어이없는 일인데, 여기서 한 발자국 더 나아간 것이
『인간의 새벽』이었다.

> 어느 쪽이거나 간에 전쟁의 명분은 무성하고 그 속에서 고통당하며 메말라가는 개인
> 이라는 이름의 잡초… 아버지는 프랑스군이, 오빠는 연합군에 의해서, 어머니와 동생은
> 민족해방전선이, 집은 미군 헬리콥터가… 얼마나 완전무결한 아이러니냐… 그리고 나
> 란? 한국군과 미국인과 베트남인이 번두차례로 내 영혼을 조금씩 떼 내어 갔다 …
> 　　　　　　　　　　　　　　　「인간의 새벽」, 『월간중앙』, 1979, 12, p.499

월남인의 비극이 그대로 인간의 비극으로 향하게끔 이끌어가고 있는
장편 『인간의 새벽』은 제목이 말해주듯, 실로 엄청난 야심작이라 할 만
하다. 특정한 민족의 비극이 그대로 인류사의 비극으로 비약함이란 추상
화 중에서도 구제할 수 없는 추상이 아닐 수 없다. 사르트르조차도 감히
손댈 수 없는 이 굉장한 추상적 레벨을 겨냥한 작가 박영한의 야심이란
대체 무엇인가.

『인간의 새벽』[1]은 이 점에서 어떠한가. 이 작품은 제1부 '폭풍전야',

---

1) 「인간의 새벽」은 (A)『월간중앙』 1979년 10월에서 1980년 2월까지 연재한 판본, (B)까치
　사에서 1980년 2월에 간행된 초판본, (C)동사의 1980년 4월 재판본, (D)고려원에서 1986
　년 11월에 나온 판본 등이 있다. 까치사 초판본은 『월간중앙』 연재본을 거의 그대로 수록
　했으며, 재판본에서는 모종의 사건 때문에 대폭적인 수정이 가해졌다. 마지막인 고려원

제2부 '유랑하는 무리', 제3부 '도심의 일몰', 제4부 '4월아 나는 통곡한 다'로 되어 있는데, 그 배경이 되는 시기는 1974년 12월에서 사이공 함락(1975.4.30)을 거쳐 1975년 9월까지이다. 더 자세히 말하면 1974년 12월 한 달은 이 소설적 시간의 도입부이고, 1975년 9월은 에필로그에 해당되는 것이어서 참된 소설적 기간은 여주인공 뚜이의 등장에서 비롯되는 만 넉 달가량이다. 만약 월남전을 한 편의 연극으로 친다면 제4막이 클라이맥스에 해당될 것이다. 사이공 함락이라는 제2차 세계대전 이후 세계적 사건의 하나를 소설로 다루기 위해서 작가는 월남전의 성격을 이념의 대립에서 찾고 있다. 사회민주주의와 자유민주주의, 전체와 개인, 이념과 부패, 신념과 사랑 등의 대립이 그대로 작품구성의 원리로 전용된다. 그리고 이 대립구성을 종합하는 기본 핵이 민족 개념(민족공동체)으로 상정된다.

이 구성이 제1원리를 인물에 분배시킨 것이 다음에 나오는 주역 인물들이다.

제1부 첫 장에 등장하는 월맹 정규군 소령인 트린(중령으로 진급, 사이공 함락 후에 하노이로 소환, 성장으로 승진한다). 그는 법과대학 출신으로 소위 조국과 민족을 위해 그리고 역사를 위해 투쟁하는 직업적 혁명가. 이 작품의 처음과 제3부 후반에 잠깐 등장하고 제4부에서 부각되는, 말하자면 숨은 인물이지만 작품 전체를 지배하는 가장 중요한 인물이다.

> 길은 오직 하나. 완전무결한 복지국가를 세우는 길입니다. 우린 초기 자본주의의 전철을 밟지 않고 사회주의혁명으로 건너뛰는 것입니다. 그것은 우리에게 잘 맞는 옷이나 마찬가집니다. 역사가 잘 증명하고 있지 않습니까. 〔……〕 우린 죽에다 물을 타먹고 횃불로 어둠을 밝히고 맨발로 걸어 다니는 한이 있더라도 강대국과의 전쟁에서 이겨야 했습니다. 베트남인의 운명은 베트남인 스스로 해결해야 했습니다. 이것은 베트남 민족주의 승패를 가름하는 전쟁임을 우선 잊어서는 안 됩니다. 우린 무력을 가진 자치정부를 세워야하며 그것과 위배되지 않는 것이 바로 현 이념의 중심사상입니다.
>
> 『인간의 새벽』, 『월간 중앙』, 1979. 12, p.498

판본은 1,500매에서 1,100매로 축소 개작하였다.

트린의 이러한 혁명적 이념을 대변하는 인물로 사진기자인 월남인 루우가 등장한다. 루우는 이 작품의 주인공 트린과 똑같은 비중을 갖고 있다. UPI 특파원이며 미국인 마이크(마이클)와 같은 사무실에서 일하는 인물로서 트린의 정보원 노릇을 한다. 사이공 함락이후에는 인민위원으로 발탁된다. 그는 트린과 같은 직업적 혁명가의 이론을 마이크 앞에서 다음과 같이 세속적으로 풀이하는 인텔리형.

> 살기 위해서 붙는거야, 어쩌겠어? 서로 집어먹으려고 대드는 판에 이용당하는 척 슬쩍 눈웃음을 쳤다가 불리한 상황이 오면 또 슬쩍 딴 데루 빠져나가는 거야. [……] 수단이야, 컴뮤니즘은…… 그렇지만 궁극적으로 우린 어떤 놈이라도 믿어선 안 돼. [……] 캐피탈리즘이 우릴 훌륭히 먹여 살렸다면 우린 기꺼이 거기 붙었을 거야. 하지만 지금은 그렇지 못해. 미구에 유럽의 어느 힘센 작자가 이 동네에서 입김이 세어지면 우린 지금의 것들을 가차 없이 팽개쳐야 할 거야. 상식적인 얘기지.
>
> 『월간 중앙』, 1979. 10, p.498

트린—루우형의 인물이 월남전의 민족주의적 이념형이며, 그것이 공산주의 이념과 큰 관련성이 없음은 앞의 인용에서 잘 드러났다. 그렇다면 참된 월남전의 사상적 과제란 무엇일까? 이런 물음을 이 작품에서 찾는다는 것은 무리다. 다시 말해 직업적 혁명가(행동가) 트린이라든가, 그 대변인 몫을 하는 루우의 행동이나 토론 또는 주장에서 우리는 큰 감동을 얻거나 공감을 얻어내기 어렵다. 그 이유는 간단하다. 작가가 월남민족주의의 뿌리에 관해 정통하지 못하기 때문이다. 공산주의 사상이라든가, 혁명가의 삶의 태도 등에 관한 일반적이자 정통적인 것을 찾고자 하면 세계문학 작품에서 이미 그런 본보기가 수두룩하게 있다. 손쉽게 도스토예프스키의 『악령』(1871-1872)을 들 수도 있고, 트로츠키의 패배나 스탈린 또는 지랄스의 경우를 들추어도 된다. 그러나 공산주의 정통적 혁명전선이 아니라, 유서 깊고 독특한 제3세계의 분단국가인 월남민족주의를 전문적인 수준에서 이해하지 못한 상태에서는 위의 트린—루우형에 멈추는 것이 이 작가에 있어서도 정직함이라 해야 될 것이다.

제2원리는 앞에서 살핀 트린—루우형으로 대표되는 제1원리와 뒤에 살펴질 마이크형으로 나타나는 제3원리의 중간에 속하는 것으로 키엠-

로벨토형이다.

키엠은 월맹군 소령 트린의 대학 후배로 법과 출신 지식인. 이 작품의 유일한 여주인공이자 이 작품의 참주제를 온몸으로 감당하고 있는 뚜이의 사촌오빠. 여기서 키엠이 지식인이란 점은 주목을 요할 만하다. 그는 이념상 공산주의자이자 민족주의자이다. 월남해방전선에 참가한 것은 대학 때부터였다. 시를 쓰는 다감한 학생 키엠이 데모에 참가하고 민족해방전선에 접선했다고 해서 학보사 편집부의 여대생 로얀과 혹독한 고문을 당한다. 그 고문 장면의 묘사와 이를 통한 지식인 키엠이 민족해방전선에서 이탈한 과정을 통찰한 것은 이 작품의 압권에 속하며 작가적 역량을 뚜렷이 드러낸 대목임에 틀림없다.

> 접선? 지하조직? 민족해방전선이 어쨌다구? 으핫하하…… 코에 걸면 코걸이로구나. 불쌍한 반·탁 법학 교수님.
> 벗어! 발가벗으란 말이야 쌍년이!
> 거센 손에 찢겨 나가던 로얀의 블라우스. 다리를 오므리고…… 아아 로안……얼굴을 감싸쥐고. 〔……〕 이어 눈에 이상한 광채를 번들대며 저벅저벅 몰려들던 구경꾼인 사내들.
> 이봐 학생. 빼트콩들 어떻게 하는지 알려 줘? 이 맛도 모르면서 어째 빼트콩 첩자 노릇을 할 수 있겠어? 자아 봐. 보라구 쌍년아. 이렇게 엎드려서 여기서 저기까지 돌아 기어오는 거야. 그러면 네 놈은 말이야.
> 난 발가벗기운 채 방 가운데로 떼밀렸지. 내가 밟고 선 것은 바닥의 피와 땀으로 끈적끈적해진 로얀의 스커트였어.
>
> 『월간 중앙』, 1979. 12, p.484

해방전선에 참가한 지식인 키엠의 모습은 이 작품 전 과정에 걸쳐 있다. 그만큼 작가가 키엠에 깊은 애정을 갖고 있는 증거이기도 하다. 키엠은 앞의 인용에서 보듯 법과대학 적부터 민족주의 이념에 동조했으며, 혹독한 고문을 당한다. 그 고문은 인간의 최후의 기품까지 박탈당한 것이었다. 이 체험을 딛고 그는 벽촌 게릴라에 투신한다. 그 동료 중의 한 사람이 필리핀계 테러리스트 로벨토이다. 키엠은 게릴라에 투신한 이상 테러리스트가 되지 않으면 안 되었다. 총검으로 월남 정부 인사를 찔러 죽여야 했고, 당의 지령에 따라 화약고도 폭파해야 했으며, 무기장사를 하지 않으면 안 되었다. 이 과정에서 나약하던 그의 체력과 성격은 매우 거칠고 튼튼해지기는 하지만, 끝내 그는 어떤 계층적 한계에 부딪친다. 작가가 소설다운 방식으로 이 문제를 다루었기에 키엠의 성격은 상당히 생생함을 드러낸다. 벽촌 게릴라에서 도시 게릴라로 전전하면서 먼저 무기 상업에 임한다. 사이공에 잠입하여 배신한 중국계 무기상인 왕을 살해해야했다. 그 살해 현장에서 키엠은 마침내 이성을 잃은 행동을 취하고 만다. 로벨코와 키엠 등이 사이공에 잠입, 무기상인 왕을 살해할 때 무기상의 애인도 함께 있었다. 키엠의 동료들이 그 여인마저 잔인한 복수의 수단으로 살해하려 하자, 키엠은 자기도 모르게 이를 저지하는 행동을 취했다. 동료가 왕의 여인을 인간의 마지막 기품마저 무너뜨리는 선으로 고문하자, 키엠은 자기도 모르게 그 동료를 쇠뭉치로 쳐 버린다. 즉 혁명정신을 배신하고 동료를 죽인 배신자로 낙착되지 않으면 안 되었다. 키엠은 왜 그런 행위를 취하게 되었던가? 이 물음은 일찍이 많은 문학 주제로 사용되었다. 키엠의 경우는 앞에 인용된 부분이 그 해답인 셈이다. 왕의 애인을 처형하고자 하는 동료들의 행동에서 키엠은 학창 시절의 자신과 여대생 로얀이 고문당한 장면을 떠올렸던 것이다. 그냥 총으로 일격에 쏘아 죽인다면 넘어갈 수도 있다. 그러나 아무리 배신자 및 그 배신자를 옹호하고 도우고 사랑한 방조 인물이라 할지라도, 중인환시 속에서 벌거벗겨진 채 짐승 모양 땅바닥을 기어다니라고 하는 인간 기품의 한계를 넘어선 행위의 강요는 인간의 이름으로 참을 수 없다는 것.

키엠을 통해 보여주는 이러한 주제는 물론 문학상에서 낯선 것일 수 없다. 도스토예프스키의 『카라마조프의 형제들』에서 작가가 이반의 입을 통해 신의 부재 증명으로 제시한 어린이 학대 장면들은 이미 고전적인 것으로 정평이 나 있다. 무구한 어린애를 짐승의 손으로 학대하는 것. 그것이 인간이라면 나는 인간임을 사양하겠다는 명제가 그것. 카뮈의 『정의의 사람들』(1949, 희곡)에서 마차를 타고 가는 대공을 암살하기로 한 카라아예후가 마차 폭파를 중단한 이유도 이와 같다. 마침 그 마차에는 대공의 아이들이 타고 있었던 것이다. 이 문제는 목적과 수단의 관계를 음미하게 하는 것이어서 모럴리스트 계보에 드는, 다시 말해 정의를 실천하기 위한 일과 그 수단의 정당성 여부를 검토하는 과제여서, 정치적 암살의 철학적 핵을 이루는 것이다. 사람에 따라서는 이런 철학적 살인의 과제는 배부른 사람들, 지식인 특유의 사색벽이라 하여 배척될 수도 있다. 가령, 자유와 인권을 기반으로 하는 서구 자유인의 사색 마당에서는 과연 목적과 수단의 사유가 문제적이지만, 월남과 같은 생존자체가 문제인 곳에서 목적과 수단을 구별하는 일은 일종의 사치가 아니겠는가, 라고. 그래서 '내 작품은 예술작품이 아니어도 좋다. 그런 책상물림 같은 사유는 필요 없다'고 우기는 작가가 있을 수도 있다. 그러나 바로 그러한 월남이기에 목적과 수단의 관계가 더욱 문제가 될 수도 있을 것이다.

물론 이런 논의는 원칙론에 관한 것이지만, 이 작품에서 보면 이 문제는 작가의 문제의식과 관련된다. 작가가 시종 키엠을 등장시키고 있음이 그 증거다. 흔히 많은 등장인물 중 작가가 어떤 인물에 유독 관심을 보이는 경우가 그것. 얼핏 보편 키엠은 배신자로, 또는 평범한 인물로 처리되고 있다. 여주인공 뚜이를 부각시키기 위한 수단으로 또는 테러리스트 로벨토를 드러내기 위한 방편으로. 그러나 키엠이 마침내 우리에게 육박해 온 것은 제3부의 대학 시절 회상 장면 이후이다. 키엠은 해방전선(북쪽) 쪽에서는 배신자로 몰려 도망다녀야 했고, 베트남(남쪽)으로부터는 적으로 체포되어 손목을 잘린다. 남쪽도 북쪽도 설 수 없는 이 지식인의 존재에서 우리는 문득 1960년대 한국소설의 뚜렷한 봉우리인 최인훈의 『광장』의 주인공 이명준을 본다. 북쪽도 남쪽도 단호히 '노!'라고 거부한 순종 한국인 이명준이 크레파스보다 진한 남지나해(남중국해)에 투신자살하지 않으면 안 되었던, 그 부챗살의 오므림과 펼쳐짐의 의미가 키엠 위에 또 오버랩되는 것은 결코 우연일 수 없다. 이 점이 이 작품의 가장 큰 강점 중 하나이다. 최소한 작품 『인간의 새벽』이 한국소설사에 수용되기 위한 명분은 이 기반을 떠날 수 없다. 물론 사람에 따라서는 테러리스트 로벨토를 들고 앙드레 말로의 세기적인 걸작 『인간의 조건』 속의 테러리스트인 기요를 내세울지도 모르지만, 그러한 점은 지엽적임을 면치 못한다.

제3원리를 이제 검토할 차례이다. 미국인 UPI 특파원 마이크로서 선명히 부각되는 인물형은 제1원리인 트린-루우형과 대응되는 관계에 선다.

마이크는 물론 이 작품의 처음과 끝에는 등장하지 않는다. 처음부터 끝까지 등장하는 인물로는 트린, 키엠 그리고 여주인공 뚜이 등 셋뿐이다. 이 셋을 제하고는 트린—루우형과 맞서는 비중을 마이크가 차지하고 있음은 분명하다. 30대 중반에 접어든 허무주의자 마이크는 대체 어떤 인물인가? 그는 결혼도 하지 않은 민완 특파원이지만, 그의 인생에의 무목적성은 월남전쟁의 성격, 다시 말해 사이공 시내의 자본주의적, 국제주의적 부패 자체와 같은 혈연의 것으로 설정됨으로써 소설적인 구성을 가능케하는 인물이다. 사이공 시의 잡스러운 성격, 월남전 자체의 20세기 허무주의적 늪과 같은 성격을 온몸으로 안고 있는 것이 마이크이다. 그러기에 그에게는 삶의 목적도 희망도 없으며, 있는 것이라고는 순간적인 여인의 육체와 술(이 소설에는 알코올의 소비가 너무 많다)과 텔렉스 소리와 대포소리와 질주하는 오토바이와 시궁창 같은 술집뿐이다.

마이크야말로 이 작품을 소설로 쓸 수 있게 한 유일한 거점이다. 왜냐하면 장편이 성립되기 위해서는 인물형보다 앞서는 '그 무엇'이 먼저 있지 않으면 안 되기 때문이다. 이 소설에서 '그 무엇'이란 작가가 익히 아는 체험 영역에 관련된다. 작품『인간의 새벽』에서 우리는 세미다큐멘터리적 성격을 느낄 수 있다. 작가는 이러한 다큐멘터리적 성격에서 비로소 이 장편을 사실상 쓸 수 있었다. 그러니까 이는 작가에게는 원체험 같은 것이다. 단편과 달라서 장편은 전체적 구성이나 주제의 심화, 성격의 창조 등의 조건보다도 앞서는 것이 없이는 씌어지지 않는다. 다시 말해 장편은 빈틈없는 논리의 일관성보다도 오히려 작가가 좋아하는 인물, 사건 분위기를 갖지 않으면 씌어지기 어렵다. 이런 점에서 마이크로 드러나는 특파원적 인간형, 그리고 허무주의적 특파원의 성격은 이 작품의 생기와 현장성을 확보하게 한 가장 확실한 방법이라 할 수 있다.

앞에서 우리는 이 작품의 세 가지 구성원리를 살피면서 제1원리의 트린과 제3원리의 마이크를 마주보는 것으로 내세우고 그 중간에 제2원리를 두고자 하였다. 이 점을 여기서 분명히 검토해야 될 것 같다.

앞의 논의에서 우리는 작가가 제2의 원리, 즉 키엠에 대한 인간적 애착을 짙게 드러내었음을 지적하였다. 작품의 균형감각을 돌보지 않을 정도로 특정 인물에게 작가의 관심이 기울어짐은 장편으로서 특징이라면 특징일 수 있다. 분단국가로서의 한국을 문제삼을 적에, 그리고 특히 최인훈의 『광장』과 연결된다는 점에서 키엠의 존재는 이 소설을 우리에게 낯익게 하는 유력한 요인일 수 있다.

그 다음으로 우리는 마이크를 통한 허무주의적 특파원의 등장을 장편에서 소설 이전의 작가적 거점이라 지적하였다. 작가가 익히 체험한 요인이랄까 분위기 설정이야말로 단편과 다른 장편 성립의 핵이라 할 것이다.

요컨대 이상의 두 가지 사실은 이 작품을 우리에게 접근하게 하는, 그리고 흥미를 유발하게 하는, 그리하여 마침내 이 작품을 읽은 후에도 계속 뇌리에 남게 하는 요인을 이룬다. 훌륭한 작품에서는 반드시 그런 요인이 있는 법이다. 그렇지만 작품 자체의 구성에 형식적 통일성이 또한 있지 않으면, 설사 감동적인 소설일 수는 있어도 훌륭한 소설이기에는 미흡하다. 『인간의 새벽』에서 이 형식적 통일성은 제1원리로서의 트린과 제3원리로서의 마이크 사이에 놓인 월남 여인 뚜이로서 유려하게 달성되어 있다.

키엠의 사촌누이 뚜이는 인텔리 여성으로, 어릴 적 트린과 소꿉동무, 전쟁 통에 가족 모두 학살되고, 특파원 마이크의 관심을 끌어 여기자로 마침내 마이크의 정부로 사이공에서 살아가는 아름다운 여인. 도시 게릴라 대장으로 사이공에 침투한 옛 애인 트린이 이 여인 앞에 나타난다. 마이크를 사랑하느냐 트린을 사랑하느냐의 고민이 숨쉴 틈 없이 죄어드는 사이공 함락과 밀접히 관련되어 긴장을 고조시킨다. 이 사이공 함락의 순간순간의 긴장감은 가히 이 작품의 압권임에 틀림없다. 이 박진감에 비하면 뚜이가 마이크를 택하느냐 트린을 따라가느냐의 문제는 극히 미미한 일이다. 더구나 트린이 여인 앞에서 논리를 펼치는 일, 혁명이념과 개인적 사랑의 관계를 논의하는 일은 별로 의미가 없다. 사이공 함락을 총지휘하는 게릴라 대장 트린이 옛 애인 뚜이에게 보석을 선물한다든가, 혁명이념을 역설한다든가, 한 여인의 감정 앞에 속수무책이라든가 등등의 무제가 이 작품에서 왜 실감이 없는가는 짐작하기 어렵지 않다. 억지로 꾸며낸 형식적인 부분이기 때문이다. 그러나 이 형식적 통일성의 전제가 없으면 사이공 함락의 그 몽타주 수법, 그 르포르타주적 박진성은 근거를 잃게 된다.

　사이공의 탈출, 그것은 실상 작가 박영한에게는 독서체험으로서의 파리 탈출이었다. 레마르크의 세기적인 걸작『개선문 Arc de Triomphe』(1946)에서 유대계 독일인이자 외과의사이며 나치에게 쫓긴 망명객 라비크와, 그를 사랑한 아름다운 이탈리아 여인 조앙의 모습을 사람들은 아마도 기억할 것이다. 유럽의 정수가 모인 문화의 도시이자 사랑의 도시인 파리의 함락은 유럽의 문화만큼 극적이고 안타까운 일이었으리라. 아름다운 것, 섬세한 것, 보존해둘 만한 그런 가치 있는 것이 있었기에『개선문』은 조앙의 죽음과 함께, 센 강의 불빛과 밤을 감싸는 안개 낀 가로등과 함께 아름다울 수밖에 없었으리라. 무수한 외과용 의학 용어와, 망명객이 우글거리는 카페의 갖가지 술과 요리의 풍속 속에서, 쫓기는 의사 라비크의 모습은 제2차 세계대전의 파리 탈출과 일체감을 자아내는 것이었다. 이에 비할 적에 사이공은 무엇인가. 그 아름다움은 어디 있는 것인가. 사이공 함락의 혼란 속에서 깡패들에 의해 개처럼 사살당한 마이크라든가, 영웅으로 등장하는 혁명가 트린이라든가 기타 유상무상의 인물이란, 사이공 함락의 거대한 역사의 흐름 앞에서는 한갓 미미한 주름살에 지나지 못하리라. 뿐만 아니라, 마이크도 트린도 거부하고 제3의 세계 한국을 택해 탈출하는 뚜이의 마지막 행위도 사이공 함락에 비하면 미미한 일이다. 이러한 점을 생각해 볼 수 있는 것만으로도 장편 인간의 새벽』은 우리 소설계의 큰 성과일 법하다(졸고, 「사이공 탈출의 소설적 의미」, 『중앙』, 1980.3).

　『인간의 새벽』이 그 소재 및 디테일 면에서는 작가의 부주의로 말미암아 소송 사건에까지 휘말린 바 있었거니와 우리가 겨냥한 문제는 따로 있었다. 곧 어째서 토종 작가 박영한이 저토록 굉장한 인간의 자유문제에로 향했느냐에 있었다. 한마디로 이는 토종 작가의 소박함 또는 순진함이라 규정될 성질의 것인지도 모른다. 공덕동 시장 바닥에서 자란 '힐리우드 키드'(작품『헐리우드 키드의 생애』, 1992) 안정효의 영리한 직선적 단일성에 비해, 농경사회 상상력의 토종 작가 박영한은 얼마나 불순한가. 심지어 우직함이라고까지 할 것이다. 이 불순함, 우직함이야말로 대중성의 근거에 다름 아니었다. 세계문학의 전쟁문학이 이미 눈부시게 이루어 놓은 수레에 무임승차함이 대중성이라면, 작가 박영한의 대중성도 여기에서 연유했던 것이다. 대중성과는 다른 문학적 독창성으로 빛나는 구엔 반 봉의 소설 『사이공의 흰옷』(국역, 친구미디어, 1986)과 구분되는 점도 여기에서 온다. 이러한 순진성과 우직성이 한편에서 보면 상당한 불순함이었다. 그러나 이 불순성이 기성작가 황석영의 『무기의 그늘』에 비하면 어떠할까. 교활하고도 현명한 『무기의 그늘』의 불순성에 비해서는 오히려 순진한 것이 아닐 수 없다. 작가 박영한의 위치를 우직한 중간형 불순성이라 하는 까닭은 이런 문맥에서이다.

↘졸저, 『내가 살아온 한국현대문학사』, 문학과 지성사, 2009. 제2부에서

뉴스의 초점, 세계사적 사건에 가장 민감한 소설은 없는가. 있어야 한다! 없으면 만들어내야 한다!

4. 『머나먼 쏭바강』과 지척에 있는 월남전

객

있어야 한다! 없으니까 만들어내야 한다! 라고 간파한 것은 대형출판사 민음사렸다, 맞습니까. 출판하기 극히 어려운 형편에 말이외다.

주

좋은 지적. 『영자의 전성시대』의 대중성(통속성)의 한계를 직감한 민음사 박맹호 사장의 탁월한 감각, 시대성을 간파하는 감성적 민감성.

객

그만큼 어려운 일은 대형출판사 민음사로도 일종의 모험이 아니었을까. 『머나먼 쏭바강』을 만들어 내기.

주

작가의 명예를 위해서도 내가 감히 지적해둘 것은 작가와 박사장의 합작 혹은 공모작이 아니라는 점이지요. 어디까지나 작가의 창의성이니까요. 월남전 체험을 가진 드문 창의성 말이외다. 이를 박사장이 직감했다고 하겠지요. 합작, 공모작이란 오해도 나옴직 하지 않겠습니까.

객

박맹호 사장이 만들어낸 작품이『머나먼 쏭바강』이었다는 투로 들리는데요.

주

내가 강조하고 싶은 데는 따로 있었소. 당시 책을 낸다는 것은 실로 어려운 일이었다는 사실. 앞에서도 암시한 바 있거니와 장편 천매의『분례기』와 3천매가 넘는『장한몽』을 일거에 실은『창작과 비평』의 대모험을 염두에 두시라. 출판의 어려움을 넘어 <창작>까지 뛰어 넘은 형국이었으니까.

객

『세계의 문학』에는 또 하나 문제작이 등장했고 선생은 이에 남다른 큰 관심을 보이지 않았습니까. 이제 그 문제를 따져볼 차례가 온 것 같습니다.

주

황석영의 소설 「몰개월의 새」, 「객지」(1971), 「삼포 가는 길」(1973),『장길산』(1974)으로 이른바『창작과 비평』계열의 고명한 리얼리스트로 알려진 황석영이『세계의 문학』창간호의 소설의 머리에 실려 있습니다. 몰개월이란 경북 해안가의 청룡부대 훈련장이 있는 곳.

요컨대 월남전이겠는데요. 그건 그렇고, 몰개월에 새들이 많았을까.

많다마다. 전부가 새들이었으니까.

어떤 새들일까, 흥미롭군요.

여기는 청룡부대 특교대 막사. 내무반에서 잘 볼 수 있지요. 뒤에 언급하겠지만 그 새들의 모습. 곧 이런 저런 생활이 펼쳐지군요. 초점화자는 병사인 <나> 추장이란 별명을 가진 이상병과 밤중에 몰개월의 술집으로 가는 도중 늘어진 창녀를 발견, 포주에게 데려다주기로 한다.

우리는 송장을 치울 때처럼 그 여자를 들고 남포 불빛 쪽으로 다가섰다.
"이 집 여자 아뇨?"
주인 남자인 듯한 사내가 연탄불을 갈고 있다가 얼굴을 내밀고 여자를 자세히 들여다보았다.
"미자로구만, 얘는 갈매기집 앤데, 술만 먹으면 개차반이라 아예 내놨지, 누구하구 또 싸웠을 게요. 댁에들한테 시비 걸지 않았습니까?"
"갈매기집이 어디요?"
우리는 사내가 가르쳐준, 바른 편의 길 뒤편에 약간 외져서 있는 술집으로 찾아갔다. 여자를 떠메고 들어서는 우리를 보자 방에서 화투로 재수패를 떼던 주인 여자가 어리둥절한 모양이었다.
"아니 이년이 정말…… 어디 옆집에 놀러간 줄 알았더니."
"또랑물이 넘었으면 아마 코를 박고 죽었을 거요. 그런 의미에서 오늘은 외상이요."
"그 방으로 들어가요. 술 처먹구 약까지 처먹었을 텐데…… 나 참, 영업자 치구 애인 삼아 망하지 않은 년 없다더라.”

"애인이라니, 시내에서 여기까지 술먹으러 오는 사람두 있소?”

"댁에 같은 군바리 애인이지 뭐, 당신들 특교대 있지요?”

"한 보름 뒤에 떠나요.”

"이 쓸개 빠진 년들이 모두들 애인 하나씩 골라서는 편지질을 하는데 어떤 년들은 열사람 스무 사람에게 쓴다우. 한 달에 한 명씩 골라잡아두 열 달이면 열 명이 꽉 찬다구. 미자 년이나 옆집 애란이나 가끔 술 처먹구 지랄을 하는데, 아마 상대편이 죽었다는 소식이 들리는 모양이지. 그 뿐야? 제대하고 가면서 몰개월에 찾아와 들여다보는 놈들은 한 번두 못 봤다니까. 자 이래 놓으면, 오늘 비가 오니 다행이지만 손님 못 받지, 내일 조시 나빠서 장사에 지장 있지, 심난하니까 노래도 안 나오지. 이년들을 그저 정신 바짝 차리게 해줘야지"

↘ 창간호, pp.254-255

역시 흥미로운 대목 아닙니까. 월남전 무렵의 한국 하층민의 가난, 곧 현실의 반영(리얼리즘)이니까. 또 다음의 청룡부대 출정식을 보시라. 역사적 사실이자 고도의 낭만성. 흥미롭게 끌고 가는 작가의 역량. 「삼 포가는 길」은 이 원판의 복제라고나 할까요.

객

거기까지는 함부로 말하기 어려우나 청룡부대 출정식 장면은 실로 낭만적인 것. 현실에 있는 낭만성이니까 흉보지 마십시오. 인용해두고 싶소. 월남전에 한국 군인이 약 4만 명이나 파견되어 용병 노릇을 했으니까. 냉장고를 위해, 달러($)를 위해 대한민국 국가가 직접 나섰으니까. 그 출정식의 상징적이고 현실적인 장면.

"총원 집합, 총원 집합”

막사마다 뛰며 전달하는 소리가 들렸다. 나는 배낭과 총을 메고 철모
도 썼다. 자고 있던 병사들이 하나씩 깨어났다. 그러고도 십 분이 지날
때까지 점호는 시작하지 않았다. 마을로 몰려나갔던 병사들이 아주 조용
히 돌아오고 있었다. 그들은 속삭이고 툭툭 치면서 얌전하게 주사를 부
렸다. 우리는 막사 안에서 인원이 차는 순서대로 보고했다. 안병장과 이
상병도 돌아왔다. 추장은 내게 농을 걸었으나 나는 받아주지 않았다. 술
취한 그들은 침상에 앉아서 머리를 끄덕이며 졸았다. 부옇게 밝았을 즈
음에야 출동명령이 떨어졌다. 우리는 트럭에 올라탔다. 트럭들이 연병장
을 한 바퀴 빙 돌면서 대열을 짓더니 차례로 사단 구역을 빠져나가기 시
작했다. 헤드라이트를 켠 트럭의 행렬들은 천천히 움직여나갔다. 군가가
연달아 들려왔다. 군가소리는 후렴에서 뒤받아 연달아 뒤차로 이어졌다.
안개가 부연 몰개월 입구에서 나는 여자들이 길 좌우에 늘어서 있는 것
을 보았다. 모두들 제일 좋은 옷을 입고, 꽃이며 손수건이며를 흔들고 있
었다. 수송대열은 천천히 나아갔다. 여자들은 거의가 한복 차림이었다.
병사들도 고개를 내밀고 손을 흔들었다. 뛰어서 쫓아오는 여자들도 있었
다. 추장이 내 등을 찔렀다. 나는 트럭 뒷전에 가서 상반신을 내밀고 소
리 질렀다. 미자가 면회 왔을 적의 모습대로 치마를 펄럭이며 쫓아왔다.
뭐라고 떠드는 것 같았으나 한마디도 알아들을 수가 없었다. 하얀 것이
차 속으로 날아가 떨어졌다. 내가 그것을 주워들었을 적에는 미자는 벌
써 뒤차에 가리워져서 보이질 않았다. 여자들이 무엇인가를 차속으로 계
속해서 던지고 있었다. 그것들은 무수하게 날아왔다. 몰개월 가로는 금
방 지나갔다. 군가소리는 여전했다.

↘ p.260

주

청룡부대의 출정식이 상징적이자 현실적임을 눈앞에서 보는 듯합니
다 그려. <현실=상징>의 도식이 거기 살아 움직이고 있었으니까. 그
러니까 미자들이 트럭에 던진 <물건>이란 과연 무엇이었을까. 다음 장면
을 내가 인용하고 싶소 작품 「몰개월의 새」의 참주제가 깃든 곳이니까.

승선해서 손수건에 싼 것을 풀어 보았다. 플라스틱으로 조잡하게 만든 오뚜기 한 쌍이었다. 그 무렵에는 아직 어렸던 모양이라, 나는 그것을 남지나해 속에 던져 버렸다. 그리고 작전에 나아가서 비로소 인생에는 유치한 것이 없다는 것을 알았다. 서울역에서 두 연인들이 헤어지는 장면을 내가 깊은 연민을 가지고 소중히 간직하던 것과 마찬가지로 미자는 모두를 제 것으로 간직한 것이다. 몰개월 여자들이 달마나 연출하던 이별의 연극은, 살아가는 게 얼마나 소중한가를 아는 자들의 자기표현임을 내가 눈치챈 것은 훨씬 뒤의 일이다. 그것은 나뿐만 아니라, 몰개월을 거쳐 먼 나라의 전장에서 죽어간 모든 병사들이 알고 있었던 일이다.

↘ p.261

여인들의 <이별의 연극>이 살았음의 <자기표현>이라는 것. 조금은 센티멘털한 면이 없지는 않지만 전장에서 용케도 살아서 돌아온 병사들의 허무의지랄까.

객

왜냐면 현실에 적응하기엔 너무 아득했으니까. 그렇지만 작가 황석영으로 말할 것 같으면 센티멘털을 넘어설 수 있는 능력을 갖고 있지 않습니까. 「돌아온 사람」(1970)에서의 새로운 투쟁대상을 찾았으니까. 「몰개월의 새」를 거쳐 그는 월남전에 투입된 장본인이니까.

주

작가로서 직접 월남전에 간 한국문인은 아마도 그가 거의 유일한 존재였던 것. '전장'에 말이외다.

객

<거의 유일한>이라고 선생은 신중히 말했습니다 그려. 『하얀 전쟁』(안정효, 1989)을 지칭함은 아닐 텐데요. 그것은 좋게 말해 미국식 특파

원의 기록물이니까. 미국에서의 반응이 이를 잘 말해주는 것. 그렇다면 「머나먼 쏭바강」(박영한, 1985)도 보도병의 기록물이지 않습니까. 이에 비해 황석영은 다르다.

주

전투병으로 참가했으니까. 유일한 경우. 그러니까 독보적이지요. 비교컨대 그만큼 확실하다고 할 것이오.

객

장편 『무기의 그늘』(1988)을 선생은 가리킴이겠는데요. 선생은 이에 대해 뭐 좀 찜찜한 표정인데요.

주

전투 장면은 없고 시장바닥의 미국상품 장사치로 둔갑했으니까. 그래 봤자 귀국할 땐 빈털터리지만.

객

자본주의의 속성인 소모품의 현장을 본 반미사상이 깔려 있다는 뜻에 가까운 데요.

주
동감.

객

그렇다면 월남전 참전소설은 없다는 뜻이겠소만.(졸저, 『내가 살아온 한국현대문학사』 제2부, 문학과 지성사, 2009.)

주

월남전이란 세계전쟁이라 부를만한 것. 국군 약 4만 명이 파견, 경제적 이득이 이만저만했으랴.

5. 민음사가 개척한 〈적절한 대중성〉

계간지 3분법이 어쩌면 문학계의 3분법인지도 모르겠다는 투로 선생은 앞에서 지적한 바 있습니다. 말은 안하셔도 월간 『현대문학』, 『문학예술』, 『자유문학』 등의 순문예지 측에 『문학사상』(1972)이 등장한 형국과는 또 다른 차원이겠지요. 계간지 말이외다. 월간지가 많건 적건 보수적인 인적 구성과 조직으로 되어 있었다면, 이에 정면으로 도전한 형국으로 등장한 형식이 계간지였으니까. 요컨대 문학사적 사건이겠는데요.

좋은 지적. 〈문학사적 사건〉. 내가 유독 이 용어를 사용한 것은 『세계의 문학』의 등장에서입니다. 『세계의 문학』의 등장으로 제일 큰 충격을 받은 것은 『문학과 지성』이 아니었던가. 최인훈을 머리로 하고 이청준, 서정인, 오정희 등을 몸통으로 한 이른바 〈내성소설〉이 거의 무화되었다는 것.

그런데 대체 최인훈의 『옛날 옛적에 훠어이 훠이』. 희곡 말이외다. 내성소설의 원조 격인 최인훈이 미주체험 3년 중 아이오와 대학 국제작가프로그램(W. R. P)에 참가했다가 이민 간 가족을 만났지요. 귀국한 최인훈이 희곡으로 방향을 튼 것. 〈소설 따위는 이제 안 쓴다!〉라고 선언했것다. 귀국한 이유는 희곡을 위한 것! 『문학과 지성』은 이제 설

자리가 빈약하거나 그만큼 낭패했다고, 그만큼 흔들렸다고 하겠지요. 이에 비해『창작과 비평』은 소설 콤플렉스를 일격에 극복했기에, 또 그만큼 단련을 받았기에 흔들림이 별로 없었다고 하겠지요.『분례기』와『장한몽』을 이미 가졌으니까. 이 말은 몇 번이나 되풀이했지요. 한편,『창작과 비평』은 이 무렵엔 <창작>과 <비평>의 균형감각을 갖추었고, 이 감각으로 정치, 현실에로 나아갈 수 있었고, 또 시종여일 좌담에로 향했지요. 정치에로.

주

이 점은「'분례기'와 '선우휘'」,「'몽금포타령'과 '장한몽'」에서 내가 상세히 검토한 바 있어 일단 접어두지요.

객

『문학과 지성』도『당신들의 천국』을 계기로 나름대로의 정리가 이루어졌으니까.『세계의 문학』만이 달랑 남아 분석을 요망하고 있다는 것. 선생은 이에 주목하고 있습니다. 곧 70년대 문학의 3분법.

주

앞에서도 잠깐 언급한 바 있거니와 대출판사 민음사가 나선 것입니다.『세계의 문학』의 등장에 제일 크게 놀란 쪽은『문학과 지성』이었는데, 그도 그럴 것이 내성소설의 원조 최인훈이 스스로를 부정하고 나왔기 때문. 희곡『옛날 옛적에 훠어이 훠어이』를 들고 나왔으니까. 소설 따위란 희곡에 견줄 물건이 아니라는 것. 다른 하나는 황석영의「몰개월의 새」. 청룡부대의 출정식을 다룬 이 작품은 바로 월남전의 단초를 이룬 것.

민음사가 내세운 이 두 가지 사실은 아마도 우연성에 가까운 것이 아니었을까. 시대성에 민감한 것이 아니었을까요. 대중성 말이외다. 통속성이라 하기엔 좀 뭣하기도 하고요.

하, 『영자의 전성시대』를 지칭하는 모양인데요. 「지사총」, 「성벽」 등이 포함된 조선작의 출세작인 이 창작집의 특질은 김병익의 해설 머리에 잘 드러나 있습니다. <재미다!>라고. 김병익은 조선작 자신의 말을 그냥 옮겼지요.

　　나는 이 작품에서 소설적인 재미란 얼마나 귀중한 것인가를 역설적으로 확인해보고 싶었습니다. 단지 재미뿐 아니라 넌센스 코미디로 전락할 위험도 있지만 어떤 의미로든지 재미없는 소설 역시 존재를 위협받아 마땅하다고 나는 생각하고 있습니다.

↘ 재인용, p.345

그야말로 <재미 만세주의!>이군요. 소설은, 또 문학은 재미라는 것. 그래야 팔린다는 것. 상업주의가 꿈틀거리고 있음은 새삼 말할 것이 못 되지요. 그렇다면 뭐가 재미있는가. 주인공 영자는 창녀. 개인사의 여사여사, 6·25의 여사여사 등으로 부모에게서 버림받고 식모로, 창녀로 굴러 떨어진 한 쪽 팔 없는 밑바닥 인간상. 그런 영자의 기둥서방 노릇을 한 청년의 기록을 그대로 옮겨 볼까요.

　　가을도 깊어지자 오팔팔 일대에서 나는 어느덧 영자의 서방으로 통하기 시작했다. 그것은 내게 치명적이랄 것까지는 없지만 과히 듣기 좋은 호칭은 아니었다. 그러나 따지고 본다면 목욕탕에서 손님들 사타구니의 때나 밀어주며 세상을 빌붙어 사는 주제에, 창녀의 서방도 과분할 밖에 없었다. 영자가 손님과 시비가 붙으면 그때마다 나는 그 사내를 교묘한 수단으로 구슬리고 위협해서 적당히 해결해 놓았다. 그러나 월남에서 돌아온 개선용사라는 점을 특별히 고려해서 과대한 처분을 내릴 만한 우직한 일을 나는 더는 저지르지 않았다. 그건 내가 미련한 녀석은 아니라는 단적인 증거였다. 영자는 부지런히 돈을 모았고, 모은 돈을 나이롱 아줌마에게 맡기고 있었다. 영자는 일금 이십만 원을 목표로 정해 놓고 매일 그 달성 비율을 따지며 사기를 돋구었다. 그럭저럭 한 여름과 가을을 우리들은 별일 없이 보냈다.

↳ 단행본 『영자의 전성시대』, 민음사, p.73

영자의 사기를 돋우었던 것은 그래도 돈이었군요. 밑바닥 속에서도 발버둥친 영자가 죽었다면 어떻게 될까.

영자가 죽은 것은 그로부터 보름쯤 뒤였다. 영자는 그해 겨울 청량리 일각의 그 사창굴에서 일어난 원인 모를 화재 속에서 불에 타 죽었다. 영자가 공교롭게도 그날 밤 청량리에 갔던 것은 그 악질적인 나이롱 여편네에게 맡겨 두었던 돈을 찾기 위해서였다.

↳ 단행본 『영자의 전성시대』, 민음사, p.77

이러한 창녀 영자의 실패가 재미있는가. 무엇이 재미있는가. 재미있다고 작가가 주장했으니까 재미있는 것인가. 선생은 <적절한 대중성>이라 하겠지요. 감히 <통속성>이라 하기엔 뭣하고, 맞습니까.

주

<대중성>에 주목할 것입니다.

객

문학사적 안목에서 보면 <적절한 대중성>에 지나지 않겠지요.

주

민음사만이 개척한 대중성. 적절한 대응에 해당되는 것. 이 적절한 대중성은 시에도 어김없이 나타났지요. 왈, <세계시인선>이 그것. 『당시선』을 맨 앞에 내세우고 『황무지』(엘리엇)『미라보 다리』(아폴리네르)『키이츠시선』『이하시선』『이육사시선』 등 70권이 나왔지요. 훗날 세계의 문학 고전 총서의 모체라고 보겠지요. 뿐인가. 『거대한 뿌리』로 요약한, 지적이고 난해한 김수영을 <적절한 대중성>으로 살려낸 것도 민음사만이 할 수 있는 힘센 저력이고 능력이라 하겠지요.

객

그 중에서도 역시 소설에 힘이 실려 있지 않았을까. 대량 판매가 가능한 것이니까. 좀 직설적으로 말해 돈이 되는 물건이니까. 대량의 판매, 대중적 인기랄까, 그런 것.

주

70년대 말기의 이 나라 독자층의 성숙이랄까, 흥미를 깨친 여유 있는 독자층의 증대라고나 할까요. 문학사적 시선에서 보면 그렇게 보입니다.

객

다시, 한편 『세계의 문학』은 어떠했던가. 그것은 시대성과 깊은 관련이 있는 것. 통속성으로 흐르지 않은 것은 70년대 중반의 이 나라 소설의 역량에 달려 있었던 것. 이 역량의 힘이 통속성을 물리쳤던 것. 문체의 힘, 소설적 구성과 그 단단함, 복잡함이 『영자의 전성시대』(1973)라는 별종의 <재미>를 낳은 것. 단연 특출한 경지였던 것.

민음사는 대형출판사답게 이를 즉각 간파했지요. 상업적인 성공이지요. 『창작과 비평』은 이런 점에서는 너무 고고했고, 『문학과 지성』은 최인훈의 <벼락같은> 소설 포기로 멍들대로 멍이 들었으니까.(졸고, 『우리 소설과의 대화』, 문학동네, 2001, pp.271-300) 소설 판의 중심부가 민음사에로 옮겨 갔다! 불패의 무기 '재미'를 가지고 월남전조차 무대화함으로써.

주

70년대 문학 3분법이 이로서 선명해지지 않았을까.

객

70년대의 문학판이 계간지가 주도한 3분법이었다는 것. 이를 아래와 같이 정리할 수 있겠습니다 그려. 선두주자인 『창작과 비평』이 선수를 쳤다. 신인 발굴인 『분례기』로써 소설계를 강타한 것. 이어서 『장한몽』까지 나갔을 때 일단 이에 맞설만한 쪽은 없었지요. 『창작과 비평』은 이에 만족할 이치가 없었지요. 좌담으로 향했으니까. 그러나 『세계의 문학』은 달랐지요. <오늘의 작가상>을 만들었고 오늘날까지 신인등용문으로 지속하고 있으니까.

주

그렇소.

6. 선험적 가난과 선험적 논리

객

비평가와 작가의 관계.

주

비평가 김현은 『당신들의 천국』(1976)을 논하는 자리의 머리에 이렇게 적어 마지않았습니다. "이청준의 소설에 대해 하나의 평문을 초한다는 것은 문학비평가로서의 내가 소설가로서의 그에게 빚지고 있는 상당량의 부채를 갚고 싶다는 의욕의 한 표현이다."(『문학과 유토피아』, 문학과 지성사, 1980, p.277)라고. 대체 김현은 이청준에게 어떤 빚을 졌을까. 그리고 상당한 분량이라 했거니와, 그 크기와 무게는 계량화될 수 있는 성질의 것일까. 이 물음이 지속되는 동안이라면, 이에 대한 논의는 김현론이자 동시에 이청준론일 수도 있습니다. 그것은 빛의 성격에서 저절로 오는 것이지요. 이청준의 소설에 김현이 빚졌듯, 김현의 평론에 이청준도 빚지지 않았다면 당초 채무관계란 없거나 무효일 터입니다. 다음 장면은 이청준이 김현에게 빚을 지는 현장의 하나로 볼 수도 있습니다.

> 김승옥 : 청준이 소설을 보면 쓴 사람이 누구인 줄 뻔히 알면서도 싫어지는 때가 많아. 잔인하고 악랄하게 쓰지
> 김　현 : 그런 긴장을 견디지 못하는 것이 우리나라 사람들의 표준 성격이지.
> 김승옥 : 청준이는 지나치게 추구한다는 말이지. 악독하게, 선의가 아니라 악의로.
> 이청준 : 밖에서 작용한 어떤 것이 자기 속에 제기된 것도 있겠지.
> 김　현 : 그것이 문학의 긴장을 성공시키고 있지.
>
> ↘『형성』, 1968년 봄호, p.79

잡지 『형성』은 문리대 학보이지요. 4 · 19정신을 권두 논문으로 삼은 1968년 봄호에 「현대문학방담」을 마련했던 바, 참가자는 김승옥, 김현, 박태순, 이청준이었습니다. 4 · 19가 나던 해에 입학한 이들 4인은 이른

바 4·19세대의 주역으로서 화려한 60년대 문단의 총아격. 김현의 시선에서 보면 이청준의 소설은 유럽적인 글쓰기에 접근된 것이었습니다. 토마스 만적인 대립 구성에서 오는 긴장력이 그 속성인데, 김승옥의 지적처럼 그것은 견디기 어려운 것이기도 했습니다. 이 나라 소설판에서 서구적 긴장력에 준하는 맹아를 김현은 이청준에게서 보고자 했던 것이지요.

따지고 보면 이 긴장력이란, 김현의 말로 하면 '선험적'으로 갖고 있는 서구 문학의 우월성에서 왔지요(『상상력과 문학』, 일지사, 1973, p.9). "고무신도 구두도 신발이다"라고 말해도 되는 것일까와 "나의 조국은 프랑스다"를 이탈리아 말로 번역하면 "나의 조국은 이탈리아다"로 될 수 있단 말인가 사이에서 방황하던 김현이 모종의 방향 감각을 잡은 첫 번째 시도가 『68문학』이었습니다. 이 동인지의 방향성을 들러 싸고 김현은 이청준과 격론을 벌이지 않으면 안 되었지요. 이청준이 갖고 있는 긴장력 속의 어떤 요소를 김현으로서는 도저히 이해할 수 없었던 까닭이지요. "너는 내 친구가 아니다!"라고 서로 퍼붓고 헤어졌다고 김현은 적었습니다(『문학과 유토피아』, p.249).

새로이 방향감각을 수정한 것이 동인지 『문학과 지성』(1970)의 창간사였습니다. 『68문학』 창간사의 거칠고도 도전적인 자리에서 한발자국 내려와 심리적 패배주의(참여 문학)와 샤머니즘적 순수주의와의 복합체로 되어 잇는 현재 문단 상황을 극복하기 위해 김현이 내세운 방향성은 세계 속의 한국을 객관적으로 바로보기에 있었습니다. 당연히도 세계 선진문학을 오른 팔로 하고, 한국적인 문화의 탐구를 왼쪽팔로 하기로 이 사정이 정리되지요.

이 과정에서 이청준은 어째서 배제되었을까요. 두 사람 사이에 벌어진 논쟁이란 어떤 성격의 것이었을까요. 이 물음의 해답에 이르는 실마리는 중편 「소문의 벽」(1971)에 암묵적으로 들어 있겠습니다. 소설가 박준이 잡지사에서도 거절당하고 뇌병원에 수용되는 이 소설은 글쓰기의 원본성을 묻는 것이자 동시에 문학과 사회의 관계와 그것이 빚어내는 팽팽한 긴장감을 유례없는 밀도로 그려 놓았던 것이지요. "고무신도 구두도 신발이다"의 실현을 김현은 「소문의 벽」에서 보았습니다. 진짜 지적인 작가를 본 김현은 이렇게 그 감동을 표현했지요. "우리의 우정은 그때 다시 살아났다"라고. 긴장력을 가장 밀도 있게 갖춘 최고의 지적 작가로서 이청준이 김현 앞에 우뚝 서 있었습니다. 김현은 이를 '우정'의 회복이라 불러 마지않았고요.

> 말 내리기의 명수는 친구 김현 군으로 이보다 수년 전 얼굴도 잘 익어지지 못하고 있을 무렵 어느 날 그는 길가에서 마주친 나를 보고, 댓바람에 "이가야, 어디 가냐?"고 혀 짧은 소리를 했는데, 나는 그때의 그런 김현 군의 겁없음과 염치없음을 본받고자 한 것이었다.
> ↘「자작연보」, 『우리시대의 작가연구총서 : 이청준』, 은애, 1979, p.322

이 우정이 『당신들의 천국』을 계기로 어떻게 진행되었을까요. 우리 대화는 이 물음의 주변을 알아보고 그 과정에서 이청준의 후기 대작 『신화를 삼킨 섬』(2003)과 『당신들의 천국』 사이의 거리를 재기 위해 진행될 것입니다.

『당신들의 천국』을 논하는 자리에서 김현은 그 첫줄에 이렇게 썼지요. "이 글은 이청준의 『당신들의 천국』을 가능한 한 자세하게 분석하는 것을 목표로 하고 있다"라고. 그리고 "『당신들의 천국』은 뛰어난 소설이다"라고 끝맺었습니다. 김현은 과연 그답게 이 작품을 실로 자세히 분석했습니다. 그 분석과정에서 김현은 '야릇한 반응'을 할 수밖에 없었습니다. 김현이 그동안 알아 온 가장 이청준적인 것이 아주 높은 수준에서 제시되어 있음에 대한 낯익음과 동시에 썩 생소한 측면이 큰 얼굴로 버티고 있었던 까닭입니다.

객

김현의 처지에서 보면, 『당신들의 천국』의 주인공은 보건과장 이상욱이어야 했습니다. 그래야 이청준답고, 또 그것이 김현이 제일 잘 분석할 수 있는 것이기도 했습니다. 그런데 정작 이 작품의 주인공은 이상욱이 아니라 권총을 찬 군복의 조백헌 원장이 아니겠는가. 지식인 이상욱의 경우라면 그것이 아무리 심도 있게 또한 정교하게 전개된다하더라도 김현은 능히 분석해 낼 수 있었습니다. 선험적인 능력이 그에게 있었던 까닭입니다. 그러나 조백헌 원장이라는 이 인물은 김현의 저 선험적인 것으로는 속수무책이지요.

주

이 경우 속수무책이라 함에는 설명이 없을 수 없습니다. 논리적으로 조백헌의 정체를 분석하기란 김현으로서는 실로 식은 죽 먹기였습니다. '자생적 운명' 개념이 그것입니다. 긍정적 인간은 자아와 세계의 합일을 가능한 것으로 상정합니다. 이 소박한 명제에서 출발한 조백헌 원장은 운명적으로 실패하게 되어 있지요. '자생적 운명'이 아니고서는, 그러니까 '타생적 운명'의 끼어듦으로써는 어떤 천국도 실패한다는 것.

이 사실을 보여주기 위해 설정된 인물이 조백헌 원장입니다. 그러나 이러한 논리적 해병이나 분석에는 이상욱의 분석에 비하면 신바람이 나지 않았습니다. 뭔가 손에 닿는 실감이 거기에 없었습니다. 자생적 운명의 개념을 논리적으로는 능히 분석해 낼수 있었음에도 불구하고 김현은 끝내 그 자생적 운명의 실체랄까, 그 운명의 '운명스러운 모습'이 실감으로 피부에 닿지 않았습니다. 김현이 『당신들의 천국』의 후일담을 "술자리에서나마 듣고 싶다"는 것은 자생적 운명에 대한 거북함의 정직한 표현이었을 터입니다. 그것은 긍정할 수도 부정할 수도 없는 것, 굳이 말해 '운명스러움'이 아니었겠는가. 김현에겐 없고 이청준에게는 엄연히 있는 그 운명스러움이란 과연 무엇일까.

객

김현은 「이청준에 대한 세 편의 글」에서 이청준과의 사적 관계를 꾸밈없이 드러내 놓고 있어 인상적입니다. 1960년 교양과정부에서 1년간 함께 지냈다는 것, 김승옥의 하숙집에서 학보병(재학 중 입대하는 제도)으로 제대한 그를 다시 만났다는 것, 20년간 교유하면서도 그의 과거를 거의 모른다는 것 등이 그것입니다. 그럼에도 김현은 "그와 대화할 때는 오래 끈질기게 기다려야 한다. 그 기다림이 익어 좋은 냄새를 풍기기 시작할 때 그는 예의 바른 웃음을 거두고 품속에 깊숙이 간직한 비수를 슬며시 꺼내드는 것이다. 그 비수는 양날을 가지고 있다. 한편 날은 가난의 날이며 또 한편 날은 문학의 날"이라고 적어 마지않았습니다. 이청준에 있어 가난이 곧 문학이라는 김현의 판단은 실로 예리하고도 정확하지만, 여기에서 주목되는 것은 김현이 파악한 이청준의 가난은 어디까지나 논리적·관념적 수준, 그러니까 기호의 차원에 속할 따름이어서 일방적인 실감을 동반하는 것은 아닙니다. 대체 이청준의 가난은 어떠했던가.

> 6·25전쟁 휴전 이듬해인 1954년 봄 4월 초순. 나는 중학교 진학을 위해 처음으로 고향 마을 떠나 먼 도시의 친척 누님 댁으로 더부살이 길을 나섰다. 신세를 지러 가는 처지에 변변한 선물거리를 마련할 수 없어 전날 한나절 마을 앞 개펄에서 어머니와 함께 잡은 바닷게 자루를 짊어지고서였다. 그런데 열 시간 가까운 버스길에 흔들리고 바스라져 누님 집까지 도착하고 보니 자루 속의 게들은 이미 심하게 상해 있었다. 그 게 자루를 누님은 코를 막으며 대문 앞 쓰레기통에 내다 버렸다. 그때의 부끄럽고 무참한 심사라니! 나는 나 자신이 바로 그 쓰레기통으로 내던져진 느낌이었다.
>
> ↘「나는 왜, 어떻게 소설을 써 왔나」, 『본질과 현상』, 2007년 겨울호, p.219

이청준은 이 바닷게 자루 얘기를 작품 「키 작은 자유인」(1990)에도 그대로 노출시켜 놓았습니다. 여기에다 대고 무슨 가난이라 표현해야 적절할까. 김현의 방식으로 하면 '선험적 가난'이 아닐 수 없지요. 유럽 문학 또는 프랑스 문학이 김현에게 '선험적'이듯, 이청준에게 있어 '선험적'인 것은 이 가난이 아닐 수 없습니다. 이 사실은, 김현과 이청준의 승부에서 김현의 패배를 암묵적으로 말해주고 있습니다. 김현이 가진 비수란 문학이라는 한쪽 날만이 있을 뿐인데 비해 이청준의 비수는 가난과 문학이라는, 양날을 가졌기에 그러합니다.

주

이 사실을 김현에게 체험케 한 것이 『당신들의 천국』이었습니다. 선험적 가난이라, 다름 아닌 소록도의 환자 주민이었지요. 자생적 운명으로서의 이 소록도 주민의 가난에 조백헌 원장이 감히 끼어들 수 없는 것과 꼭 같은 상황이 김현과 이청준 사이에도 확인되었습니다. 이청준만 해도 김현으로서는 만만치 않은 대상. 한 면의 비수와 양면의 비수와의 승부에서 승패는 자명했습니다. 이 점에서『당신들의 천국』은 두 사람에 있어 동시에 기념비적이었습니다. 이 기념비적 성격은 또 이중적이었음에 주목할 것입니다. 김현에 있어 그것은『당신들의 천국』에 대한 감동의 상실이지만, 또 그것은 비평가의 비애감의 확인이기도 했던 까닭입니다. 목포의 약종상의 아들과 장흥 어촌의 소년 사이의 건너뛸 수 없는 거리감이란 운명적으로 주어진 것이기에 우정보다 우위에 놓이는 것이 아니면 안 되었지요. 또 그것은 작품 쓰기를 선험적으로 금지당한 비평가와 작품 쓰기의 특권이 무한대로 주어진 작가와의 사이에 놓인 건너뛸 수 없는 거리감이기도 했습니다. 김현으로서는 더욱 절망적이지 않았을까.『당신들의 천국』의 보건과장 이상욱이 제주도 4·3사건 위령제에 갔다는 것. 이상욱은 정요섭으로 되어 있습니다. 어미 무당을 따라간 정요섭이 결국은 나병환자의 영혼 위로에 나서는 것. 그것은 <선험적 운명>이 아닐 것인가. 여기에는 선험적 논리란 끼어들 틈이 없습니다.

7.『당신들의 천국』에 봉착한 김현

객

김현에 있어 윗급 작가는『광장』,『회색인』,『서유기』의 작가 최인훈이었을 테지요. 독서 면에서나 문학적 역량 문제에서나 문학을 종교의 경지로 향하고 있던 신부 복장을 한 최인훈인지라 김현이 이 점을 직감적으로 알아차렸을 터이지요. 아마도 선생 역시 이점엔 동의하겠지요.

주

동감. 그러나 한 가지 덧붙이고 싶군요.

객

아, 또 그 세대감각.

주

그렇소. 살아오면서 나는 이 세대감각의 중요성을 뼈저리게 느껴 왔
소이다. 나는 4·19세대가 아닙니다. 전중세대도, 전전세대도 아닌, 최
인훈처럼 전후세대이지요. 그러나 내가 입대한 것이 선우휘의 「불꽃」이
등장한 해인 1957년이니까, 이어령처럼 떳떳이 전후세대라 하기에도
어색하지요. 어중간한 경계선이랄까. 그 때문에 각각 푹 빠진 4·19세
대나 전후세대 쪽들이 비교적 잘 관찰할 수 있는 자리에 있었다고나 할
까요.

객

그래서 좀 뭣한 표현이지만 무슨 덕을 보셨소이까.

주

좋은 지적. 4·19세대처럼 한 곳에 푹 빠지지도 않았기에 깊이를 간
과했고 전후세대에서도 사정은 비슷했지요.

객

비평가로서 아니, 문학사가로서는 더 없이 좋은 위치에 서 있었다!
맞습니까.

주

글쎄요. 문학사가라고 내가 나설 처지는 아니고. 조금 억지를 부린다

면 김현과 이청준의 관계가 잘 보였다고나 할까요.

객

김현은 이청준론을 거의 같은 시기에 세 편이나 썼더군요. 그럴 때마다 의뭉스런 이청준은 어긋나 있었던 것. 앞에서 살펴본 바와 같이 『예언자』를 이청준은 그 누구의 해설 없이 자기의 후기로 대체했지 않습니까. 김현이나 자기나 동급이라 본 까닭이라 선생은 지적했는데, 거기에는 그럴만한 이유가 있었을 터. 여차하면 작가 이청준이 비평가 김현을 넘어서기, 동급에서 위급으로 올라서기.

주

작가가 해설을 거부했는지도 모를 일. 그 대신 이청준은 작가의 「책 끝에」를 4페이지에 걸쳐 펼쳐 놓았지요. <김형의 말은 저에게도 많은 것을 생각하게 하는 군요>라고, 서두를 삼은 이 수기는 물론 김현을 대놓고 한 말이 아니라 일반론이라 할 수 있는 수준이지요. 그렇지만 『문학과 지성』의 창작집에서는 특별한 별종이라 동의하지 않을 수 없겠지요. <내 소설집에 감히 그 누가 해설을 쓰랴!>라는 유아독존식의 자세라고나 할까. 이를 딱하게 여긴 김현이 <이 작품집은 따라서 오늘의 한국문학이 도달할 수 있는 최대한의 수준을 가늠해 주는 것이다>라고 속표지에 겨우 자리를 얻어 썼을 정도. 그만큼 이청준의 입장에서 보면 김현 정도는 동급인 것. 더 잘 나지도 못 나지도 않은 동급의 글쟁이에 지나지 않는 존재.

주

비평가 대 작가의 차이 의식이 아니라 <글쓰기 자체>의 차이 의식.

이것이 원질적으로 근거된 것이 선생은 곳곳에서 『당신들의 천국』이라 했더군요. 세계적인 작품이다, 라고 선생은 말하고 싶지 않았습니까.

거기까지는 감히 내가 언급할 처지가 못 되지요. 세계적 작품에 대해 내가 잘 모르는 형편이니까. 다만 내가 말해 볼 수 있는 것은 한국소설사에 나와 있다는 점.

창작집 『예언자』에서도 이 점이 엿보였지요.

『당신들이 천국』을 논하는 자리가 아닌 만큼 일단 그 문제는 접어둔다면 이 작품을 대하고 김현이 제일 난감했을 터. 이 작품에서 제일 분석하기 어려운 인물이 보건과장 이상욱이었지요. 미감아 출신의 이상욱은 사사건건 조백헌 원장을 비판하고 대들지요. 「소문의 벽」 등을 가장 확실히 분석할 수 있는 김현인지라 지식인 이상욱도 여지없이 분석 가능했을 터.

조백헌 대령이란 인물은 김현의 논리로는 손톱도 들어가지 않는 생소한 인물. 맞습니까.

이 문제에 핵심이 놓여 있다고 나는 생각하오. 이상욱의 내면을 분석할 수 있는 집도의 김현은 조백헌 대령이라는 거인 앞에 서자 압도당할 수밖에요. 어디부터 손을 대어볼까 난감했던 존재. 조대령이 몇 년 뒤

소록도를 방문하여 결혼식 주례사를 혼자서 연습함으로써 이 장편이
끝나거니와 곧 미감아 윤혜원과 성한 여자 서미현의 결혼식에 깔려 있
는 주제가 <자생적 운명>으로 요약될 수 있습니다. 김현도 누구도 독
자라면 간파하는 것이지요. 그렇기는 하나 김현으로서는 조백헌이란 인
물을 이상욱 만큼 분석, 비판해 들어갈 수 없었지요.

　바로 그 점이군요. 「소문의 벽」을 거의 완벽하게 분석한 김현인지라
이상욱의 분석에서도 그 실력이 잘 드러났던 것. 이에 비해 조대령이란
인물은 난감했다. 맞습니까.

　우리는 시방 조백헌이나 이상욱을 논의하거니와, 이는 작중 인물론이
아닙니다. 비평가 김현과 소설가 이청준이 관련된 것. 좁혀 말해 김현
과의 관계입니다.

　선생은 목포 약종상의 차남 김현과 가난을 부끄러움으로 몸에 익히
광주 제1고 대대장 이청준을 비유하여 <선험적 논리와 선험적 가난>
이라 했지 않았습니까. 참 근사한 비유입니다 그려. 선험적 논리란 <분
석과 해석>을 지칭하는 것. 일상적 체험과 맞서는 인간 고유의 영역이
지요. 이에 비해 <선험적 가난>이란 비유치고는 참신합니다. '가난'이
선험적이라 했을 때 그 '가난'이란 일상적 체험과 맞서면서도 아주 협
잡물이 끼어들 수 없는 영역. 이 두 가지 인간의 성향이 4·19에서 만
났다, 만나긴 해도 찰떡궁합을 이룰 수는 없어 자주 삐걱거렸던 것. 진
짜 문학사적 사건이 아니었는가.

주

맞서고 있는 것이 아닙니다. <같은 글쓰기>의 판에서의 논의입니다. <같은 글쓰기>의 판이란 4·19세대 감각을 가리킴인 것이지요. 두 글쟁이가 이런 저런 곡절을 겪으며 1976년에 이른 것. 김현 왈, "내가 지금까지 네놈 글을 좀 아는 척 해왔지만 네 본바탕이나 엉큼한 속내는 대강 밖에 별로 아는 게 없었잖아"(이청준, 『그와의 한 시대는 그래도 아름다웠다』, 현대문학사, 2003, p.32)라고. 이런 장면이란, 라이벌 의식 이상의 의미가 아닐 것인가.

8. <오늘의 작가상>과 <만해상>의 행방

객

우리가 지금 문제 삼고 있는 것이 70년대 문학(창작)계 띄우기이겠는데요. 말이 조금 품위 없으나 띄우기 중의 하나에 수상제도가 있었지요.

주

이 역시 없으면 만들어야 한다! 그 모델 일본 문단에서는 아쿠타가와상을 비롯 여러 개가 있었지요. 그러나 우리는 우리식으로 만들어야 한다. 그 앞잡이로 과감히 나선 쪽이 『창작과 비평』이었지요. 신인 등용문의 면에서도 『창작과 비평』은 앞서 있었소. 만해 사후 30주기인 1974년을 겨냥한 수상제도.

객

제1회 수상작이 신경림의 「농무」였지요. 1974년 4월 27일이었지요. 어째서 만해, 시인이어야 했을까요. 궁금한데요.

만해는『님의 침묵』의 시인이자 논객이고, 또『흑풍』같은 소설도 썼으니까. 이를테면 당시 지식인 문인들 사이엔 독보적 존재였을 터. 그러니까 장르와는 무관한 것. 심사 경위를 볼까요. 후보자는 김광협의 시집『천파만파』, 박경리의 단행본『토지』(6), 신경림의「농무」신상웅의『심야의 정담』, 윤정규의『공포의 계절』, 이성부의『어머니』, 이문구의『관촌수필』, 이청준의『소문의 벽』, 하근찬의『조랑말』, 황석영의「대지춤」,「삼포가는 길」,「섬섬옥수」등 장편에서 중편, 단편 그리고 시집이 수상 예비대상으로 올라와 있었소. 토의 결과 김광섭, 김정한, 정명환 이호철, 염무웅 등의 심사위원들은『토지』와「농무」,「삼포가는 길」등으로 압축시켰소. 그 결과는「농무」(『창작과 비평』, 1974, 여름, pp. 550-552).

<만해상>이란 그러니까 장르와 당초부터 무관한 것이군요. 이에 비해『문학과 지성』은 어떤 띄우기를 했던가요.

내가 알기엔 그런 일은 아예 하지 않았지요. 실례되는 표현인지 잘 모르겠으나 눈치 보기라고나 할까. 인기 있는 작품을 재수록 함에서 이 점이 드러납니다.

단편만을 겨냥한 것. 상상력의 가능성 찾기라고나 할까. 단편이어야 그 점을 알 수 있다. 상업성도 있다. 창작집을 출간하는 방도의 모색. 여기에 전력을 쏟기. 그런데 새로 등장한『세계의 문학』은 어떤 퍼주기를 깃발처럼 내세웠을까요. 대형출판사답게 말이외다.

좋은 질문. 『세계의 문학』은 창간과 함께 <오늘의 작가상>을 제정했지요. 당초부터 말이외다. 역량 있는 신인 발굴을 깃발처럼 내세웠소. 물론 시, 소설, 평론 등 장르를 한정하지 않고 아우르는 것.

시는 5편 이상, 소설은 800장 내외, 중편은 300장 이상, 단편은 70장 내외. 심사위원으로는 고은, 김우창, 박경리, 유종호 등 5명. 해마다 여름호에 발표한다는 것. 그 첫 번째 수상작이 한수산의 『부초』. 심사위원의 중요 의견은 최인훈의 <소외집단의 구조적 형상화>, 황석영의 <뿌리 뽑힌 사람들의 애수>. 그 제2회 수상작이 박영한의 『머나먼 쏭바강』.

어디까지나 대중성을 내세운 소설. 그것도 장편.

주목되는 것은 민음사의 <오늘의 작가상>의 지속성. 지금도 계승되고 있으니까. 그 공적은 당시에도, 지금도 매우 컸다는 것. 선생은 이를 지속성이라 했습니다.

그렇소. 이 경우 <지속성>이란 문학사적 사건을 가리킴이라고 나는 지금도 믿고 있소.

　선생의 전가의 보도를 꺼내들었군요. 문학사적 사건성이라고. <만해상>은 어디로 갔는가. 흐지부지 없어진 것이 아니라 이보다 더 의의 있는 일이 있다고 판단했으니까. 왈, <분단문제>.『문학과 지성』은 눈치나 보고 있었다고 할까. 내성소설의 집적이라고나 할까요.

　동감. 이 전가의 보도를 또 휘두른다면 계간『세계의 문학』자체에 내장되어 있는 것이겠소. 오늘날에도 이른바 <세계 고전 소설>의 발효성. 또 문학사적 사건성이지요.

　지속성이라? <오늘의 작가상>의 지속성. 무명작가의 힘센 등용문으로 그 뒤를 돌봐 주었으니까. 이보다 더 큰 문학사적 사건성이 바로 <세계 고전 소설>의 발효성이다!

　오늘날까지『세계의 문학』은 이를 지속하고 있었으니까.

　그 제1회 <오늘의 작가상>이『부초』아닙니까. 이를 분석해 봐야겠지요.

　동감. 그것도 자세히. 민음사만이 할 수 있는 이른바 베스트셀러의 이루어내기.

월남전의 시대성과는 또 다른 측면이겠는데요. 선생은 이 점에 민감합니다 그려. 곧 「머나먼 쏭바강」과 더불어 가능한 베스트셀러의 창출.

부초(浮草)라는 우리말은 떠있는 풀이겠지요. 나는 이 제목에 모든 것이 걸려 있다고 본 적이 잇소. 부평초(浮萍草)의 준말. 개구리밥과에 속하는 다년생 수초. 수면에 뜬 엽상체 중앙에 다수의 가는 수근이 늘어지고 여름에 담록색의 잔 꽃이 핌. 물에 떠서 자라면서 물결의 움직임에 모든 것이 맡겨진 이 뿌리 없는 수초지만, 여름에는 담록색의 잔 꽃이 핀다는 것.

뿌리 없는 수초여서 자주성이 전혀 없지만 여름이면 담록색의 잔 꽃이 핀다는 것. 저절로 작품 전체의 분위기가 떠오르네요. 왈, 인생이란 따지고 보면 부처님 말씀이 아니라도 부평초 같은 것. 그러나 여름이면 담록색의 잔꽃이 된다는 것. 또 한 번 왈, 작품『부초』란 이를 상징화한 것. 맞습니까.

나는 하나 덧붙이고 싶소이다. 70년대 이 나라 민중들의 막 다른 골목. 거기서는 담록색 잔꽃이 된다는 것.

뿌리 뽑혀 물결치는 대로 살아도 담록색 잔꽃이 된다는 것. 귀가 솔깃한 상상력이 작동되고 있었것다. 선생은 이 담록색 잔꽃에 주목합니다 그려. 여기까지 왔으니까 작품『부초』에 부딪힐 수밖에요.

동감.

『부초』는 1030매의 장편. 첫 장면을 볼까요.

  불빛 아래 이정표는 하얗게 서 있었다.
  찬 바람이 휘몰려가는 철길을 건너 윤재는 역사(驛舍)를 나왔다. 2월
하순이었지만 아직도 밤은 추웠다. 역 앞 광장으로 나선 윤재는 얼마동
안을 박힌 듯 서 있었다. 시내로 뻗어나간 길 주변에 아직 문을 열고 있
는 몇 집 상점들에서 흘러 나온 불빛이 길을 훤히 비춰주고 있었다. 마
른 풀잎이 스적이는 듯한 소리를 내면서 밤바람이 불어 왔다. 별들이 흩
뿌려진 하늘은 더욱 차거워 보였다.
  두 세집 우동이나 소주를 팔고 있는 포장집을 한참 바라보던 윤재는
옷자락을 펄럭이며 다가갔다. 호장을 들치고 들어선 윤재는 모서리마다
철사가 비죽이 튀어 나온 낡은 가방을 탁자 위에 올려 놓았다. 흐린 불
빛 속에 윤재의 얼굴이 드러난다. 상처처럼 깊게 주름진 얼굴, 움푹 들어
간 눈은 크고 눈꺼풀이 축 처져 있었다. 잠바에 목도리를 두른 그의 옷
차림은 추위를 견디기에는 너무 허술해 보였다. 쇠잔한 모습도 마찬가지
여서 지붕은 새고 벽은 허물어지고 쥐들이 아우성치는 폐가(廢家)와 같았
다. 김이 피어오르고 있는 솥 저편에 앉아 있던 주인 여자가 일어서며
그를 쳐다보았다.
  <국수나 하나 말아 주슈.>
  바람이 포장을 펄럭이며 쏠려갔다. 여자는 홀끔 윤재를 쳐다보고는 국
수를 말기 시작했다. 여자가 솥뚜껑을 열었다 닫았다 할 때마다 더운 김
이 쏟아져 나와 포장 안으로 퍼지는 것을 바라보며 윤재는 국수가 앞에
놓여질 때까지 아무 말이 없었다. 나무젓가락을 들어 국수를 뜨려다가
말고 그는 고개를 들었다.
  <술 한 잔만.>

<뭘로 할라요? 소주 드릴께라우?>

윤재는 고개를 끄덕였다. 그릇을 들어 국물을 후룩후룩 마시고 난 그는 소주 두 잔을 거푸 비우고서야 젓가락을 들어 국수를 먹기 시작했다.

<막차로 오셨는갑소?>

고개를 끄덕이면서 국수 가닥을 입에 물고 있던 윤재는 그릇을 내려 놓았다. 그리곤 그릇을 옆으로 비켜 놓으며 일렁거리는 나무의자를 당겨서 자리에 앉았다.

<그거 병째 주시오.>

여자가 내밀어준 소주를 마시는 동안 윤재는 아무 말이 없었다. 안주는 뭘로 할라요 하고 여자가 두 번 물었지만 윤재는 놀라듯 얼굴을 들고는 이내, 고개를 저었다.

소주를 다 마시고 나서 담배를 피워 문 윤재는 그 깊이 패인 눈으로 칸델라 불빛을 바라보았다.

<남성동이 어딥니까?>

<남성동이면 바로 저쪽잉께 다리 건너갓고 시내로 빤 듯이 가면 되라우.>

<거기 써커스가 들어와 있지요?>

<시장 쪽에 있는가는…… 잘 모르겠구만이라우.>

얼음이 얼었는지 어둠 속으로 희끗희끗 바닥이 드러나 보이는 작은 개천 위에 덩그마니 세워진 다리를 건너서 윤재가 시장 뒤편 공터에 자리 잡은 일월곡예단의 천막까지 찾아갔을 땐 이미 오늘 공연은 끝나고 있었다. 밖은 컴컴했다. 무대 쪽에서만 여린 불빛이 새어나오고 있을 뿐이었다. 바람 속에 서서 윤재는 밤바람에 펄럭이는 천막을 쳐다보았다. 어둠 속이라 색바랜 천 위에 쓰여진 일월곡예단이라는 글씨도, 그 옆에 그려 붙인 출연자들의 모습도 보이지 않았다. 헌 가방을 들고 얼마를 그 앞에 서 잇던 윤재가 천막 안으로 들어가려 할 때였다.

<누구요?>

오줌을 갈기고 있던 단원 하나가 퉁명스레 물었다.

<나 사람을 찾아왔는데.>

<사람이요? 밤중에 누굴 찾아요. 낼 오셔. 낼.>

<자넨 누군가?>

<뭐요? 아니 이 양반이 …>

저벅저벅 그 청년이 다가왔다. 어둠 속에서 윤재를 기웃거리던 청년이 물었다.

<어디서 오셨오?>

<쪼가린 어디 있나? 뒤쪽인가?>

<예에?>

윤재가 더 대꾸를 않고 안으로 들어가려 했을 때였다.

<이봐요. 어딜 들어가요.>

청년이 앞을 막았다. 그때 뒤에서 울리는 목소리가 있었다.

<뭐니? 종길아.>

<아, 이 양반이 사람을 찾는다면서 내일 오래도 자꾸 안으로 들어가겠 다잖아.>

<누굴 찾아오셨는데 그러쇼. 우리 단원을 찾아오셨오?>

<너 하명이구나. 나다>

윤재는 얼굴을 보여주기라도 하려는 듯 희미하게 불빛이 번져오고 있 는 거리쪽으로 돌아섰다.

<아니, 윤재아저씨 아닙니까.>

하명이 덥석 그의 손을 잡는다.

<잘 있었냐?>

<그, 그럼요. 밖에서 이럴 게 아니라 안으로 들어가십시다.>

하명은 윤재의 팔을 잡고 천막 안으로 들어왔다. 무대 앞쪽 원형 마루 를 지나 분장실 쪽으로 들어가 불빛 아래 섰을 때, 하명은 말을 잇지 못 했다.

<아저씨… 동해집에서 일 시작하셨단 얘긴 들었어요.>

눈가에 잔주름을 잡으며 백열등 아래서 웃던 윤재는 바닥에 주질러 앉 았다. 하명은 담배를 뽑아 주는 윤재의 손을 내려다 보았다.

<손은 다 나았습니까?>

<그래, 이제 다 나았다. 그러니 돌아왔지?>

윤재의 얼굴에 잔잔한 미소가 지나갔다.

이태 전이었지. 하명은 그의 손을 내려다 본다. 수전증으로 떨리는 손을 천막 기둥에 쾅쾅 쥐어박으며 그는 울부짖었었다. 술 때문이라고들 말했지만 그때 윤재 아저씨는 더욱 술을 마셨었다. 사람의 팔자라는 건 참 기막힌 거구나…… 마술하는 놈이 손이 떨리다니… 그렇게 중얼거리며 그는 떠났었다.

<여긴 지금 누가 있냐?>

<거의 다들 있어요. 태기 웅칠이도 아직 저랑 그네를 타고요. 자전거 타는 임씨도 그냥 있고, 연희, 지혜 다들 잘 있어요.>

↘『세계의 문학』, 1976, 겨울호, pp.293-296

주인공 격인 윤재가 찾아간 곳은 곡마단. 단장은 준표. 단원은 칠룡 등등. 윤재는 왜 곡마단을 떠났다가 다시 돌아왔을까. 수전증 때문. 마술하는데 손이 수전증에 걸렸다면 스스로 떠날 수밖에. 이제 이를 극복하고 이 년 만에 복귀한 것.

주

나는 이 곡마단의 생태를 중시하고 싶었소. 「머나먼 쏭바강」과도 다르고 더구나 『분례기』, 『장한몽』 계열과도 다른 것. 독서의 영역이니까.

객

곡마단이라 하나, 이를 내세워 노동자의 특수성을 문제 삼은 것이 아니다, 그런 말이군요. 그냥 뿌리 뽑힌 민중의 애환이니까. 깊이 들어가 끝장을 보는 것도 아니고, 적절한 곳에서 머물기. 이것이 「부초」가 지닌 대중성의 근거.

주

좋은 지적. 대중성의 근거 말이외다. 민음사가 내세우는 그 신선한 대중성이니까.

객

여기까지 오면 작가 한수산의 작가적 방황도 따져 볼만합니다 그려.

주

동감.

객

연보에 따르면 그는 1946년 강원도 인제군에서 교장의 차남으로 태어났고, 자주 학교를 옮겨 <부초스런> 삶에 젖어든다. 부초처럼 경희대 국문과를 다녔고. 그런 것을 제일 잘 보여주는 것이 곡마단.

주

나는 박교수가 작가를 두고 농담 삼아 한 다음 대목을 좋아하오.
<누가 네 이름을 지었는가. 한학을 하신 조부님이라고. 거짓말 임마라고 박교수는 말했다. "얼마나 무식했으면 이름을 짓는 데 그렇게 쉬운 한자만 골라다 놓냐">라고. 水와 山.

객

선생은 이른바 적절한 대중성을 말하고 싶었겠지요. 『분례기』나 『장한몽』처럼 끝장을 보는 비대중성 <비극성>과는 구별되는 것.

주

적절한 대중성이란 희극성도 끼어들 수 있는 곳. 계간 『세계의 문학』이 찾아낸 불패의 영역 확보. 『창작과 비평』이 대중성을 돌보지 않았기에 독서계에서 밀려났음을 면밀히 보아온 『세계의 문학』이 아니었던가.

객

선생의 진의는 따로 있지 않은가요.

주

그렇소. <적절한 대중성>을 당시의 이 나라 독서계가 요망하고 있었다는 것.

객

작가는 『부초』의 후기에서 이렇게 적었더군요.

2년간의 봄가을을 곡마단을 따라다니며 내가 깨달을 수 있었던 것은 무엇이었던가. 쇠에 녹이 슬 듯 시간 속에 마멸되어가는 육체의 언어를 배우며 열광했던 나날들. 그것은 바로 특수한 삶에서 인간의 보편성을 발견하게 해준 삶에의 접근이었다.

서커스는 『부초』에 있어 하나의 현장일 뿐이다.

나는 하명이 지혜, 철룡이 석이네에게 내가 살아온 세월을 끊어 그들에게 나누어 주려고 했다. <부초>는 내 서른 살의 목숨이었으며 그러므로 이 작품이 얼마나 뜨겁게 누군가의 가슴과 만날 수 있느냐는 내 진실의 깊이와 무관할 수 없다.

↘ 후기, p.364

객기가 넘친다고 할까. 작가다운 패기라고나 할까. 비장함이랄까. 그래봤자 선생의 안목에서는 신인인지라 별것 아니지만.

주

그렇소.

9. 대화, 논리와 독백의 윗길에 놓인 길

객

선생과의 대화가 드디어 마무리 단계에 온 것 같습니다 그려. 때로는 힘겹고, 또 까다롭고, 경우에 따라서는 잘 몰라 화도 나곤 했지요. 이제 만 10개월이 흘러갔습니다. 제가 원해서 한 것이라 선생을 원망할 생각은 없습니다. 오히려 감사했습니다.

주

나 역시 마찬가지올시다. 성급한 면도 있었고, 건너 뛴 곳도 한 두 곳이 아니었소. 그런데도 잘 참아주어 정말 고맙소. 아, 그게 벌써 10개월이 갔군요. 10개월인지 모를 만큼 시간이 흘렀군요. 그간의 허물은 내게 돌리고 즐거운 기억은 그대에게 돌리고 싶소. 그만큼 나도 나이를 먹었으니까.

객

세 가지 계간지 검토를 고려하면 대강은 10개월이 아니라 10×3개월이겠는데요. 조금 쉬엄쉬엄하긴 했습니다만.

주

우리의 대전제랄까 출발점이랄까 이 나라 문학, 그러니까 '소설'을 가리킴이겠는데, 그 문학(소설)이 어느 정도 높은 경지에 이르렀음에 관련됩니다. '얘기' 수준에서 '소설' 수준으로 성장했다는 것. 이 얼마나 굉장한 문학사적 사건이랴.

객

그 힘의 원천은 세 가지 계간지의 불발(不拔)의 활동에 있었다고, 선생은 입만 벌리면 주창하지 않았던가요.

주

그렇소.

객

계간지의 등장이란 당시로서는 미미했으나 파격적이었지요. 아시다시피 전통적인 한국문학의 발표지는 <월간>이었고 그것도 파벌주의적이라 할 만한 것이 아니었을까. 『자유문학』, 『현대문학』, 『문학예술』 등등이 그런 범주. 이런 판에 계간지의 등장이란 실로 낯선 것. 적어도 미국 인문학의 방식인 「네일 리뷰」, 「파티잔 리뷰」, 「스와니 리뷰」 들을 어느 수준의 지식인들에겐 연상케 하는 것. 종래의 문학지에 대한 염증이 새로운 매체를 요구했다고 볼 것입니다.

주

그 앞잡이가 이른바 이름도 늘 새로운 『창작과 비평』(1966). 6·25가 끝난 지 9년의 세월이 흐른 시점. 그만큼 현실(사회)도 어느 수준에서 안정을 찾아가고 있었지요.

객

선생은 자주 <창작>은 없고 <비평>만 무성하다고 이 계간지를 비난하지 않았습니까. 백주간이 이 사실을 몰랐을 턱이 없지요. 그래서 <창작>과 <비평>의 균형 감각을 회복한 것으로 바로 이어졌는데요.

주

잠깐, 내 생각으로는 균형 감각의 회복이 아니라, <찾은 것>.

그렇군요. 이 점을 우리는 아주 고통스럽게 분석하고 또 종합해 보였는데, 그것이 「'분례기'와 선우휘」라는 제목의 대화였소. 무려 10개월에 걸친 대화인지라 요약하기는 불가능하지만 그래도 조금 엿볼 수는 있겠는데요. 아마도 선생께선 거부하겠소마는.

그렇소. 우리의 대화가 얼마나 벅찼던가. 주간 백낙청과 학병세대의 작가인 「불꽃」의 선우휘가 마주해서 <대화>를 한 <비평>때었지요. 『창작과 비평』의 균형에 맞추기인 셈. 균형 맞추기라 하나, 늘 스스로 균형 깨기를 내장하고 있었던 것이니까. 『분례기』라면 여기에 알맞은 <비평>이, 『장한몽』이라면 또 이에 알맞은 <비평>의 모색이 요망되는 것. 균형 감각이 내면에서 깨지기 마련. 창작도 비평도 늘 불안한 상태, 새로 출발할 수밖에요.

이미 논의 되어 있지 않았던가요.

젊은 비평가와 기성작가의 대화. 거기엔 세대감각이 작동하고 있었을 뿐만 아니라 비평가와 작가의 대화가 있었소. 응모작 『분례기』가 대화 속으로 은밀히 가로지르고 있었던 그런 대화.

대화체가 아닌 새로운 형식의 '대화'의 창출이다, 라고 선생은 강하게 주장합니다 그려. 「몽금포타령」과 『장한몽』의 긴 몽유에서 깨어나는 것을 바라보는 『창작과 비평』의 방식. 『분례기』의 연장선상에 놓인

『장한몽』의 꿈. 노동공동체의 미완성체. 그러기에 다시 『관촌수필』에로
내려 앉아 내리기.

주

하버드 교정에서 익힌 논리의 달인인 백낙청이 자주 주변 사람들과
<좌담>을 했습니다. 주변 사람들이란 학자, 민중, 서민, 노동운동가 등
등 문학과는 무관한 사람들이었지요.

객

'대화'에서 '좌담'에로의 이전 현상. 그도 그럴 것이 선우휘는 드문
존재이니까. 이만하면 <대화>의 형식이 갖는 의의가 조금은 드러난 것
같소이다. 우리의 대화도 혹시 이런 범주에 드는 것입니까.

주

나는 그렇기를 열렬히 바라고 있었소. 물론 번번이 좌절되곤 했지만.

객

『문학과 지성』의 등장과 이에 관여된 모양입니다 그려.

주

그렇소이다. 그들은 4·19세대의 깃발을 하늘 높이 흔들어대는 부류
이니까.

객

4·19세대라 했것다. 조금 위급이긴 해도 최인훈, 이청준, 김승옥 등
이른바 『산문시대』 동인들이 주축이 된 것으로 아는데, 선생은 이를 싸
잡아 내성소설이라 규정했더군요.

나는 이점이 비교적 잘 보였소. 좋은 위치, 상등석에서 관찰했으니까. 전중세대도 아니지만 4·19세대와는 다른 전후세대에 속했으니까. 심리적 묘사, 무의식과 의식의 깊이에로 파고드는 상상력이 잘 관찰되었으니까.

비평가 김현과 작가 이청준의 대립이 제일 잘 보였다?

감히 말하건대 백낙청과 선우휘의 대립과 흡사한, 그동안 무시한 듯한 좋은 요소들이 잠복되어 있었던 것. 그러나 여기는 아주 현실, 시대성과는 달리 내면성의 대립이 불거져 있었소.

아, 알겠다. 김현의 논리는 어디까지나 선험적인 것. 이에 비해 이청준의 선험성은 무엇이었을까.

목포 약종상의 차남의 선험적 논리와 선험적 가난, 곧 갯땅 장항의 조개나 캐며 자란 장항의 선험적 가난.

내가 놀란 것은 <선험성>이오. 경험과 대립적 용어인 선험성이 시방 경험에서 오는 논리와 가난을 뛰어넘고 있다는 것.

'뛰어넘었다'라고 했습니다 그려.

어폐가 있지요. 내가 지적하고 싶은 것은 논리란 누구에게나 주어지는 것이라는 점. 이에 비해 이청준의 <가난>이란 그만의 경험적인 것이라는 사실.

승부가 안 된다? 김현은 이청준의 상대가 못 된다는 것.

그렇소. 비평가와 작가의 승부가 아니라 이 모든 것을 안중에도 없는 승부수. 『당신들의 천국』에 오면 이 사실이 확연해집니다. 조백헌 원장을 김현은 어느 수준에서 이해하고 있었소. 이른바 <자연적 운명>이 그것. 그러나 또 하나 주역인 보건과장이자 조원장의 비판자 이상욱을 김현이 상세히 분석을 할 수도 있었으나, 감염아 출신인 이상욱의 내면에 접근 할 수 없었지요. 다음은 무게가 실린 대목.

> 내가 지금까지 네놈 글을 좀 아는 척해왔지만 네 본바탕이나 엉큼한 속내는 대강 밖에 별로 아는 게 없었잖아. 그래 이번 길을 함께 하면서 네놈이 어떤 인간 족속인지 곁에서 좀 살펴볼 참이었지.
> ↘이청준, 『그와의 한 시대는 그래도 아름다웠다』, 현대문학사, p.32

맞서면서도 한 수 위의 육성이 아닐 것인가.

선생은 계속해서 <대화>에 강음부를 놓고 있소이다.

그렇소. 대화란 논리나 해석 또는 설명과는 다른 것이니까요.

객

저가 그런 대상 축에 들었던 모양입니다.

주

그렇소. 물론 이청준에 비하면 아직도 미진하긴 하지만.

객

선생은 여전히 『당신들의 천국』을 이 나라 문학사의 최고봉우리라 믿고 있습니다 그려. 『당신들의 천국』을 이끌고 제주도도 갈 정도였으니까. 육지 무당 어미를 따라 나선, 아들 격인 청년 정요섭이 바로 보건 과장 이상욱이 아니었던가요.

주

우리의 대화는 일단 여기서 멈추기로 하지요.

객

멈추라고 하십니다 그려. <끝내기>라 하지 않으시고.

주

문학사에서의 대화이니까. 그렇다고 해서 한 숨 쉬어갈 여유는 있어도 되지 않을까 싶네요. 문학사도 인간의 일이니까. 인간의 육성. 이만하면 우리가 겪어온 대화란 괜찮은 것 아니겠소. 한 번 더 반복건대 인간적이니까.

객

이런 것이 선생께서 말하는 넓은 뜻의 <대화>입니다 그려. 맞습니까.

주

백낙청의 <좌담>과도 다르고 더구나 김현의 <독백>과는 다른 것.

[객]

우리가 결국은 우리식의 대화의 형식을 만들어 본 것이군요.

[주]

좋은 지적. 놓친 것과 얻은 것을 합치면 균형 감각이 이루어지는 법이니까.

[객]

이 대화의 형식엔 상대방이 요망되는 것, '독백'도 아니지만, '좌담'도 아닌 차원. 김현식 내성문학의 '독백', 백낙청식의 '좌담'도 아닌 영역, 맞습니까.

[주]

다시 우리는 '대화'의 속성을 살펴야 되지 않겠소. 『세계의 문학』의 등장에서 이 점이 검토될 수 있으면 합니다. 박맹호식 방식. 곧 연극형식. 월남전조차 무대화.

[객]

혹시 선생께선 리영희 선생의 『대화』(한길사, 2005)를 염두에 둔 것입니까.

[주]

임헌영 씨와의 '대담'이나 이 경우 내 생각으로는 임헌영 씨는 그냥 그 자리에 가만히 있었을 뿐. 거기 대화의 본질이 깃들고 있지 않았을까. 우리 문학사는 장차 이에 대한 공부가 요망되지 않겠는가.

[객]

선생의 포부는 참으로 원대합니다 그려. 그동안의 기존 문학사는 껍데기에 지나지 않는다?

이 열린 문학사, 그것을 꿈꾸는 것. 좀 겸허히 말해 우리의 내면에 스민 문학사의 영역.

1. 외신기자 리영희의 자유

객

좌담 또는 정담이라는 형식이 있습니다. 또한 서정적 형식이란 말도 있습니다. 선생께선 좌담(정담) 형식을 계간지 『창작과 비평』에 두었고 독백형식을 『문학과 지성』에, 또 새로 등장한 『세계의 문학』에다 고민 끝에 <대화>의 가능성을 놓은 바 있습니다. 물론 비유적 처리입니다만, 그것도 몇 번씩 반복하지 않았습니까. 모르긴 해도 또 다른 <형식>을 염두에 두었을 법한 데요. 그렇지 않고서야 저토록 <형식>에 은근히 지향성을 보였으랴. 그게 궁금합니다. 일찍이 플라톤의 대화편 이라는 형식이 있지 않습니까. 알려진 바에 따르며 플라톤이 자기의 저작을 위해 철학자로서 처음으로 채용한 독특한 방식이었다고 합니다.

주

내가 어찌 감히 플라톤을 알겠소. 내가 아는 것은 우리 주변에 있는 형식입니다.

객

리영희의 『대화』(한길사, 2005)를 가리킴입니까.

주

그렇소.

객

<한 지식인의 삶과 사상>이라고 부제를 단 이 『대화』는 『전환시대의 논리』라는 활동적인 사상가의 첫 번째 평론집(1974)이지요. 시사평론집이 베스트셀러까지 된 드문 현상. 그만큼 시사적 흡인력이 있었다는 증좌이겠는데요. 그래봤자 '외신기자'의 안목에 기울어진 것 아닙니까.

주

외신기자의 안목이라 했습니다 그려. 이 문제를 그냥 건너 뛸 수는 없겠소. 철학자의 안목, 사상가의 안목, 문학자의 안목 등이 각각 있지 않겠습니까. 딱 '이게 뭐다'라고 단정할 수는 없더라도.

객

선생께선 시종일관 <외신기자>에 초점을 맞추고 있습니다.

주

그냥 기자가 아니라 외신기자.

객

외신기자라 함은 영어에 능통함이 대전제로 놓여 있지요. 군복무 7년을 겪으며 그 반을 영어 교육관으로 근무한 리영희는 영문과 출신도 아니고 제대로 된 영어 능력을 갖추었다고 할 수 없음을 선생은 굳세게 지적하고 있습니다 그려. 그 이유를 굳이 뭐라 할까요.

실제로 리영희는 외신부 기자, 신문사 외신부장 등을 겪지 않았습니까.

선생은 교수 리영희를 인정하기에 썩 인색합니다 그려.

외신기자 리영희가 호구지책을 위해 자의반 타의반으로 교수자리로 옮긴 것. 그 이상도 아니고 그 이하도 아니라고 하면 본인에게 실례가 될까. 그럴 이치가 없다고 나는 생각하오.

월남전, 정치적 사건 밑에 깔린 부정부패. 이에 그토록 민감히 반응한 것은 웬 곡절일까. 『베트남 전쟁』(1985)은 10년 동안 외신기자로 접한 정보에 의존한 것. 이 책의 끝에는 프란시스 핏제럴드의 『해방 전선의 우편배달부』와 岡村昭彦(오카무리 아키히고)의 『민족해방전선의 기원과 구성』 등 장문의 자료가 소개되어 있군요. 외신기자로서의 감각이겠지요. 그렇다면 국내 부정부패의 정치적 암묵상태는 무엇으로 설명될까요. 외신기자의 안목이 끝난 곳이 아닌가요.

좋은 지적. 리영희 자신이 이에 대해 상세히, 또 활달하게 주장하고 있소. 이를 아무도 건너 뛸 수 없지요. 외신기자보다 더 확실한 것. 자유라는 것.

단순 기능전문가로서의 '지식인'이 아니라 시대의 고민을 자신의 고민으로 일체화시키는 불란서어의 뉘앙스(함의)로서의 intel-lectuel(-le), 즉 '지성인'에 해당하는 나의 삶의 시간적 구간은 약 50년간이다. 6.25전쟁의 지겹도록 혐오스러운 7년간의 군복무에서 해당되어, 비로소 하나의 자유정신의 인격체로서 1950년 중엽부터 언론인과 대학교수, 사회비평가와 국제문제 전문가로서 활동한 현재까지를 말한다. 이 긴 시간에 걸친 나의 삶을 이끌어준 근본이념은 '자유'(自由)와 '책임'(責任)이었다. 인간은 누구나, 더욱이 진정한 '지식인'은 본질적으로 '자유인'인 까닭에 자기의 삶을 스스로 선택하고, 그 결정에 대해서 '책임'이 있을 뿐 아니라 자신이 존재하는 '사회'에 대해서 책임이 있다는 믿음이었다.

이 이념에 따라, 나는 언제나 내 앞에 던져진 현실 상황을 묵인하거나 회피하거나 또는 상황과의 관계설정을 기권(棄權)으로 얼버무리는 태도를 '지식인'의 배신(背信)으로 경멸하고 경계했다. 사회에 대한 배신일 뿐 아니라 그에 앞서 자신에 대한 배신이라고 여겨왔다. 이런 신조로서의 삶은 어느 시대 어느 사회에서나 그렇듯이 바로 그것이 '형벌'(刑罰)이었다. 이성(理性)이나 지성(知性)은커녕 '상식'조차 범죄로 규정됐던 '대한민국'에서랴.

20대에 이르도록 나는 주로 개인의 성향과 성장환경 때문에 사회적 및 역사적 문제의식, 지식이 백지상태나 다름없었다. 그런 비주체적 존재(정신)가 성인이 되면서 사회의 모순에 부딪치고, 그때마다 실존적 선택을 강요당하는 반복적인 과정을 통해서 '지식인'으로서의 자신의 논리를 획득해 나갔다. 그 삶은 사회와의 끊임없는 긴장관계일 뿐 아니라 자신과의 부단한 내면적 투쟁이었다. 크고 작은 실수와 시행착오가 그 길에 뿌려져 있다.

↘『대화』, p.7

지식인이란 불의를 보면 참을 수 없는 존재라는 것.

객

그야말로 리영희의 육성입니다 그려.

주

좋은 지적. 육성, 목소리.

객

지식인 중 특수 부류가 그럴 뿐 다 그렇지는 않지요. 의사, 변호사, 교사, 작가 등을 보시라.

주

좋은 지적. 자기만이 지식인일 수는 없는 법. 다만 지식인 중 불의를 보면 참지 못하는 유별남.

객

자유. 추상적이거나 관념적인 것이 아닌 것.

주

좋은 지적. 반공(反共)을 통치구조의 국시(國是)로 하는 현실에서의 '자유'였지요. 나는 이 점을 자유로서의 지식인상에 투영했다고 보았소이다.

2. 플라톤의 「파이드로스」

객

『대화』에서 저자는 대화체로 장문의 책이 완성된 것은 <구술>로 했다는 것. 왜? 뇌출혈을 앓은 뒤에 겨우 회복되었으니까.

어찌 인간이 가늠할 수 있겠는가! 4년이 지나는 사이에 신체와 정신의 마비가 서서히 그러나 착실하게 회복되어 갔다. 아직까지 풀리지 않는 것이 있는데 오른 손의 떨림과 손가락의 마비다. 글이라면 엽서 한 장의 짧은 글을 힘겹게 쓰는 것이 고작이지만 구술(口述)로 하는 저술은 웬만큼 가능해졌다. 지적 활동을 단념하고 영원히 포기한 상태에서, 짐짓 운명의 신이 감추었던 뜻을 알 것 같았다. 하찮고 보잘것없는 삶과 사상이었으나마 여전히 잊지 않고 사랑과 경애의 마음으로 관심을 가져주는 고마운 이들의 요청에 마지막으로 보답하는 뜻으로 풀이했다.

↘『대화』, p.9

주

구술했다는 것, 그 이유가 분명히 드러났지요. 내가 이 대목에서 머리에 떠오르는 것은 다름 아닌 플라톤이외다.

객

선생께선 마치 플라톤 연구자처럼 들리기도 합니다.

주

좋은 지적이지만, 나는 플라톤을 연구한 바 없소. 고전인 『공화국』을 읽어 본 정도.

객

아마도 거기 있는 악명 높은 <시인 추방설> 정도이겠지요.

주

그렇소. 그렇지만 「파이드로스」에 주목한 적이 있다고 앞에서 적지 않았던가요.

객

선생은 리영희의 『대화』에 촉발되어 비로소 <대화체>가 아닌 <대화의 정신>에 닿았을 터.

주

좋은 지적. 대화체 아닌 <대화>란 어떤 것인가. 적절한 사례가 아닐

지 모르나 나는 아래 부분에서 그 낌새랄까, 그런 것을 감지하오.

바로 나의 이런 운명적 계기를 포착한 김언호 한길사 사장이 성의와 열정을 다해 끈질기게 설득했다. 대화형식으로 하면 된다는 것이었다. 나는 굴복했다. 아직 뇌의 사고능력이나 기억력은 완전에는 먼 상태였다. 그래서 사고와 기억을 도와 줄 대담자가 필요했다. 이 일을 임헌영 씨가 기꺼이 맡아주었다. 온전치 못한 나의 기억력을 70년 삶의 줄거리를 국면 국면마다에서 상기시켜주고, 주요한 역사적 및 동시대적 문제들에 관해서는 물론, 국제적 사건과 상황에 관해서도 역사의식에 투철한, 예리하고 이성적인 비판적 담론을 가능케 해준, 친애하는 후배이자 다정한 벗 임헌영 씨에게 감사한다. 뛰어난 문학비평가이자 해방후사의 냉철한 정치적, 사상적 분석가인 임헌영 씨의 질문자 겸 대담자로서의 역할이 내용을 풍부하게 해주었다. 전체 담론의 격을 높여주는 데에도 크게 기여했다. 그 모든 도움에 깊이 감사한다.

↘「머리말」, 『대화』

대화란 상대방이 전제된 것. 이에 제일 적절한 상대방은 누구인가.

객
임헌영!

주
임헌영!

객
위의 기록에 험 잡을 데 없지요.

주
동감.

「파이드로스」에 나오는 그 파이드로스라는 인물인가요.

플라톤은 <자기 자신>이라 하지 않고 시대 풍조에 민감한, 전반적
으로 쾌활한 호기심을 갖춘 지식인이라 했군요.(岩波文庫(이와나미문고), 제
29쇄 판, 1990)

그건 핑계이고 실제는 플라톤이 아니었던가요. 이에 대한 선생의 의
견이 궁금하오.

<리영희와 임헌영>, 달랑 둘에 비해 「파이드로스」는 이중적입니다.

달랑 한 겹인데 「파이드로스」는 이중적이다. 이중적인 것을 어떻게
이해해야 할까요. 선생은 기껏 <시인 추방설> 밖에 아는 것이 없지 않
습니까.

내가 이젠 할 말이 없소. 모르는 것은 모르는 것이니까. 그렇긴 해도
이 '달랑' 대화에서 소중한 것을 찾아낼 수 있습니다. 한번 볼까요.

백낙청은 미국 유학에서 갓 돌아와 군복무를 마치고 제대한 30대 초반
의 귀공자 타입의 백면서생이었어. 백낙청과 『창작과 비평』과 인연을 맺
은 것은 내가 그 후의 인생에서 굉장히 큰 지적 자극을 받는 계기가 되
었어요. 또한 이 인연이 아니었으면 모르고 지냈을 한국의 수많은 문인
들과 깊은 우정을 나누게 됐지요. 앞에서도 얘기했듯이 백낙청은 박정희

쿠데타 정권이 그 이전 정권 아래서 돈 많고 빽 있는 부모들의 자식들이 줄줄이 병역을 기피했던 적폐를 고치기 위해서 병역 기피자들을 강제로 입대시킬 때, 미국에 유학중이면서도 자발적으로 귀국해 입대했어. 아주 감동적인 일로, 한국 사회에 큰 화제가 됐던 인물이오. 나보다 나이는 9살 아랫니지만, 그 지식과 사상 면에서는 오히려 선배와도 같은 친구였어.

내가 후배인 백낙청에 대해서 각별한 경의를 표하는 까닭이 있지. 해방 직후에 미국이 어린 한국 학생과 젊은이들을 미국화하기 위한 정책의 하나로서 세계의 많은 예속국가에서 영어를 잘하는 고등학교 학생들을 데려다가 '국제 영어웅변 경연대회'를 열었어. 이 대회는 미국의 『헤럴드 트리뷴』이라는 신문사가 주최한 것인데, 해방 후에 미국의 신천지를 넋을 읽고 동경했던 세계 각국의 학생들의 선망의 대상이었어. 그 첫 해에 한국에서 간 학생이 고등학생 백낙청이야. 다음해에 간 여학생이 이광수의 조카인가 그랬어. 이 여학생이 일주일 동안의 미국생활을 마치고 돌아왔을 때, 김포비행장에 기자들이 운집했어. 당시의 김포비행장에는 무연한 풀밭에 콘크리트 활주로가 달랑 한 줄 있을 뿐이었어요. 비행장 건물도 가건물이어서, 그날따라 많은 비가 내리 길래 우산을 받은 기자들이 한참 풀밭을 걸어서 비행기 옆에 모였어. 비행기에서 내린 그 여학생에게 기자들이 으레 하는 식으로 소감을 묻지 않았겠어? 그런데 놀랍게도 미국에 고작 일주일 머물다 온 이 여학생의 첫마디가 "Well, well, I've forgotten Korean."(저어, 그게, 나는 한국말을 잊어버렸어요)이었어. 기자들이 아연실색했지. 근데 마침 비가 오는 날이니까, 비행장 풀밭에 있던 개구리가 그 사람들 사이에서 폴짝폴짝 뛰어다니고 있었어. 그 여학생은 그 개구리를 보더니, 기자들에게 "Frog, Frog! How you say frog in Korean?"(개구리, 개구리! 'frog'를 한국말로 뭐라고 하지요?)이라고 했어. 이 이야기가 도하 신문에 실리자 한때 장안의 큰 화젯거리가 되었지. 내가 이 여학생 얘기를 하는 것은, 백낙청의 정신 자세를 높이 칭송하고 싶어서 그러는 거요. 고등학교 졸업 후 미국에서 하버드대학 박사과정까지 마친 사람인데도 '미국병'에 들지 않았을 뿐 아니라, 세계적 수평적 인식과 사고를 견지하면서도 어디까지나 한국과 한국 문학, 그리고 한국 국민의 정서적 차원에서 뛰어난 고헌을 했기 때문이에요. 바로 이 시기에 한국의 문단과 사상계에 모습을 드러낸 손꼽히는 인물이지.

임헌영 선생님이 1967년 한스 모겐소의 『진리와 권력』을 번역하신 글을 읽었던 기억이 납니다.

리영희 1967년 봄호에 실렸습니다. 그때는 미국이 베트남 전쟁을 본격적으로 확전해 나가면서 베트남 백성들을 잔인무도하게 학살해, 세계의 양심을 거슬리게 하던 때였어. 바로 이런 상황에서 처음으로 미국의 최고 지성의 한 사람인 한스 모겐소 교수가, 자기 나라 지배집단이 제3세계에서 감행하고 있는 오만불손한 야수적 행동을 비판한 글입니다. 내가 평소에 구독하여 읽고 있던 미국의 가장 진보적 평론지인 『뉴 리퍼블린』에 그 글이 게재됐기에, 번역해서 『창작과 비평』에 게재했지. 내가 외신 기사 면에 러셀, 사르트르 등 유럽 지식인 사회 거장들의 베트남 전쟁을 반대하는 글들을 실은 적은 있었지만, 미국 최고의 지성인 촘스키 교수의 글을 제외하면 미국학자의 미국 비판의 글을 싣기는 이것이 처음이었어. 더욱이 반전 평화사상을 본격적으로 제기하고 미국 정부의 통치 집단의 범죄적 행동을 비판하는 장문의 글이어서, 우리 국내의 호응이 꽤 높았어요. 『창작과 비평』과 내가 글로 맺은 인연은 이 번역 작업으로 시작되었어.

↘『대화』, pp. 197-198

선생께선 리영희와 백낙청의 관계가 번역으로 시작되었다고 지적하고 싶은 모양입니다 그려.

동감. 토를 달면 <외신기자의 감각>이라는 것.

번역과는 다른 차원. 곧 시대성, 그것도 세계적 사건에 관련된, 그런 것에 민감히 반응하는 감각. 그렇지만 통상적 안목으로 보면 외신기자의 감각 쪽이 눈에 띠는 것이었지요. 번역 말이외다.

주

「일본 재등장의 배경과 현실」(『창작과 비평』, 1971, 여름호), 「베트남 전쟁(1)」(『창작과 비평』, 1972, 여름호), 「닉슨-키신저의 세계 전략-R.G 바네트」(『창작과 비평』, 1972, 겨울호) 등의 번역이지요. 좀 뭣하지만 깊이 있는 배경을 고려하기보다는 시대성에 민감한 감각.

객

선생 식으로 하면 외신기자의 감각.

주

그렇소이다. 나는 이 용어를 결코 평가절하 한 것은 아니올시다.

객

알겠소. <대화>와 <외신기자의 감각>의 차이를 드러내기 위함이겠습니다 그려.

주

바로 그렇소. 대화란 또 말해 플라톤의 「파이드로스」에로 향하기 마련. 잘 모르긴 하나 나는 여기서 <대화>에 대한 모종의 암시를 감지했소

객

선생께선 리영희의 『대화』에서 그런 모종의 감각이랄까 예감을 찾고자 했습니다 그려.

주

그런 셈이오. 「'분례기'와 선우휘」, 「몽금포타령과 장한몽」 등이 형식상 대화체로 되어 있으니까.

3. 자화자찬

선생의 그런 예감의 방향성을 몇 가지 들어 보일 수는 없겠는지요.

두 세 개만 들어 볼까요 내 짧은 안목이 닿은 곳, 혹은 닿고자 한 것들.

『전환시대의 논리』『8억 인과의 대화』『우상과 이성』이 세 권과 함께 나를 공산주의자로 만들어가는 거지. 창작과 비평사의 발행인인 백낙청이 공범이 되고 한길사의 공식 대표로 되어 있는 김언호(金彦鎬) 사장의 부인 박관순(朴冠淳)여사가 입건됐어. 『전환시대의 논리』와 『우상과 이성』이 1974년에서 77년 사이, 워낙 짧은 기간에 한국 지식인들의 '의식화 교과서'가 되면서 군사정권에 대항하는 세력을 키우는데, 게다가 『8억 인과의 대화』가 나오자마자 며칠 사이에 몇 천 부가 팔리니까, 거기에 나를 엮는 구실로 이용한 것이지. 나를 '공산주의자'로 만들려고 해도 뜻대로 안 됐지. 아무리 봐도 내가 공산주의자는 아니거든. 북에서 가족 다 내려왔고, 6·25전쟁에 7년 동안 장교로 참전한데다 군에서 표창도 받았으니까요. 표장은 금성공로훈장인데, 오덕준 준장이 야전사령부에 모아놓고 줬어요. 지나간 일인데 그후 어떻게 된 일인지 사단본부의 부관실 인사과에서 기록을 하지 않았어요. 그래서 육본에 기록이 없었지만 말이오. 하필 이런 사건이 날 때마다 조회하면 안 나오는 거야.

임헌영 훈장은 있습니까?

리영희 나는 당시 대학생들이 남영동의 대공반 그 조사실에서 당했던 물고문, 전기고문 같은 폭력적이고 치명적인 고문은 별로 안 당했어요. 김근태(金槿泰, 현 보건복지부장관) 학생이 당한 그런 고문은 안 당했어. 수없이 위협은 했지만 내 몸에 물리적으로 손을 대진 않더군.

임헌영 백 선생도 고생했지요.

리영희 백낙청 교수에게는 하버드 대학 졸업생이라는, 남한사회에서는

특권적인 조건이 있으니까 아마 나하고는 다른 대우를 했겠지. 미국 시
사 주간지 『뉴스위크』가 나의 필화 사건을 상당히 크게 보도했어요. 그
런데 나를 중심으로 보도한 것이 아니라 백낙청을 중심으로 했더군. 그
것이 백 교수에게는 결정적으로 유리한 증언의 역할을 한 셈이지요. 미
국은 물론 세계 도처의 유력한 하버드 동문들의 항의서가 한국 정부에
보내졌고. 그들은 나를 잡으려고 한 거지 백낙청을 잡으려고 한 것이 아
니니까.

↘『대화』, pp. 473-474

하버드 출신의 백낙청인지라 세계의 하버드대 동창들이 비호에 나섰
다는 것. 『뉴스위크』에서는 리영희 필화사건을 크게 보도하긴 했으나
초점인즉 백낙청의 부각에 있었지요. 나는 이 대목을 하나의 예감으로
받아들이고자 하오. 열려 있는 대화의 문(門).

객

『대화』에 상당한 분량을 할애한 작가 이병주에 대해 선생은 아마도
할 말이 아주 많겠지요. 『이병주와 지리산』(국학자료원, 2011)의 저자이시
니까. 두 번씩이나 방일한 자료조사 위에서 쓴 것이니까요.

주

평전이란 자료조사 위에서 비로소 빛을 보는 형식이니까 거기에 따
랐을 뿐이요.

객

아마도 선생은 다음 대목에 주목하지 않았을까요. 문학평론가 임헌영
이 지켜보고 있는 곳에서 말이외다. 시대를 민감히 살아 온 문학평론가
앞에서 리영희는 말했던 것.

대강은 맞소. 다음 대목을 보시라. 외신기자의 감각이 돌출한 곳.

리영희 아마 1966년 봄쯤이었던 것으로 생각해요. 어떤 신사가 조선일보 외신부로 찾아왔어. 자기를 소개하기를, 글 쓰는 이병주라는 사람이라면서, 저녁식사에 초대하더구만. 알고 보니까 그는 부산에 있는『국제신보』주필로 있다가 5·16 박정희군부 쿠데타를 맞아, 평소에 '남북한 중립화 통일론'을 주장하는 사설을 써왔던 관계로 투옥됐어요. 군부정권은 쿠데타에 성공하자마자 국가보안법과 반공법 등을 동원해서, 좌익계, 혁신계, 노동조합. 교원조직 등의 인사 약 2000여명을 소위 '용공분자'라는 죄목을 붙여 구속했어요. 대체로 8년형부터 무기징역까지 선고했어. 그들은 대부분 박정희 정권수립과 동시에 구속되어 3년 내지 3년 반을 복역하고 64~65년경에 석방돼요. 이병주는 석방된 뒤에 자기의 투옥 기간에 전개된 국제정세의 변화를 추적하기 위해서 국내의 모든 신문을 읽다가,『조선일보』외신면이 다른 신문들과는 다르게 정확한 보도와 평가를 해 왔다는 것을 알았다는 거야.

[…]

리영희 우리나라 속담에 '사람 팔자 알 수 없다'는 말이 있는데, 이것이 바로 그런 경우에요. 이병주는 와세다 대학 재학 중, 태평양 전쟁이 터지자 학도병으로 징집됐다가, 해방이 되어 고향인 진주에 돌아온 후 진주농림학교의 교사가 됩니다. 아까 내가 말한 것처럼, 워낙 세련되고 재력이 풍부한데다 호남이었기 때문에 학교 뿐 아니라 그 지방의 뭇사람에게 선망의 대상이 되었대요. 그때에 진주농림학교에 수업시간 시작과 끝을 알리는 종을 치는 사환으로 김현옥이라는 공부를 못한 청년이 있었대. 그 당신 남한의 못 배우고 돈 없고 빽 없는 젊은이들이 모두 출셋길을 찾아 국방경비대(육군)에 입대하던 예에 따라, 김현옥이도 그 후 군대에 들어간 거야. 그렇게 해서 그는 61년 5월에는 박정희 군사 쿠데타의 영관급 장교로서 독재 권력의 중추부에 진입하게 됐지. 말하자면 엄청난 계급 변동이라고 할까. 그리고 서울시장이 됐어요.

방금 임형이 말한 그 때에, 수도 서울의 왕자로 군림했던 왕년의 진주 농림학교 사환은 종치기 때부터 존경했던 이병주에게 온갖 경제적 특혜를 베풀었어. 이병주 씨는 그 덕분에 서울 시내 여러 군데에 활동 근거지를 갖고 있었어요. 특히 용산 청과시장을 건설할 때 특권을 받아, 그 안에 자기의 큰 저택을 꾸렸어. 그와 내가 밖에서 술을 마시다 취하면, 으레 그 집으로 가서 토론도 하고 언쟁도 하고 책도 보고 하다가 밤을 새는 일이 흔했어. 다른 사람들이 모두 경제적으로 어려울 때에 맘껏 돈을 쓸 수 있었던 그는, 한량으로 노는 데도 돈을 썼지만, 귀한 책들을 사모으는 데도 굉장한 돈을 썼어. 그의 집에 들어가면 마치 조금 과장해서 대학이나 큰 연구소의 도서관에 들어간 것처럼 압도당했어.

↘『대화』, pp.190-191

나는 위의 인용에서 외신기자의 감각을 목격하오. <이병주는 와세다 대학 재학 중 태평양 전쟁이 터지자 학도병으로 징집되었다가>라는 대목은 단지 풍문이거나 이병주 자신의 헛소리.

객

선생께서 이를 확인 차 두 번씩 방일까지 하지 않았습니까.『관부연락선』연재 시에도 와세다 대학 재학 중에 학도병으로 나간 것으로 되어 있어 풍문은 아닌 듯.

주

실상 기껏해야 전문부의 대학생. 그는 <메이지 대학>의 전문학부 문창과 재학 중에 입대한 것. 왜 이병주는 굳이 다닌 바도 없는 와세다 대학을 내걸었을까.(졸저,『이병주와 지리산』, 국학자료원, 2010) 와세다 대학을 다닌 학도병은 황용주였고 그는 이병주가 닮고자 한 인물이었을까.(안경환,『황용주—그와 박정희의 시대』, 까치, 2013)

그에 관한 많은 이야기 가운데 빠뜨릴 수 없는 한 가지 이야기, 나만이 아는 이야기가 있어. 그의 도서실에는 제2차 세계대전 종결 후 히틀러와 나치에 대한 '뉘른베르크 전쟁범죄재판' 영문 기록이 완벽하게 들어 있었어. 대형 백과사전만한 크기의 기록이 몇십 권이었는지 나의 기억이 확실치 않은데, 어떻든 한 면에 가득 찼던 것 같아. 그런 유의 희귀한 도서들을 그렇게 많이 소장하고 있다는 것은 정말로 놀라운 일이었어요. 하지만 나의 얘기의 요점은 그 장서에 관해서가 아니라, 이병주가 왜 그렇게 방대한 독재자의 전범재판 기록을 완전하게 보존했느냐 하는 거예요. 그와 내가 그의 서재에 앉아서 얘기를 할 때마다 그는 이렇게 말했어.

"내가 히틀러와 나치 전범재판의 방대한 기록을 구득한 목적은 어느 날인가 박정희와 그 군부쿠데타 추종자 일당을 전쟁범죄자로 설정하는 대하소설을 쓰는데 있지. 나는 이 방대한 분량의 전범재판 기록을 빠짐없이 읽을 테야. 그리고 박정희와 그 일당들의 죄악상을 나치정권 권력자들에 비유하는 굉장한 작품을 쓸거야."

나는 정말로 눈앞에 앉은 이 이병주의 손에서 박정희 일당을 규탄하는 훌륭한 작품이 나오길 고대하는 마음이었어. 그런데 사람 일이란 알 수 없는 거야. 그러했던 이병주가 75년의 '사상전향'을 기점으로 해서 급속도로 박정희와 군부세력에 접근해요. 그는 박정희의 종신대통령제의 법적 기틀을 닦은 유신헌법이 선포된 어느 날 박정희의 자서전을 쓰기로 했다고 나에게 말하더라고. 이병주에 대한 나의 우정과 기대가 컸던 만큼, 그의 입에서 이 고백을 들은 순간 나는 큰 방망이로 뒤통수를 얻어맞은 것 같은 현기증을 느꼈어. 전쟁범죄소설은 간 데 없고 그 대신 이병주는 폭군에 아부하는 전기를 썼지. 이때부터 나는 이병주를 멀리하게 됐고, 그후 완전히 결별했지요.

참, 그때 조선일보 지면을 통해서 순수문학과 참여문학 싸움이 일어났는데, 그거 기억해요? 1967년 이맘때에 중국에서 이른바 문화대혁명 운동이 일어나고, 모택동과 중국공산당의 권력파가 5억 중국 인민의 사상개조를 하기 위해서 문학을 통한 이념논쟁을 시작한 때였지.

↘『대화』, pp.390-391

객

<빠뜨릴 수 없는, 나만이 아는 한 가지 이야기>라고 했것다. 10년 동안 교유한 이병주에 대한 외신기자의 감각을 잠시 포기한다는 선언으로 들리는데요. 맞습니까.

주

외신기자의 감각에서 벗어나고자 한 모습의 고민이랄까, 그런 예감을 나는 느낍니다. 그것이 곧 플라톤의 「파이드로스」의 형식이라 할 수 없다 해도 그런 에로스적인 다른 세계를 꿈꾸었다고 할 수 없을까. 내가 느낀 이런 감각은 어쩌면 나 자신의 꿈이었는지 모를 일이긴 하오 마는.

객

선생 자신의 꿈(에로스)로서의 형식이었다고 했습니다 그려.

주

특출한 감각의 문학평론가 임헌영이 지켜보는 장면에서 리영희는 실로 염치도 없이 자기자랑에 빠졌지요. 좀 볼까요.

임헌영 닉슨이 한참 재선운동에 나섰을 때 그의 대외정책을 비판한 R. 바넷의 「닉슨 : 키신저의 세계전략」이란 글도 인상 깊게 읽었습니다. 특히 베트남전쟁의 실상을 파헤친 선생님의 논문들은 재야나 운동권 학생들에게 많은 영향을 주었다고 봅니다.

리영희 베트남전쟁의 원인과 배경, 우리나라에서 멸시한 소위 ‘베트콩’과 호지명 그리고 ‘자유민주정부’라고 원조했던 남베트남 사이공정권의 본질 등에 관해서는 진실을 알고 쓴 사람이 나밖에 없었으니까 그랬겠지요

앞서 베트남전쟁을 얘기하면서 언급하였듯이, 베트남전쟁에 대한 한국 지식인들과 언론인들의 의식과 철학은 완전히 반동적이었어요. 먼저 맥나마라가 자기가 저지른 베트남전쟁의 실패원인 13가지를 들며 자기 자

신을 비판한 것을 인용했지만, 한국의 지식인들과 언론인들은 그 13가지 가운데 한 항목에 관해서도 올바른 인식과 지식이 없었다고 해도 과언이 아니에요. 오로지 해방 이후 병적이고 광적인 극우반공주의와 미국을 하느님처럼 섬기는 철저한 정신적·사상적·예속상태 때문에 그랬지. 임형이 지금 말한 그런 글들을 비롯해서 내가 발표했던 수많은 글들을 그 많은 한국의 지식인들이 하나도 접근하지 못하고 있었다는 것이 놀라울 뿐이야. 그렇게 철저하게 미국 숭배사상에 푹 젖어 있었을까? 지금도 나는 이해할 수가 없어요. 자화자찬 같아서 쑥스럽기는 하지만, 내가 그 시기에 했던 일들을 생각하면 한국 지식인들의 눈동자에 끼어 있던 두터운 장막을 걷어주고 객관적이 세계 현실에 대해서 인식을 달리하게 만든 적지 않은 역할을 했다고 자부해. 그러기 위해서 내가 겪어야 했던 많은 고통은 이루 다 말하기 힘들지만 말이오.

↘『대화』, pp.398-399

<자화자찬 같아서 쑥스럽지만>이라고 표나게 말할 정도. 과연 유치합니다.

4. 문자의 양면성

객

리영희에 대해 흥볼 대로 보았는데요. 선생께선 이제 어쩔 작정이세요. 하기야 선생 자신의 대화(에로스)를 펼쳐 보이겠는데요. 선생도 사람인 이상 틀림없이 유치해질 테니까. 꿈이 아니고서는 당연한 일. 선생은 자기 꿈을 펼쳐 보일 수밖에요. 선생께선 자꾸 '에로스'라는 용어를 쓰십니다 그려. 유치함이랄까 인간적인 면의 어떤 요소들을 종합한 표현이겠는데요. 맞습니까.

대화에 들어가기 전에 '독백'이 지닌 가치랄까 의의를 음미할 필요가 있습니다. 나는 플라톤의 주장을 그대로 보이고 싶소.

소크라테스 좋다. 내가 들은 얘기란 다음과 같은 것이다. 이집트의 나우 쿠라데 지방에 이 나라의 오래된 신들이 살고 있었다. 이 신들 가운데 이비스라 불리는 성스러운 새의 주인이 있었는데 신 자신의 이름은 테우트였다. 이 신은 처음엔 산술과 계산, 기하학과 천문학 나아가 장기(판)와 쌍육 등을 발명한 신인데, 무엇보다 주목할 것은 <문자>의 발명이었다. 그런데 한편 당시 이집트 전체에 군림하는 왕은 다모스인데 그는 이 나라의 상류지방의 대도시에 살고 있었다. 그리스인은 이 도시를 이집트의 테바이라고 불렀고, 그 신은 암몬이라 했다. 당시 그는 이집트의 총지배인 다오스에게 가서 여러 가지 기술을 보여주면서 다른 이집트인들에게도 이 기술을 널리 전하지 않으면 안 된다고 자세히 설명했다. 테우트의 설명에 왕은 좋은 생각은 칭찬하고 나쁜 것은 지적했다. 이런 방식으로 다모스는 낱낱이 기술에 대해 두 가지 의견을 테우트를 향해 많은 말을 했다고 알려지고 있다. 그 내용을 구체적으로 말하기엔 길고 번거로워 줄이거니, 다만 얘기가 문자에 이르자 테우트가 이렇게 말했다.

<대왕, 이 문자라는 것을 배우면 이집트인들의 슬기가 높아지질 것이오. 왜냐면 이는 기억과 지혜의 묘약으로 만들어진 것이니까.> 그러자 다모스가 이렇게 말했다.

<솜씨 좋은 기술의 신이여, 기술상의 일들이 낳은 힘을 가진 사람들과, 그 기술이 그것을 사용하는 사람들에게 어떤 해를 주고 어떤 이익을 초래하는가를 판단하는 힘을 가진 사람들은 별개이다. 시방도 그대는 문자를 낳은 장본인으로 그것의 애정에 얽매여 있기에 문자가 실제로 할 수 있는 것과 그 효능의 정반대의 것을 말하고 있다. 왜냐하면 사람들이 이 문자라는 것을 배워서 기억에 무관심해지고, 이로 인해 그 사람의 영혼 속에는 잊을 수 없는 성질이 심어지기 때문이다. 그들은 쓴 것을 신뢰하기에 다른 낯선 흔적에 의존할 뿐 자기가 자기의 힘에 의해 속에서

생각해내는 것이 없는 것으로 된다. 그러므로 그대가 발명했다는 것은 기억력의 비법이 아니라 상기(想起)의 비법이다. 다른 한편 그대가 이것을 배우는 사람들에 지혜라고 말한다면 그것은 지혜의 외견일 뿐이다. 그들은 그대 덕택에 많은 경우 알지 못했던 것을 보게 되고, 힘센 박식가가 되었다고 생각하겠지만 실제로 그들은 진정한 지자(知者)가 되는 대신 겉보기에 지자가 되는 것이다.>

↘「파이드로스」, 일역판, pp.133—134

이것은 비유적인 것이어서 이해하기 힘이 들지요.

객

대화란 원리적으로 그런 것이다, 라고 선생은 새삼 상기시킵니다. 선생이 가끔 <명강의>란 무엇인가를 언급할 때 그 첫머리에 오는 것이 철학자이자 캠브리지 대학 교수인 비트겐슈타인이더군요. 한 주 동안에 자기가 공부한 것을 학생(대학원생, 연구생 등) 앞에서, 그것도 좁디좁은 자기 연구실에서 강의했는데 강의가 끝나면 선생도 학생도 기진맥진, 만화가게로, 극장으로 달려갔다고(N.말콤, 『비트겐슈타인』, 1958). 그러니까 강의조차 대화라고 선생께선 주장합니다 그려.

주

대화의 경지다, 라고 고쳐야 하겠소. 지식이나 의사전달로서의 강의가 아니라 강의조차 거의 뜻을 알기 어려운 곳이 무수한 것.

객

<그저 대화다>라고 다시 말합니다 그려. 하물며 마주 앉아 상대방과 얘기해도 대화급에 이른다고 할 수 없다는 것. 그렇다면 괴물인가요.

주

괴물이다, 라고 나도 동의하오. 괴물로서의 대화. 괴물, 곧 대화라는 것.

객

플라톤은 대화를 어떻게 보았을까요. 물론 '독백'과는 다른 것입니다. 상대방이 있어야 대화가 성립되니까.

주

독백은 상대방이 있어도, 없어도 상관없어서 조금 구분되긴 하지요.

객

플라톤은 대체로 뭐라 했을까. 위에서 자세히 말했거니와, 다르게 표현하면 이런 것이 아닐까요. 문자를 발명한 테우트(Theuth)가 이집트와 다모스(Thamus) 앞에 나아가 문자 발견의 이점을 자세히 설명하자 대왕께서 말씀하셨다. 사람에겐 성정에 따라 선으로도 악으로도 작용하거니와 그대는 한 가지만 알았지 두 가지를 다 알지 못했다. 문자가 인간에 편리함을 주어 나태하게 만들었다. 문자 없이도 인간은 소리, 감각 등의 기억을 익히 개발하여 조금도 불편이 없었다. 쓰기를 고도로 개발해 갔으니까. 그러고 보니 '대화'란 대 철인 플라톤조차도 쩔쩔맨 것입니다 그려.

주

동감. 그러나 그만큼 '대화'라는 이 괴물과의 싸움이 요망되었던 것. 이를 플라톤은 '에로스의 형식'이라고 했습니다. 아마도 미에 대한 탐구라 여겨집니다. 미란 인간 고유의 영역의 하나이니까. 세속적으로 말해 영혼을 가리킴이 아닐까.

선생께선 모든 논의의 것을 플라톤에게 뒤집어씌우십니다 그려. 조금
은 뻔뻔하게 보이는데요.

맞소. 다만 공부를 하고 있는 중이라고 하면 안 될까요. 헤매고 있다,
꿈꾸고 있다 그런 상태.

에로스다, 라고 플라톤이 말했겠다, 에로스의 형식. 선생은 이를 '꿈
꾸고 있다'고 했습니다 그려. 이를 대화라고 부르기도 했습니다. 대화의
형식, 꿈의 형식. 결국 선생이 말하는 대화의 형식이란 선생의 '에로스'
의 형식이 아닐 것인가.

그 꿈, 그 에로스의 형식이란 내 자신의 것일 수밖에. 너의 에로스,
너의 꿈을 말해보라에 해당되는 것. 내가 에로스를 말함이란 내 상상력
전체에 관련되는 것.

너는 어디서 나고, 어느 골짜기의 물을 마시며 자랐는가.

반야바라밀다가 아니기에 반야바라밀다인 것을. 석가세존께서 야단
칠지 모르거니와 내 색즉시공 공즉시색을 조금이나마 드러내기인 것.
너는 어디서 나고 어느 골짜기의 물을 마셨는가. 내가 나의 이 실상을
먼저 드러낼 수밖에요. 에로스로서의 문학사, 한국문학의 전체를 드러
내는 힘겨운 한 가지 방식인 것을.

5. 너는 어느 골짜기의 물을 마셨던가

객

문자를 발명한 테우트에게 이집트의 대왕이 충고했지요. 얻은 것도 있지만 잃은 것도 있다, 라고. 어느 것이 참다운 지혜일까 라고 대왕은 물었소. 기억하는 인간의 능력을 서서히 상실해 갔다는 것. 그 대신 기능주의에 빠져 편의에 온 몸을 맡겨버렸다는 것. 말(馬) 소(牛)를 그려 놓으면 그 말과 소는 늘 같은 표정과 모양으로 고정되어 있을 뿐. 선생의 에로스란 당시 이집트 대왕의 것에 가깝겠는데요.

주

살아 있는 문학사. 살아서 이쪽, 또 저쪽으로 움직이는 한국 근대문학사를 써보라고?

객

그런 문학사를 선생께선 에로스라 하지 않았습니까. 에로스로서의 문학사. 선생은 이를 '대화'라 했것다. 장르로서의 대화체도 독백체도 아닌 '대화'.

주

상대방이 있든 없든 관계없는 것. 상대방이란 다만 방편이었을 따름.

객

그렇다면 '독백'에 가깝지 않습니까.

주

전가의 보도처럼 내가 내세우는 플라톤은 이 문제를 어떻게 여겼을까.

궁금. 궁금.

참담하게도 내가 거기까지 이르지 못했소. 내가 할 수 있는 것은 솔직함 뿐.

선생께서 말한 그 솔직함이란 짐작이 잘 안가는 데요. 혹시 어디서 나고, 어느 골짜기의 물을 마시며 자랐는가. 반야바라밀다가 아니기에 반야바라밀다인 것.

나는 1936년생. 19년 마다 생일이 돌아오는 윤달에 난 아이. 시골 농촌 출신. 읍내까지 걸어서 십리. 내가 태어날 때는 읍내에서 울리는 오포(12시를 알리는 사이렌)소리가 들렸다는 것. 병자년 쥐띠인데다 대낮의 쥐띠. 이러한 내 출생 장면이란 어른들에게 들어서 아는 것.

선생이 자각을 갖기 시작한 것은 어느 때였을까요.

내가 자란 곳은 두 가구만 있는 강변이었소. 버드나무와 까마귀 그리고 붕어가 있는 곳. 혼자인 나는 이들과 함께 자랐소.

식구가 또 있었을 텐데요.

주

누나. 9살 위인 누나는 10리나 되는 국민학교에 다녔지요. 나는 누나가 돌아오길 까마귀와 함께 기다렸지요. 저만치 누나가 보이면 달려갔고, 무엇보다 누나의 책보자기를 뺏듯이 받아 쥐었지요. 엄격한 아버지도 이를 말리거나 야단치지 않았고, 뿐만 아니라 호롱불 아래서 책을 들여다보는 나를 엄격한 농본주의자인 아버지는 은근히 못 본 척 했지요.

객

누나의 책 속에는 다른 세계가 잠겨 있었으니까.

주

그렇소. 나는 이 대목의 의미를 훗날에 가서야 알아차렸소. 바로 <근대>, <근대성>.

객

누나의 교과서 책 속에 있는 것은 세계를 향한 숨구멍이었을 테지요.

주

그렇소.

객

훗날 가까스로 알아낸 것은 근대란 (A) 국민국가(nation-state) (B) 자본제 생산양식(mode of capitalistic production)으로 요약되는 것. 적어도 (A)를 공부함에 최소한 4년이 걸렸고 (B) 역시 마찬가지. 무려 16년의 세월이 속절없이 흘렀군요. 선생께서 쓴 논문은 문학론이기 보다는 정치경제론에 침윤된 것이었을 테지요. 선진국 학자들의 빈축을 샀을 터. 그게 어디 정치논문이나 경제논문이지, 어디 문학론이겠느냐 라고.

주

훗날 내가 알아낸 것은 R.베네딕트의 고명한 저서 『상상의 공동체』 (1983)의 논지였소. 근대란 기껏해야 18, 9세기에 만들어진 것에 지나지 않는다는 것. 근대 이전(premodern)과 근대 이후(post modern) 사이의 일정한 시기를 가리킴이라는 것.

객

큰 틀에서 보면 정치와 경제. 민족주의(반제투쟁)와 반봉건주의. 왜냐하면 우리는 후진국이자 식민지이었으니까.

주

이 둘은 분리 불가능한 것. 계몽주의자 이광수들과 카프 논자들. 그들의 논의가 지닌 허점이 아무리 허술하다하더라도 막강한 암묵적 힘을 내포하고 있었지요. 이 암묵적 힘을 위한 공부에 얼마나 우리 세대는 힘썼고 애썼던가.

객

선생세대에겐 가르쳐 줄 스승이 없었다. 선생 스스로 깨칠 수밖에 없었다.

주

문학은 어디로 갔는가.

객

이름만 남고 실상 갈 곳이 없었지요. 그 대신 문학이란 이름에 엄청난 무게가 실려 있었겠소.

그렇소. 흡사 독한 민족주의자였다고나 할까요.

문학, 문학공부 곧 민족주의, 반제투쟁, 반봉건투쟁 등등 독한 민족주의자.

갈 곳이 여기뿐이니까 필사적일 수밖에.

선생께서 속이고 떠난 까마귀와 붕어는 얼마나 놀랬을까.

놀라기에 앞서 얼마나 나를 멸시했을까.

「오감도」(1934)의 문사 이상은 이 근대를 의심했지요. 이를 확인하는 방법은 그가 식민지에서 세운 경성공업고등학교의 근대를 직접 도쿄에 가서 볼 수밖에. <가짜다!>라고 외치며 거기서 죽었지 않았습니까. 선생께서도 거기 갔지만 멀쩡히 귀국했지요. 선생에겐 독립된 국가가 엄연히 있었으니까요.

그 한복판을 헤매는 동안 세월이 갔소. 까마귀와 붕어는 또 얼마나 놀래었을까.

멸시했을까. 아마도 선생께서는 그렇게 말하고 싶었겠소.

반야바라밀다이기에 반야바라밀다가 아니다!

'근대'란 막다른 골목. 더 나아갈 곳도 더 물러설 곳도 없는 곳. 이젠 아무런 할 말이 없소. 선생께선 덫에 갇힌 한 마리 짐승. 멧돼지처럼 생긴 변한 짐승. 이 또한 까마귀와 붕어와는 얼마나 다른가.

덫에 갇힌 한 마리 짐승. 누나의 교과서에서 본 세계가 덫이 되었던 것. 이제 어찌해야 할까. 어찌 내가 그 방도를 알겠는가. '민족주의'도 '근대'도 '제국주의'도 덫이 아닐 수 없었소. 행인지 불행인지 이 덫에 걸려 몸부림 친 선배들이 있었소. 이광수들이 그들. 털이 나고 뿔도 나고 흡사 멧돼지처럼 생긴 이광수들. 그 멧돼지들 중 한 마리의 목소리.

> 나는 죄인. 비록 광록 대청광서(大淸光緒)에 낳고,
> 명치대정(明治大正)에 거상입고
> 천희(天熙) 소화(昭和)에 절한 더러운 몸이언만
> 건국 선거에 투표하는 날
> 조국은 나를 용납하여 불렀다
> 칠월 십칠 날 헌법 헌법식 중계방송을 듣고
> 흐린 감격의 눈물로 먹을 갈아
> 사는 날까지 조국 찬양의 노래를 쓰련다
> 그리고 독립국 자유인으로 눈으련다
> ↘ 1948. 8.5 『삼천리』지 소재, 육당 전집(9), 우신사, p.509

수심도 모르고 바다에 뛰어들라고 소년들에게 강요한 육당들은 또 얼마나 무책임했던가. 독립국 자유민도 아닌 식민지 인민이라면 바다에

익사하는 길 밖에 어떤 방도가 또 있었을까. 『상상의 공동체』 따위란 상상도 안 되는 것. 협의의 민족주의도 3·1운동으로 실패하자 대안으로 나온 것이 카프(KAPF)였던 것. 『삼대』의 염상섭이 『무정』에 비해 여유가 있는 것은 이 때문이지요. 임시정부가 숨을 고르고 있었지요. 풍찬노숙 하는 반제 투쟁.

6. 문학도 소년도 소멸된 곳, 인간의 해방만 있다

객

조금 듣기 쉽게 말해볼까요. 국립대학 조교수인 선생께서 도일한 것은 1970년도. 이광수들을 연구하기 위함이었지요. 당시 고도성장의 일본 사회는 별세계랄까 천국처럼 보였을 테지요. 데모대의 데모용 기구를 '아까몽'(동경대학의 붉은 문) 앞에서 팔았고 경찰은 쫓는 시늉을 했으니까. 이때 선생에게 위안이랄까 숨구멍을 터준 것이 G.루카치였다고 선생은 곳곳에서 썼더군요. 소설이란 무엇인가. 근대 소설이란 무엇인가를 거기서 배웠다고 했지요. 그 후 정교수인 선생이 도일한 것은 1980년 9월. 광주 사건 직후였을 터.

주

먼저 지적해두고 싶은 사항이 있소. 외국문학을 공부하는 길이 일제 강점기에서는 다음 세 가지가 있었지요. 하나는 막 바로 외국으로 나가는 길(이인수, 설정식의 경우), 둘째는 일본의 대학에서 배우기. 정지용, 김환태 이양하, 김사량 등이 이 범주에 듭니다. 셋째는 경성제대(1926)에서 공부하기. 일제가 식민지에 세운 첫 번째 대학이 경성제대(제6번째 제대)이거니와 이것은 법학부와 문학부를 합친 법문학부라는 조직을 가지고 있었습니다. 문과 속에는 국어국문학(일어일문학), 중어중문학, 영어영문학, 조선어문학 등이 설치되어 있었습니다. 고명한 『상상의 공동체』(앤더슨, 1983)에 따르면 내셔널리즘은 크레올 내셔널리즘, 속어 내셔널리즘, 식민 지배형인 공적 내셔널리즘 등으로 정리되거니와, 공적(official) 내셔널리즘에서는 네덜란드 지배하의 인도네시아의 경우 본국에 있는 라이든 대학에 유학하기란 불가능하여 축소된 교육체제를 현지에서 만들었습니다. 그러나 한국의 경우는 이와 크게 달랐지요. 제국의 수도 도쿄가 지척에 있었을 뿐 아니라 언어도 종족도 비슷했던 것입니다. 이 사실이 경성제대의 존립가치가 제한된 것을 의미하는 것은 아닙니다. 이 대학엔 엘리트 교수들이 있었고, 그들은 비록 지배자의 위치에 있긴 했으나, 학문의 마당에서는 객관성을 유지했거나, 하고자 노력했음이 지울 수 없는 사실인 까닭입니다. 이 대학의 문과 중 영문학 전공(독문학, 불문학은 전공으로 설치되지 않았음)에 국한해서 논의한다면, 창립 때부터 정년까지(1926.6-1945.2) 교수로 있으면서 이효석, 최재서, 조용만, 김동석 등을 길러낸 사토 기요시 교수가 외국문학 전공의 조선학생에 대한 인상을 다음과 같이 회고한 것을 기억해야 할 것입니다.

경성제대에는 매우 엄격히 선발된 입학자로 이루어진 예과가 있었으며 따라서 문학부에 오는 학생은 소수였으나 영문과에 모이는 학생이 제일 많았으며 수재도 적지 않았다. 특히 조선인 학생의 우수한 자들이 모인 것은 제국대학의 이름에 이끌렸다기보다도 외국문학에 그들의 목마름을 풀어주는 어떤 요소가 제대 속에 있었던 까닭이다. 20년간 조선인 학생과 교제하는 동안, 얼마나 그들이 해방과 자유를 외국문학 연구에서 찾고자 하고 있었던가를 알고 충격을 받지 않을 수 없었다.
↘「경성제대 문과의 전통과 그 학풍」(1959), 「사토 기요시 전집(3)」, 1964, p.259

외국문학이란 '민족의 해방과 자유'의 갈증을 해소코자 하는 몸부림이었다는 사실은 순수 학문인 영문학 자체에 앞서는 것. 이 장면에서 받은 이런 충격이란 어찌 꼭 사토 기요시 교수나 경성제대만의 문제였으랴.

그렇다면 그동안 나(세대)는 얼마나 딱하고도 한심한가. 근대 속에 갇힌 한 마리 새였으니까. 이 새를 위로할 방도가 혹시 있을까. 있다고 『역사란 무엇인가』(1961)의 저자 E.H 카는 말했습니다. 그러나 K. 포퍼가 말했듯이 진리란 절대적인 것이 아니라 가짜가 될 수 있는 가능성(a falsifi-ability)이 있는 동안에만 진리인 것. 뉴턴도 아인슈타인도 마찬가지. 그렇다면 어째야 할까. 카는 '혁명'이라 주창했소. 현상유지냐 혁명이냐로 고민하는 것이 1970년대 이래 군부독재 밑에서의 의식이었다면 지금은 어떠한가. 아무리 작아도 변화를 수용할 수밖에. 왜냐면 혁명이란 없으니까. 나는 한동안 루카치의 시적 현실 앞에서 야기된 바 있었으나 조국 헝가리 봉기 때 그가 침묵했음을 보았습니다. 그는 시적 현실을 진짜 현실로 착각한 경우가 아니었을까. 거기 소설이란 장르가 있었다고 하겠지요. 헤겔식 『소설의 이론』 말이외다.

객

외국문학을 통해 <민족의 해방과 자유>를 찾고자 한 것. 학문이란 민족의 해방과 자유이겠는데요. 민족의 해방은 이루어졌지요. 대한민국(RK 1948.8.15.)과 북조선민주주의인민공화국(DPRK, 1948.9.9.)은 둘로 갈라지긴 해도 달성된 것. 그러나 '해방'은 이루어졌는가.

주

어림도 없는 일. '해방'이란 인간의, 인류의 '해방'이니까. 어쩌면 영원한 미래형인 것.

인류의 해방, 인간의 해방, 개개인의 해방. 문학을 통해 이에 접근할 수 없을까, 라고 선생께선 희망하고 주장합니다 그려.

이미 다국적 시대에 진입한 이 나라인 만큼 세계성이 있을 뿐. 세계화 속에 살고 있으니까(한국 거주 외국인은 약 250만 명).

문학도, 그러니까 문학만 있지 외국문학이란 없다?

그렇소이다. 다국적 시대에 놓인 오늘의 이 나라 여러분에게 내가 무슨 말을 더 할 수 있으리오. 유클리드 기하학도 비유클리드 기하학도 동시에 성립되는 시대에 놓인 여러분은 또 다른 재앙 앞에 허덕여야 마땅할까. 내 결론은, 아니 결론이라기보다 그냥 느낌은 이렇습니다. 외국문학이란 없다는 것. 「해에게서 소년에게」의 그 해(海)도, 소년도 없다는 것. 있는 것이란 그냥 한 소년이라는 것, 문학과 전혀 무관하거나 무관하지 않아도 상관없는 소년, 소년이 아니라 한 작은 인간, 키 작은 인간.

수심도 모른 채 바다로 갔다가 나비처럼 날개가 젖어 되돌아온 생명체의 행방은요.

알겠소이다. 플라톤은 뭐라 했을까. 「파이드로스」에서는 무슨 해답이 있었을까.

에로스, 그 에로스의 형식. 선생에게 있어 그 형식은 이 나라 문학사, 소설사였을 터.

플라톤의 해답은 단순, 명쾌하지 않았던가. 에로스의 형식이란 언제나 열려 있는 형식임을.

아하! 이제 짐작이 조금 됩니다. 선생께서 들고 있는 문학사, 이 나라의 소설사란 열려 있다는 것. 덫에 갇힌 형식이자 열려 있는 형식. 반야바라밀다가 아니기에 반야바라밀다인 것을.

감히 종교 영역이 아니고 단지 비유인 것.

문학사는 늘 닿으면서도 미답의 경지.

그 경계선에 내가 서있다고 하면 어떠할까.

아직 '문학'이 있습니다 그려. 소년이란 그냥 아이일 뿐인데 말씀이오.

이미 다국적 시대에 접어든 오늘의 판에서는 '문학'도 사라졌겠지요. 있는 것이라곤 <인간의 해방과 자유>뿐이 아닐 것인가.

<인간의 해방과 자유>란 또 무엇인가. 플라톤에게 물어볼 수 있을까요.

플라톤도 대답할 처지가 못 될 것이요. 플라톤 역시 그 <해방>과 <자유>를 찾기 위해 생전에 혼신의 힘을 쏟았으니까.

선생께서 속이고 떠난 까마귀와 붕어는 뭐라 할까요.

아, 이제 나도 이들에게 솔직해야겠소. 병자년 윤3월 12일 읍내에서 들려오는 오포 사이렌의 아련한 소리. 19년 만에 한 번씩 돌아오는 생일을 가진 아기. 내가 설사 <9개의 교향곡>과 <최후의 만찬>, 또 <의지와 표상으로서의 세계>를 창작했거나 지었을지라도 너희들은 영원히 멸시할 권리가 있다! 그 따위가 아무리 대단해도 천상적인 것이지 자연인 지상적인 것에는 감히 미치지 못하니까.

뒤의 말

이 책이 겨냥한 것은 3대 계간지가 이 나라 문학 판도에 이룩한 기틀을 분석하고 그것이 오늘날까지 어떻게 생동하며 작동되었는가를 검토하는 데 있었다. 이들 계간지의 출현을 두고 나는 이른바 '위대한 시대'라고 규정했는데, 이 나라 문학사에서는 일종의 이변이었던 일이며 그것이 지금도 현실적으로 지속되고 있음에 관련되는 까닭이다.

이를 간략하게 정리하면 아래와 같다.

첫째 『창작과 비평』. 이 계간지의 출현은 1966년 겨울호였다. 최초로 등장한 이 계간지의 주간은 백낙청. 그는, 당시로서는 세계 최고의 명문대학인 하버드 교정에서 작가 D.H 로렌스를 공부한 수재였고, 귀국 후 군복무를 마치고 서울대 문리과 대학 영문과 전임으로 부임하면서 문학 판에 뛰어 들었다. 초근목피로 연명하는 이 향토에 문학한다는 것이 공첨을 뽑은 것임을 뻔히 알면서도 허심탄회하게 받아들이며 출발했다.

그러나 거기에는 어쩔 수 없는 벽이 있었는데, 바로 한국문학에 대한 인식결여가 그것. 김현 및 이른바 4K가 이를 지적하고 돌파하고자 했을 때, 주간 백낙청을 구해준 것은 실상은 주간의 명민성이겠지만, 신인 방영웅의 천 매가 넘는 『분례기』의 출현이었다. 석똥예를 주인공으로 한 이 장편으로 말미암아 백낙청은 일거에 자신감을 얻었다. 문학이란 4·19, 6·25 또 8·15 등과는 아주 무관한 원초적인 인간의 삶의 형상화라는 것. 백주간은 내친 김에 3천 매가 넘는 이문구의『장한몽』의 연재를 행했다.

그러나 그 반발도 컸다. 구세대를 대표하는 전후세대의「불꽃」의 작가 선우휘가 대표적이었다. 그는 현실참여와『분례기』를 따졌고, 그 대담은『사상계』가 절충함으로써 마무리되었다.『분례기』와 현실참여의 논의는 백주간이 떠안은 큰 고민이 아니면 안 되었다. 그 지속성은 시민문학, 분단문학 등으로 이어져 오늘에 이르고 있다.

둘째『문학과 지성』. 1970년 가을에 나온 김현을 비롯한 4K 중심의 이 계간지가 겨냥한 것은 문학의 밀도, 곧 미학적 측면이었는데, 이는 달리 내성문학이라 할 성질의 것이었다. 인간 심리와 언어의 밀도를 유착시킨 작품이 이를 잘 말해주며 그 대표작으로 최인훈의『광장』을 들 수 있었다. 지식인 특유의 내면성을 시도한 이 작품의 계보는 4·19세대인 김승옥, 이청준에게로 알게 모르게, 또 많고 적게 뻗어나갔다.

셋째 현실참여냐, 내성문학이냐의 긴장으로 유착상태인 문학사적 난점을 일거에 돌파한 것이『세계의 문학』(1976, 가을)의 출현이었다. 막강한 출판 자본을 갖춘 이 계간지가 겨냥한 것은 '재미'로 요약된다.『창작과 비평』도『문학과 지성』도 세계성을 향한 점에서는 일치되었고 거기에는 엄숙주의가 작동되었지만『세계의 문학』에서는 이를 불식한 '재미'가 자리를 차지하여 오늘에 이르고 있다.

이 계간지의 창간호는 이 점에서 퍽 상징적이다. 황석영의「몰개월의 새」가 그 중의 하나. 월남전에 바로 이어진 이 작품에 잇달아『오늘의 작가상』으로 박영한의『머나먼 쏭바강』이 나왔다. 심각한 문제에 앞서 월남전이 세계의 흥미를 이끌기에 모자람이 없었던 까닭이다.

창간호에 실린 또 다른 하나는 고해 신부복장을 한 내성문학의 대표격인 최인훈이 이를 포기한 사실이다. 희곡『옛날 옛적에 훠어이 훠이』의 출현이 그것이다. 시도, 소설도 아닌 희곡에로 향하기, 이를 목도한 가장 난처한 쪽이 김현 주도의 『문학과 지성』이었다. 그들은 어째야 할지 난감할 수밖에 없었다.

이로써 삼대 계간지의 문학사적 기틀이 세워졌고, 오늘에도 이것이 작동하고 있음은 모두가 인정하지 않을 수 없는 사항이다.

나는 이 사실을 시종일과 '대화'로 이끌었다.

'대화'란 무엇인가. 무엇보다 이는 대화체와는 별개이다. 대화체란 <주 : 객>이 나누는 것이지만, 대화는 주도 객도 없는 그런 곳에 있는 것이다. 그러면 독백인가? 물론 독백과 대화도 엄연히 구별된다. 자기 내면의 목소리의 표출이 독백이라면 이는 내성문학의 속성에 해당되는 것이니까.

그렇다면 대화란 무엇인가. 플라톤의 「파이드로스」에 그 본질이 규정되어 있다. 이른바, 넋을 드러내는 방식이 그것. 소크라테스의 산파술도 이런 식의 일종이었던 것.

이 이천 오백년 전의 「파이드로스」에 대해 희랍어도 모르는 내가 거슬러 올라가 아는 척한다는 것은 말도 안 되는 수작이다. 내가 가까스로 닿을 수 있는 곳은 리영희의 『대화』이다. <한 지식인의 삶과 사상>을 다룬 이 『대화』는 임헌영이 질의하고 리영희가 대답하는 대화체로 이루어져 있지만, 그것은 겉모양일 뿐. 물론 독백체도 아니다. 거기 녹아 있는 것은 한 지식인의 외로움, 아니 지식인이 아니라 '인간'의 외로움이다. 나는 이 외로움을 삼대 계간지 속에서 느끼고자 했다. 이는 내가 잘 할 수 있는 것 중의 하나인 것이다.

저자 **김 윤 식**(金允植)

1936년 경남 진영 태생, 문학평론가, 서울대 명예교수
저서『다국적 시대의 우리 소설 읽기』(2010),『기하학을 위해 죽은 이상의 글쓰기론』(2010),
『임화와 신남철』(2011)

3대 계간지가 세운 문학의 기틀

초판 인쇄 2013년 12월 6일
초판 발행 2013년 12월 16일

지은이 김윤식
펴낸이 이대현
편 집 이소희
펴낸곳 도서출판 역락
　　　　서울 서초구 반포4동 577-25 문창빌딩 2층
　　　　전화 02-3409-2058(영업부), 2060(편집부)
　　　　팩시밀리 02-3409-2059
　　　　이메일 youkrack@hanmail.net
　　　　등록 1999년 4월 19일 제303-2002-000014호

ISBN 978-89-5556-673-4 93810
정 가 19,000원

* 잘못된 책은 교환해 드립니다.

이 도서의 국립중앙도서관 출판시도서목록(CIP)은 서지정보유통지원시스템 홈페이지(http://seoji.nl.go.kr)와 국가자료공동목록시스템(http://www.nl.go.kr/kolisnet)에서 이용하실 수 있습니다.(CIP제어번호 : CIP2013022661)